——阅读之前 没有真相

午 夜 文 库

水底祭典

（日）辻村深月 著
樱庭 译

新 星 出 版 社 NEW STAR PRESS

目录

第一章　乐祭

1

他立刻认出了织场由贵美。

NAGI 已在月光舞台上开唱。那是犹如脑髓被直接戳中后人变得步履蹒跚一般的酩酊感，是盯鞋派与电子舞曲的融合。吉他音与麦克的噪声令来客们兴奋不已，音乐游弋在露天舞台上。在九点开演的压轴节目之前、七点半的预热之中，涌谷广海遇到了她。

山中渐渐泛起丝丝凉意。傍晚，淅淅沥沥飘落的雨已经停了，但还是在不知不觉间打湿了罩在身上的运动外套。尽管时值八月，但也不会有人蠢到不带长袖衣服参加音乐节。

小摊前排起了买饮料的长龙。广海身处其中，一回头便与由贵美四目相对了。

他大吃一惊。织场由贵美比广海年长八岁，是位身兼模特、演员与歌手的三栖明星。歌嘛，好像也就有过一两首，似乎没什么传唱度。广海看过她出演的电影。也许是由贵美做过模特的缘故，总让人觉得她比其他演员的个子高，四肢显得纤弱，脸庞也很小巧。再加上她的双眼硕大，眼神锐利，出现在银幕中的她总给人留下好似外星人的印象。与其他艺人相比，她仅仅站在那里，便有很强的存在感。

在广海看过的那部电影中，由贵美出演言行偏执、有怪癖的女二号。她毫不吝惜地裸露出如精灵般雪白的手足，纠缠主人公的举止被评论为“逼真的演技”。即便身着清纯的白色连衣裙，裙摆下露出的腿，以及小腿的长度也情欲十足。在国外的大型电影奖上，那部电影受到提名。其间，织场由贵美频频出现在荧屏以及杂志之上——这些只是过眼云烟罢了。最近她在媒体前露面的次数锐减。

面前的织场由贵美看上去像是刻意掩人耳目似的。她戴着看似价格不菲的帽子，防寒耳罩上坠有毛球。那帽子一直盖过刘海。幼鹿般的脸庞转向广海，茫然若失地注视着他。广海心中汹涌澎湃。糟了！他扭过头来，躲开了她的视线。

他并非十分喜欢织场由贵美，只是觉得那张脸不同寻常得出奇。之所以称之为不同寻常，也就只是脑海中的残像罢了。广海第一次理解“美艳”与“不同寻常”不过是一纸之隔而已。

艺人耶——她一定不愿意引起这样的骚动吧。那些登台献艺的艺人或歌手们，做好了出席公共场合的心理准备来到这里。而她却不同，看上去完全是微服出行。

由贵美一身中东风的打扮。

前来参加音乐节的客人穿衣风格大致分为几种。像广海这种运动外套配登山包，全身都是防水装备的登山风也好，令人联想到印度等地的民族服饰，将手织布及流苏、革制品与各色纽襻巧妙结合在一起的民族风也罢，哪种穿衣风格都是主流。民族风的衣饰称为中东风。不过，广海觉得织场由贵美所披的几何图案斗篷外套并非为了美观，而是为了御寒。

等广海再若无其事地回过头时，由贵美像是从未与他相对而视般不动声色地抬头望向阴沉的天空。她的身旁站着一位身材矮小的中年女性，不知道是否与她结伴而来。也许是她的母亲吧——这个念头刚刚冒出脑海，随即又被广海打消了。不可能的。织场由贵美的双亲都已经不在了，母亲是在去年冬天才刚刚过世的。

轮到广海点单了。他点了热拿铁咖啡。每年出摊的众多摊位中，只有这家店规规矩矩地带来意式咖啡壶，用咖啡豆制作现磨咖啡。自从广海知道这件事后，便决意只在这里买咖啡。

初二时，广海在音乐节上自大地买过酒。音乐节之夜，心绪渐渐平和，期待着烟酒的味道一定错不了，偏偏喝了酒又变得不舒服，让自己无法好好享受音乐。明明想要听听曲子跳跳舞才来的，这样一来反而本末倒置了。

去年才熟识的一名男子曾对自己说过，没有谁觉得酒好喝才开始灌黄汤的。这位从东京而来的男子平日办事牢靠，着正装上班。因此，他觉得一年数次的露天音乐节滋润了自己的心灵。“这是治疗法哟。”他心荡神驰地说道，“有了这些音乐节，我才能生存下去。”

那名男子与他的朋友们被领到帐篷中。那帐篷在空地上占据了相当有利的位置，设施也十分完备，感觉很是不错。男子的大半奖金都填在夏季音乐节巡演之中。在活动开始前一日的深夜，他驱车飞速赶来，入场后便在舞台附近的空地上搭起帐篷。

为期三天的音乐节到了最后一日，压轴的节目结束时已是深夜十一点多。这时间早就赶不上返回市中心的新干线了。多数来客要么被迫抱着熬个通宵的心理准备开一整宿车返回，要么参加整晚活动，天亮之后再揉着惺忪睡眼而归。那名男子曾吹嘘过他从这个时间起飙上七个小时的车回家，第二天还能照常上班的壮举。

广海觉得那名男子给的白葡萄酒并不难喝。在他的帐篷中，广海第一次见到利乐包装的白葡萄酒。酒身下方附有龙头的巨大利乐包将葡萄酒本身具有的优雅气质一举破坏。不过，男子把酒灌进水壶，随着舞台演出摇摆着身体，并像喝水似的咕咚咕咚喝酒的样子看上去非常爽，印有大麻标志的便携烟灰缸在胸前随之摇摆。“音乐真是个不赖的玩意儿。”男子笑着说道，“它帮不了人什么忙。光是能清清楚楚体会到这一点，就觉得很了不起了。”

并非只有他一人如此特别。渴求这个乡村摇滚音乐节的特别之处，并以此作为对自己的嘉奖，怀有这种想法前来的人不在少数。他们呼吸着深山中的空气，感受着满脚是泥、声嘶力竭大吼大叫的快感。

睦代村的睦代摇滚音乐节简称“睦代祭”，是日本五大摇滚音乐节之一。和业已存在的四大音乐节一样，睦代祭的规模、耗费也都很大，参演艺人的阵容更是豪华，故从几年前起，它渐渐与四大音乐节并驾齐驱。今年是睦代祭举办的第十个年头，承蒙“村民免费入场”这一优惠条件，广海从初中起便一直参加睦代祭。否则，身为学生的他怎么能轻易支付得起四万元的三日通票费呢。

广海接过照单递来的拿铁咖啡后走出队伍。他这才转过头，踏踏实实地远远望了一眼织场由贵美。她与其他来客的打扮并无二致，但身形更加纤细。前来欣赏音乐节的艺人或名人并不罕见，外国艺人到底没有白白占据大半名单，外国听众不在少数。如此说来，异国风情的织场由贵美也算得上与会场融为一体了。虽然在某种程度上，毛线帽子和斗篷外套挡住了她的小巧脸庞和身形，但此刻从正面仔细打量的话，广海懊恼自己怎么没一眼认出她来，以至于她的身形好似从这儿浮现出来一般。

由贵美差不多和广海一般高。她脚下那双附有流苏、好似玩具般的靴子是平跟靴。

“黑加仑牛奶，要热的。”

广海听到由贵美下单的声音。

哎，她喜欢奶制品呀，真意外。

广海边返回舞台边吹了吹热气升腾的拿铁咖啡，喝下了第一口热饮。暖暖的液体落入胃袋深处。

他边听着NAGI的曲子，边深深地感慨自己遇到了艺人。舞台周围装饰的象征月亮的荧光色气球闪闪发光。天色阴沉，无法看到月亮。他本打算告诉市村等人自己见到了艺人，转瞬一想便立刻打消了这个念头。总觉得那群人折腾起来很令人火大，要是他们再吵嚷着“把她找出来”，织场由贵美也会觉得为难吧。何况，重头戏SCAR就要上台了，才不能浪费时间找什么艺人呢。

那一晚，广海又遇到了织场由贵美。

NAGI演出结束、SCAR上台前，有三十分钟左右的空当。另一个舞台——日光舞台处依旧传来演奏的声音。市村和门音提议去那边看看。沿着舞台周围来客所处的广场，有不少各式各样的摊位门脸。大多门脸都提供酒水，也卖一些名产。例如筋道的睦代乌冬啦，县里特产的牛奶啦，以及各种加了奶的炖菜什么的。不可思议的是音乐节之夜多半像被施了魔法一般，所有摊位的东西都令人觉得美味，无论多少都可以吃得下去。

还有几家卖烟及民族风披肩和帽子的商店。那些平时在街上看来毫无魅力可言的商品，此时也像被施了音乐节之夜的魔法一般，光彩夺目。

广海他们自月光舞台转战日光舞台。连接两个舞台的石子路上有一扇门，门上缠着吹得鼓鼓的气球。

自睦代祭举办伊始，“织姬”就是紧挨着这扇门的店面，由弓着腰的老婆婆和她的儿媳两人经营，贩卖着睦代村的特产睦代织。

睦代是盛产纺织品的村子。二战后，随着村民开山取砂，采石业与建筑业高速发展。但在那之前，这里的支柱产业还是养蚕与纺织业。时至今日，只要去养蚕的地区转转，旧时蚕农家里仍旧横着不合时宜的织布机。

不过，在近年来的“手作”热潮中，睦代织的价值似乎重新被发掘了出来。经由村里的老人、女儿以及儿媳之手，纺织业又逐渐登上了历史舞台——在音乐节举办的十年间，这些都令睦代村的名字逐渐为人所知。最近，日马开发公司作为中介，将纺织品销往东京的百货店。据说，这种高级货在大都市非常紧俏。

当地的年轻人谁也不会买这种俗气又昂贵的纺织品。不过，音乐节之夜却是一年一度年轻人也会购买睦代织的时候。虽说价格不低，但也并非要价数十万，一个披肩的市价大致在一万五千元左右——这对于广海他们而言确实有些贵，可若气温骤降、天气变冷的话，售价仍会攀升。外来的摊位不得不将收入的三成缴纳给主办单位，以睦代织为首的当地产业却可免缴。而且，按照约定，主办单位的部分所得还需要返还给村子。所以，睦代村从音乐节中得到的恩惠无法估量。

织场由贵美正在“织姬”的帐篷中试戴黑底橘色条纹的披肩。广海看到她，差点儿喊出声来。那是他连想都没有想过的冲击性的一幕。

那些仿织品贵得要死又土得要命，年轻人根本不会买。

她戴着帽子，所以看不到脸。可是，当披着披肩、站在镜子前时，织场由贵美美得令人惊叹。睦代织立刻变了模样，看上去犹如杂志上城市范儿的名牌货。广海立刻明白了，同样身处僻壤，一旦出现过于考究的人，景物便会随之一变。

远远传来变调的吉他音。

“怎么了？”门音转过头来问道。

直到她发问，广海才从织场由贵美身上收回视线。

“没什么。抱歉。”

广海转回脸的刹那前，看到由贵美拿起其他的纺织品，转向售货的老婆婆。原来她是孤身一人啊。刚才那名女性，果真不是由贵美的女伴。

对电子乐或音乐半点兴趣也没有的老婆婆，并不清楚此处在干什么、何为音乐节宗旨，依旧在喧嚣吵闹的噪声中，不合时宜地兜售纺织品。纺织品被织场由贵美拿在手中——突然，广海觉得这令人啼笑皆非。

所谓的“织场”，是村子中最普遍的姓氏。听说这个姓在全国范围内并不多见，在这里却截然不同。这是与实业相结合的旧日土著村民的证明，是个非常平凡的姓氏。村子里也有以织场命名的地区。居住在那一区的大量姓织场的村里人有的沾亲带故，有的也并非如此。不过，即便没有血缘关系，这个村子的人们公认被一心同体般的连带感紧紧联系在一起。

为什么？她为什么又回到村子了呢？

织场由贵美是个自命不凡、装模作样的丫头片子。她讨厌乡下、讨厌村子，明明在睦代出生，可是别说为村子做宣传，就连招呼都没有向村子的长辈们打过。这个忘恩负义的丫头片子。

上次见到由贵美，还是替父亲出席由贵美母亲葬礼的时候。那时曾为葬礼帮忙的长辈们在那之后大多说过由贵美的坏话。与由贵美同住一区的织场门音的双亲亦不例外。门音曾皱着眉头对广海提起过，她的父母也这么说过由贵美。

不过，说这些坏话的家伙们，多半当着织场由贵美的面，仔仔细细地打量过她了吧。

大开眼界了呢。广海想。

表演进入最高潮。即便在夏日，只要吐着气大声喊出“YEAH”，白色哈气就会升到空中，看上去好似被月光舞台的人工照明反射般舞动着。

2

整晚的演出结束后，清晨下山成了每年固定的流程。广海盯着开出拥堵的停车场的其他区县的车子，稍稍走上一会儿，就看到村落的影子了。

睦代村大抵分为举办音乐节的高原地带，以及从高原反方向绕过山的山区地带。但是，山区地带有很多不适宜居住的地方，人口明显聚集在高原下方一带。

徒步下山途中，可以看到立在公路护栏一侧的箭头指示牌，上面标记着“上白根”与“下白根”的村名字样。

到底从什么时候开始，才知道自己的村子和电视上见过的城市截然不同的呢?

睦代村是个没有村落标识便无法绘出地图的村子。祖先们开山辟道，建成一片片适宜居住的村落。如此形成的村落之间大多相距甚远，有必要在路上竖立指向各处村落的指示牌。位于高原一带尚且无妨，若是在山区地带，如果没有指示牌，无法确定那里到底有没有一处与世隔绝的地区，仅供一辆车勉强通过的狭窄道路尽头，多是仅有四五户人家的小村子。

对于广海而言，山、路、自家所在的村子分别记在他的脑海之中。与此相对，他从一开始便觉得城市建筑全部位于低洼之处，是否宜居的界限也没有那么明显，整个城市从头到尾都被绵延不断的房屋建筑紧紧相连。这是广海从幼时起就无端产生的想法。小孩子的数量也与睦代村不尽相同。城市中的学校甚至还有三十多人的班级，而村里的学校自然是一个年级一个班，即便如此，每班能有二十人都算得上规模可观了。

从音乐节现场返回广海居住的室平村，尚需费上一番功夫。

门音的手机响了。整修过公路护栏的道路前方，云层反射出朝阳的光辉。

“哎呀，讨厌。真是的，饶了我吧。”

看了来电显示后，门音皱起了眉头。

尽管已经对初次参加音乐节的门音提出过忠告，但她还是穿着薄长袖T恤和绣金线的牛仔裤来了。虽然穿的鞋子是运动鞋，她仍旧不中意那略厚的鞋底。这身行头都是从邻市的车站大楼买到的半贵不贵的潮牌。明明警告过她会熬通宵，要戴眼镜来音乐节，可她偏偏不肯摘掉隐形眼镜，方才才会不满地喊着“眼睛好痛”。

“你爸妈打来的？”市村问道。

门音点了点头。

“是啊。夜里好像给我打过几次电话，我没搭理他们。真是火大！已经早上五点了吧？他们不会一直没睡等着我吧？”

“会场今年有信号了吗？”

说起来，广海记得见过有人一手举着手机、联系朋友的样子。门音没有回答他，很不爽地“喂”了一声，接通了电话。

瞥了身旁的车子一眼，可以看到在副驾驶和后方座位上酣睡的来客们。令人觉得没觉睡的司机真是辛苦。想必还有宿醉未醒的人，如若警察在此检查酒驾的话，一定收获颇丰吧。话虽如此，村里或是日马开发肯定无法容许这件事吧。

“嗯、好。什么？好！都说了没事儿嘛。广海和市村也和我在一起啊。什么？是啊，所以嘛！”

门音习惯口气焦躁地对母亲说话。市村对广海咬起耳朵来。

“又来了。”

"门音没对她家人说昨儿要出门吗？"

"好像说过了。不过她说她家里还是会担心的。他们似乎觉得音乐节是个不良人士聚集地，说约了他闺女的我们不是什么好人，门音出门的时候，他们好像还哭天抹泪地说什么没听说门音要去那种地方，门音和他们大吵了一架，飞奔出了门。对于门音的老爸老妈来说，音乐节给他们的印象就是外国人兜售白面儿、借着药劲儿群魔乱舞的地方。"

"唉——"

门音的声音中再度夹杂着叹息声。

"所以说！那不是狂欢电子音乐节！怎么会撒一地白粉啊！老妈啊，你看太多电视啦！"

——幸好没带她来。反正一个人参加音乐节也没什么大不了的，说不定那样反而可以尽情享受音乐了。

明明刚刚参加完音乐节，瞬间便已回归无聊的日常生活。尚在回家的路上，他便已然察觉到这里就是自己的居所了，一点意思都没有。门音得意扬扬地大声讲着电话，广海却故意没有看向她，而是抬起头，看到方才还覆盖在村子上空的雾气好似被朝阳融化般渐渐淡去。

山间显露出的各家各户好似酣眠于水底一般。在高原上举办的音乐节犹如一场谎言，安安静静地横卧于此。不经意间，广海想起了山区一带附近的水根湖。为了推动县营发电所而建造的水坝湖下面，的的确确沉睡着一个村落。在广海祖父一代，那个村子便已被水淹没。

"那辆车子打算去哪儿？抄近道吗？"

门音打完电话，边收起手机边走了过来。她回过头，指着远方沿山的一条路。和这边的车流比起来，那边既不拥堵，开起车来也很顺畅。门音轻轻舔了舔嘴唇，说道：

“真是的，我老妈的想法还真是 out 呢。广海，你听到了吧？”

“没有啊。完全没听到。”

门音刷的一下瞪了过来。

遮挡脸部四周的齐颈短发明显地晃动着。大眼睛，双眼皮，鼻梁直挺，唇色鲜红。她曾在生活指导时辩解说那并非化妆，而是天然的唇色。

这种艺人相在班里人气很旺。也有人对广海说很羡慕他和门音是同一个村的青梅竹马。但是，也许是自幼看惯了她，在广海眼中门音并没有那么大的魅力。大眼睛也好红嘴唇也罢，就算能令他产生门音宛若日本人偶的想法，却也不过如此。联想到长头发的诅咒人偶或是祭祀死童时使用的小木人偶时，还会觉得恐怖。

广海避开门音的视线，注视着车流，回答起最初的问题。

“那边是去水根湖的方向吧？这边的路要过好久才不拥堵，所以有人会顺便去湖边游玩。虽然会绕个远，但从湖边好歹也能开出山去。”

“哦。特地跑到那个鸟不拉屎的地方去吗？再说，从水根湖是可以出山啦，可是那里炸山采石，不是很危险嘛。”

“天刚亮，可能还没开工吧。我喜欢水根湖呢，偶尔还会独自去那儿。”广海冷淡地告诉门音。

这句话令门音住了嘴，改口道“那下次一起去吧”，广海却充耳不闻。

六岳郡睦代村位于县里最北端的六岳南麓。总人口两千一百零七人，总面积一百四十平方公里。地广人稀，符合通常所说的“过疏化”的标准。前往新干线车站或是有机场的县厅所在地也很困难。

尽管村内有过去经营的建筑公司、土木工程公司或商店，但是并没有大型企业，村民们基本上以当地产业维持生计，或是到邻近乡镇工作。

睦代村是个萧条、广阔的村子。即便这块土地有市镇村合并的机会，恐怕也没有买主。在真正断然实行平成大合并很早之前便有这种说法了。

必须确保自主财源，寻求振兴睦代之路，否则村子只能步入衰落。无论怎样，为了能够存活下去，村子盯上了作为最普遍解决方案的观光事业。在距今四十年前，当时东京一家名为日马开发的企业提出了开拓别墅区的方案，理由似乎是地皮便宜。当初，社长日马晋介的心情好像为自家企业建造疗养所一般。不过，那是全日本经济形势大好，有钱人不知道该怎样挥霍的时代的事儿。村子欣然同意。

村子入口附近的高原上，建造起了小木屋风情的别墅，开凿了一部分山体作为滑冰场和高尔夫球场。一开始，人们的新鲜感帮了大忙，县内外的人闻风而来，但是经济泡沫一破，伴随着不景气的经济形势，观光客的人数骤然减少。

虽说凉爽的高原在夏天作为避暑胜地很受欢迎，可到了冬季，从六岳呼啸而下的北风便会带来毫不留情的寒冷。气候严寒，降雪量却少得可怜，仓促建成的滑冰场在冬季几乎依旧需要借助人工造雪，雪质不好，在城市观光客中没有人气。别墅区的人变少后，为滑雪客建造的简易旅店、宾馆等设施大多也都倒闭了。

十年前创办的摇滚音乐节是村子的第二次挑战。

听说这件事时，日马开发与村子发生了争执。相对于对音乐节颇感兴趣的日马，村子保守得多。就算他们能够想象到滑雪和高尔夫，但摇滚乐却属于完全未知的领域。

而且，摇滚音乐节原本就是因为退而求其次的理由才找上了睦代村。直到此前的一年都还在别的县举办的音乐节被当地赶了出来，居民对垃圾和噪声叫苦连连，正当主办团体再三注意之时，一部分客人没管好火，引发山林火灾。幸亏恶劣天气带来了一场雨，立刻扑灭了火情。但这场火灾起了决定作用，导致当时音乐节的整体评价一落千丈。音乐节被当成了陌生的年轻人聚集在一起做出越轨行为的可疑聚会，就这样被中止举办了。

那时，广海还是个小学生，但他仍旧每晚参加公民馆的集会。他记得大人们争执不休的场景，亲眼见过有教职经历进而担任村会议长的祖父，数次与村长及议会协商的样子。其他的村民也接连不断地打来电话。广海的祖父与父亲似乎身处音乐节推进派的立场，百折不挠地向村民说明音乐节到底是何物、不必太过紧张等。且不提广海的父亲，头脑顽固的祖父竟然也能理解音乐节这种年轻人的玩意儿，真是让广海感到意外，他因而对那时发生的事情印象格外深刻。

最后，当时的村长左东信繁与日马开发的社长日马荣介断然决定让村子成为音乐节的举办地。现在从结果来看，两人的决定可以称得上英明果断了。

村子提出了各种接纳音乐节的条件。其中最重要的一个条件就是随着举办场所迁移，摇滚音乐节的名字由当时的“夏日摇滚音乐节”改成了“睦代摇滚音乐节”。

主办团体以“这并非仅仅是小村子的祭典，而是全国性的大型活动”为由不肯同意，但最后还是做了让步。接着，“睦代祭”这个名称的推广效果出乎意料的好，令睦代村在全日本一举成名。

曾一度衰败的观光业再度复兴，而后的十年，村子发生了翻天覆地的变化。

拜村名广为人知所赐，纺织业得以打出自己的品牌。与最初承办音乐节时相比，一度令人担心的音乐节来客的举止也有了改善。说不定被上一个主办地赶走后，来客们从中得到了教训吧。他们不仅学会了如何乐在其中地稍稍越界，还懂得了如何才能让音乐节继续办下去。

运营委员会由志愿者们组成，坚持推行垃圾分类回收到了神经质的地步。参加摇滚音乐节的人大多都是成年人，只要定下规矩便可迅速收到效果。睦代祭风平浪静地一直办到今日。

三日内，音乐节揽客达十二万人。

事实上以音乐为饵，招来这些人参加音乐节能够为村子的环境做做宣传。秋季赏赏红叶，冬季滑滑雪，跨季往返睦代的客人多了起来。

在音乐节上获取的利润既没有浪费在多余实业的设立与倒闭上，也没有浪费在公共设施的建设上，而是用于降低住民税，令其水平低于邻近市镇。睦代期待其他市镇的劳力将这里作为住宅城移居此地。有的人低价购入过了时的别墅用地盖了房，最近还有人退了休以后从大城市搬来住。

结果，原本“过疏化”的村子，人口竟一年年稳步增长起来。

音乐节期间，泡沫经济残存的高尔夫球场上支起了帐篷，成为露营场地。五颜六色的帐篷铺满空地的场景蔚为壮观。这壮观的场景亦可视为转折的标志。打桩开洞，尽全力破坏草坪。在赚钱的夏日，高尔夫球场舍得让出的草皮被看作村里坚持彻底转换方向的象征。

难怪当时的村长与日马开发被村里人当作英雄一般受到追捧。

令人感到讽刺的是，举办摇滚音乐节的十年间恰恰就是平成大合并时期。很多自治地区被《合并特例法》的好处所吸引，协商与邻近自治区合并之时，睦代村却早早发布了“单打独斗”的宣言。村子担心合并之后，总会在什么事情上要做出妥协与让步，便决定不参与跟其他自治区的合并了。

尽管现在大赚特赚了，可那毕竟是距今十年前的事儿了。左右邻镇向睦代宣传合并协议，认为谁也无法得知十年后的情形如何。但当时从左东村长手里接过政权的御仓村长却不肯让步，他觉得市镇合并无非就是自治体的重组而已，那应该是他一直非常排斥的做法。虽说睦代在音乐节中得了些好处，可事到如今邻近村镇都要来分一杯羹，那的确是异想天开。

结果，睦代村成为县里唯一残留的村庄。

六岳郡的其他市镇甩下睦代村，统合成名为六岳的新城市。拜其所赐，县内分为六岳市与六岳郡属下唯一的村落睦代，这两个容易混淆的行政区了。

睦代村判断，当下仅凭自主财源也能够维持下去。邻近自治体都知道睦代村傲慢，每每视他们为眼中钉。可广海认为，在全国性合并大潮平息的今日，睦代村坚持做了正确的判断。村子养育了自己，如果它的名字被新的市名所抹杀，自己既会感到失落，也会觉得可惜。毕竟难得有睦代祭嘛。只要音乐节还在继续，村子就能长存下去。

能够举办音乐节，最大的功劳终究还是因为村里建了车站。

音乐节举办的第三年，位于村子中心地带的日马开发建造了民营铁路车站，从六岳市入口处的JR线车站扩展线路至此。为了来咱们村儿，连以前没有的电车都通啦——犹如象征着睦代的富裕般，老人们津津乐道着“通电车啦”。

广海一回到室平，就看到一个老人坐在入口处的巨大石垣上。

这是早晨常见的景象。注意到广海的老人举起拄着拐杖的手，打着招呼：“好早呀。”

“你去了音乐节吗？”

“是的。您老早呀。”

从广海懂事时起，这名老者每日清晨都会坐在这里，目送村子里的孩子们上学。广海并不知道老者的姓名。除了打招呼之外，他还会与老者聊上几句，否则也许广海都不知道这位老者是哪一区哪一家的人。对于广海而言，这个村子的成年人大多都是这种半熟脸。

到家后，广海刚掸了掸沾在鞋上的土，就听见有人对他说“你回来了”。他一回头，看到母亲美津子站在身后。看起来她是刚起床准备早饭，并非一夜未眠。她扎起了长发，系着围裙。

“我回来了。”

“怎么样？今年又来了不少人吗？”

“我觉得比去年人多。也许是天气不错的缘故吧。”

“吃早饭吗？”

“算了。上学前眯一会儿。”

美津子听后不禁眉头一皱。她抬头看看走廊上的挂钟，好似忠告般地说着“只能睡两个小时左右了哦”。今天是周一。广海上的高中在邻市六岳市，是所谓的重点班，除了盂兰盆节外，即使是暑假也开设了补习班。“我还以为你不打算去了呢。”美津子耸耸肩膀说道。

“我家广海真了不起。送门音回家了吗？”

“嗯。”

实际上，他拜托市村送门音回去了。那小子的家离门音家很近。门音一脸无趣地板着脸，可睡意上涌，她没有多加抗议便默不作声地和市村一起走了。

“织场妈妈打了好几次电话来呢。”

这里姓织场的人很多，但说起离家最近的“织场”就是门音家了。

广海默默地抬眼看去。美津子继续说道：

“她说她明明和门音说过不许去，可那孩子还是非去不可，真是头疼。广海和门音在一起，所以多半不会出事。可是去那种地方不是很危险吗。妈妈听了这些话，简直要笑死了。”

广海一边听一边把那双怎么掸也掸不干净的运动鞋咣的一下狠狠摔在玄关。那声音比想象中还要响亮，干燥的灰泥纷纷掉落。

“我对她说我家广海年年都去，真的很开心哟。他好像还只身一人参加过音乐节，音乐节并不像织场妈妈担心的那样，不是什么危险的地方哟。”

“是啊。”

“可不是嘛。”

广海脱掉鞋子摆放在一起。他站起身来，走向自己的房间。与美津子擦身而过时说道：“下了课我会在外面好好冲干净鞋子的。”

“没关系啦，妈妈来做吧。好好休息，广海。”

“晚安——哦，对了。”

“怎么了？”

“老爸还没起？”

“你问他啊。他已经起床了。”

美津子好似吃惊般喘了口气。

“广海，你没在会场见到他吗？昨天他去了那个什么地方来着……你爸说他非要看看晚上的什么人就出门了。虽然他看完就立刻回家了，可到了这个岁数，兴奋得睡不着觉了。”

“他去看 SCAR 的表演了？”

广海吃了一惊，反问道。他知道父亲喜欢的音乐和自己差不多，可没听说父亲也参加音乐节去了。他不是说很想看，可今年要连续三天上班、要应酬啊什么的去不成吗？

“我不知道是谁。昨天晚上，受到邀请去参加的婚礼比预想中早结束了，你爸临时决定去的。难以置信的是，你爸他是骑着自行车，一路骑到音乐节会场的。”

美津子话音未落，从厨房传来祖母的声音。“美津子，是广海回来了吗？”广海甚至连理都没有理会，径直冲向位于二楼最里面父亲的房间。母亲说得没错，他真的很兴奋。广海听到微弱的音乐声。时间尚早，担心吵到祖父母及邻居的父亲戴上耳机听着音乐，尽管如此，广海还是觉得那音量大得仿佛都能够听见节奏强烈的音乐声了。

他开心得一下子打开了房门。反正敲了门，父亲多半也听不到吧。

“老爸。”

门音的母亲认为音乐节很可疑，对其敬而远之。而美津子之所以对门音母亲的想法感到好笑，是因为自己也有这种不安。但她将这种不安隐藏于心，装作若无其事地嘲笑他人，希望能借此松一口气。

美津子明明一直觉得他们父子俩不断购入的CD啦黑胶唱片什么的很占地儿，明明完全不理解音乐。也许她认为从立场上而言，接受音乐节是作为现任村长之妻的责任。这才是成年人的态度。

广海打开门，果不其然看到父亲戴着耳机。父亲发觉后，举手摘掉耳机问道：“你刚回家呀？”

“是啊。参加音乐节的话，给我打个电话多好。”

“你和门音还有朋友们在一起吧。我可不想打扰你们。”

“没关系啦，怎么能算是打扰呢。”

金属框架眼镜。四十过半却也没有发福的清瘦身材。个子虽然不高，但由于身材好，看起来也不矮。父亲的身上常常散发出看似懦弱，却又有些优雅、诚实的气质。实际上，不仅外观，就连性格也是如此。

也许是在严厉的祖父教育下出现的反效果吧，即便广海家犟脾气的亲友齐聚一堂，父亲也常常扮演倾听者的角色，始终拘谨缄默。

原本父亲似乎更适合担任初高中的教师，一头扎进象牙塔，一心只问圣贤书。可他，广海的父亲，涌谷飞雄偏偏是这睦代村的村长。四十岁在职，放眼全日本也是相当年轻的村长。

几年前，飞雄还是村公所的职员。选举时，已经连任两届共八年的现任村长卸任，却没有出现候选人。此时，经其他职员请求，提名职员中最认真、人缘好的人候选。听说曾经担当小学校长的广海的曾祖父也是经过这样的提议、请愿，担任村长一职的，于是，对此事留有印象的老人们好像也强烈地劝说过飞雄。在没有其他候选者的情况下，他直接当选——但是，就广海所知，本村从未举行过村长选举。也许小村子内不愿多生事端吧，飞雄顺利地继任了。

今年是飞雄继任后的第二年。他与居民关系良好，顺顺利利、踏踏实实地做着村长。与决定承办音乐节的左东村长，以及而后继任、贯彻“不合并”独立宣言的御仓村长相比，确实是毫无威严。还好他平易近人，在年纪大的村民中很有人气。做职员时，他习惯了早早起床，用竹笤帚打扫村公所门口。女性职员发现后，建议他“身为村长还是别扫地啦”。为此，飞雄最近还有些沮丧呢。

对于父亲的村长范儿，祖父偶尔还会不满地表示“毫无威严”。但是广海反而觉得父亲柔和又毫无架子的态度很出色，符合时代的潮流。决定当村长的那一天，来自亲朋好友的祝福红包以及贺电络绎不绝地经由祖父转到父亲手中。我儿子当村长啦——祖父像过去的人那样，自豪得显而易见。他一定也开心得不得了吧。父亲苦笑着说“这也不是什么了不起的喜事”，坚持把收到的贺礼一个个郑重地退了回去。

虽然有袒护自家人的嫌疑，但广海认为在历代村长中，父亲与

“睦代之首”的名号最为相称。并非作为追求利润的手段，而是真正理解摇滚音乐节的魅力、音乐的精彩与宏伟才接纳音乐节的村长，目前只有飞雄一人。

“我想独自享受音乐嘛。我还不想让我儿子的朋友们看见我像打醉拳似的晃动舞姿。”

“您不是不能喝酒嘛。”

“哎呀。广海，好过分。别说出去哦。”

广海的酒量小，这大概也是遗传自飞雄。睦代真不愧是个小村子，每逢婚丧嫁娶或仪式典礼都会邀请飞雄，他只得痛苦地浅尝辄止，而后负责为其他人轮流斟酒，每每都是筋疲力尽而归。

当上村长之后，父亲觉得三天的音乐节只参加一天就好。广海觉得这点有些可惜。

说是醉拳有些夸张，不过广海非常理解父亲想要只身参加音乐节的心情。门音也好市村也好，他们说了想去音乐节才一起去的，可是他们从未听过参演乐队的曲子。

满足于乡村生活，换言之就意味着接受了思想停滞不前的状态。

探寻边缘音乐，收听广播，在网络的海洋中游弋，购买杂志，安装天线。每每埋头于这些事情时，广海打心底里感到宁静。对广海而信，他坚信这种感觉就是自己的“Rock and Roll”。

“听说SCAR差不多要从ANDY退团了。无论如何我都想看他的表演啊。要是他退了团，也许再也不会推出新曲，唱法也会焕然一新吧。一想到这是听SCAR演唱的最后的机会了，意识到时间还来得及，身体就开始行动了。惹你妈妈生气了，也害她担心了。”

“他的演出怎么样？我觉得超级赞！”

“要是他能一直唱下去就好了。不过轻装夜行真是冷得要命啊。”

看着飞雄热情高涨的畅谈，广海很开心。网上的帖子说比某辈人还要老的人群追捧自己青春时代的乐队，对于年轻的乐队却敬而远之。不过，自己的父亲紧紧地跟随着时代的脚步，令他自豪。

简单来说睦代祭虽是“摇滚音乐节”，但音乐节上演奏的并非只有摇滚乐。既有R&B、POPS，也有HOUSE及电子乐。就个人而言，广海并不喜欢Trance舞曲，还好睦代祭的阵容中没有安排，可以放心了——他并不希望别人对自己的音乐喜好指手画脚，同样不打算对他人的喜好吹毛求疵。但去年准备学园祭时，门音拿来作为舞蹈配乐备选的CD都是重新编曲的J-POP，的确令人生厌。

广海的音乐喜好很大程度上受到了父亲的影响。父亲觉得不错的音乐广海也会觉得不错，父亲不喜欢的音乐也为广海厌恶。从儿时起，广海出入这个书房，听了无数黑胶唱片及CD。幼小的他觉得父亲还是一名音响发烧友，所以才能在这种深山老林中尽享天籁之音。来家中做客的朋友们异口同声地称赞广海的家很时髦。

睦代祭那么珍贵，这个村里能理解其价值的人又有多少呢？就因为那是在本村举办的活动，就因为那是个音乐节，就因为镚子儿不花？如果没有这些理由，会有人真心为前来表演的阵容雀跃不已，享受连续三天的夏日音乐节吗？广海觉得只有他自己和父亲两人会如此而已，充其量再加上堂兄光广。

“老爸我倒是觉得，你不想上补习课的话，不去也没什么关系……”刚说完，他立刻歪着头补充道，“哎呀，我一说这种话，又会惹你妈生气了吧。”

父亲也熬了一宿，今天应该还有公务在身。广海对他道了声晚安，关上了书房的门。他还没走到自己的房间，就听到从父亲的房间再度传来SCAR的音乐声。

3

音乐节结束一周左右，暑假很快也要结束了。一天傍晚，课外补习之后，出了高中校园在车站等车时，门音十分高兴地开始问道：

“喂，你们知道吗？”

睦代村里没有高中。连过疏地带的村子都有了朝气，有了新兴人口自然也会有孩子。虽然学生数量还不多，但中小学还勉强维持得下去。在中小学朝夕相处了九年的老面孔，中学毕业以后便会一下子分散到邻近地区的高中内。只要没有特殊情况，大家都会选择可以从村里走读的六岳市公立高中上学。

广海这代人在六岳市立高中上理科的有广海、织场门音和市村昌人三人。广海与门音二人的双亲同为学生家长，关系处得不错，很久以前两家人便互通往来。他们与住在其他村子的市村是因为上课的关系，从去年开始突然有了密切往来。当然，三人一直同班，各自也有各自的交友圈，但大家也都相互认识。

理科是以高考为前提而安排的教育课程，兼具补习班的性质。在高二结束时教授完教科书的全部内容，成为高考生的高三学生只要充分复习高考策略即可，他们自然没有时间参加任何课外活动。

从家骑车到车站，换乘班次少到一天仅有一两辆的电车，再走上二十分钟左右，到达高中至少要花一个半小时以上的时间。七个小时的课业结束后就五点多钟了，因此每天到家时周围都一片漆黑。错过一辆电车的话，还会发生更加悲惨的事情。要么在相当于末班车的那趟八点三十二分的电车到来前，找点事情打发时间，要么打电话给父母，要他们开车来接。没有第三种办法可以回家。

开往村里的电车应该就快来了。

其他在这里上高中的睦代村的学生们零散地坐在候车室，或是月台的长椅上。拜车次较少所赐，每天自然而然的碰面，起初只是见面时才聊几句，最近开始相互寒暄了。

“对了，你知道吗？”

对于门音那句提问，循例都是市村作答，而非广海。

“什么事？”

“听说织场由贵美回村子了。”

“真的假的？！”

市村喊出声来。广海也禁不住看向门音。

“而且，她可不是这两天才回来的，好像都回来一个礼拜左右了。她回了老家，好像还住下来了。由贵美的妈妈死了以后，这边不是没有她的亲人了吗？”

“她回了家？织场家吗？”

一定是音乐节那天回来的。门音自信满满地接着说道：

“没错。就在公民馆的斜坡后面，那间荒废破烂的房子。现在是夏天还不要紧。平时没人住的房子很冷，我也很怀疑那里到底有没有通煤气水电。听我妈说，有不少人都看到了。晚上屋里似乎还亮着灯——本以为是小偷，区长他们为了一探究竟去了织场家，结果织场由贵美泰然自若地出来开了门。她跟左邻右舍连招呼都没打一声，就搬回家住了呢。这是不是有点儿不合常理呀？亏得我们家还给由贵美妈妈的葬礼帮过忙呢。”

门音提高了嗓门。市村则一味和着“真赞，太棒了”。同校一年时间，广海发觉市村性纯心宽，开朗不做作，是个不错的家伙。对他来说，音乐也好，书本也罢，似乎完全没有存在的必要。也就是说，市村与广海是完全不同的类型。

“市村，闭嘴！”门音瞪了一眼。

市村摊开双手说道：

“可是，自家附近住着艺人不是很棒吗？好想看看她啊，不知道她会不会出门啊？她是一个人住，还是和什么艺人朋友啦男朋友的一起住啊？”

市村兴奋地喋喋不休。

“周刊杂志来采访之类的。”

“区区一个织场由贵美，才没人采访呢。她是个性派女演员，知名度并不尽如人意。”

话说至此，门音才突然压低了声音，说道：

“啊，这是只属于我们的秘密哟。要是让城里的学生们知道会很麻烦吧。市村，像你这种人也太多啦。就为了想看看艺人，从前天起她家附近聚了好多人。你想想，谁会出门让人围观啊。”

“聚了好多的人？”

广海不禁皱起眉头。

他的脑海中浮现出葬礼时，初次到织场由贵美家中的情形。那是个古老建筑，硕大的柿子树探出枝来，伸到把包裹庭院的围墙一分为二的路上。一想象人潮包围那一带，就觉得是个超自然的情景。

“是不错呀。”

门音点点头。

“织场由贵美虽然是个自命不凡、装模作样的家伙，或许还只是个可怜人。就因为想亲眼看看艺人，连相机都准备好的人在附近团团转。和新闻里看到的罪犯的家没什么区别嘛。”

“不会是从东京一路追过来的狂热粉丝吧？”市村问道。

门音摇了摇头，说道：

“那都是村子里的人。连上了年纪的大叔都去了。”

“我听说直到中学，织场由贵美都住在村子里。那时候她漂不漂亮？门音，既然你和她是邻居，应该见过她吧？”

“以前就装腔作势的。明明还不是女艺人，就已经瞧不起人了。”

门音紧锁眉头道。而后，她突然表情缓和下来，看着广海继续道：

“广海真了不起，没像市村那么肤浅。”

“我也没什么了不起的。”

“说起来，广海你替你爸爸出席过由贵美家的葬礼吧。”

“嗯。”

广海含混地应着，点了点头。

广海代替忙于公务的父亲送去了奠仪。双亲原本已经交代过烧个香即可，但他一去就被大人们以“难得来一趟”为由，拉着去最里面的客厅坐。

广海不认识在场的每个人，但他们却知道自己是“村长家的长子”，这令广海很不舒服。他应邀坐在离佛龛最近的座位上，感觉非亲非故的自己不应该坐在这么好的位置上，一心只想早早离开。

——村长还是很难屈尊就驾啊。

一名上了年纪的人用嘶哑的声音说道。广海以为他对自己说话，仰脸看过去才发现似乎并非如此。几位老人犹如对待供品一般，肩并肩静坐在角落中看了过来。

——这个自然啊。事情变成这样，怎么来得了啊。

其他人悄悄作答。时值冬季，天气晴朗，可广海还是觉得制服袖口一直潮乎乎的。

广海找寻着应为丧主的织场由贵美的身影。他环视房间，看看是不是有什么熟人过来帮忙。这是个古旧狭窄的建筑。借由尿遁走出房间后，广海听到一群女人的声音。他停住脚步，最后在厨房最里面发现了熟悉的门音的母亲。

——你什么都不用操心啦。

——可不是嘛。由贵美，坐这儿歇着。

——你妈妈怎么会遇上这种事啊。

——之后全包在我们身上了。

表面干巴巴的木桌上，放着很多成包的牡丹饼。在那后面可以看到黑色和服的袖子，以及从那袖子中露出的皮包骨般的纤细手臂。

直觉告诉广海，那就是织场由贵美。

女人们一厢情愿地窃窃私语，由贵美完全没有回答的意思。“放心好了，由贵美。”门音的母亲说道，“我们站在你这一边呀。你什么也不用操心，放心交给我们好了。”

如果向里面使劲探头的话，也许能看到由贵美的脸。广海虽然也有兴趣看看艺人，但那个时候他只是单纯想要看看自始至终保持沉默的由贵美在村里女人们的重重包围中，到底是什么表情。他正想溜到走廊上，背后传来一声招呼——

“喂，涌谷家的。”

轻轻放在桌子上的由贵美的手看上去像是抽搐般有了反应。广海察觉到她似乎站起了身——正在那个时候，广海背对着厨房。回到房间，他对老人们道歉说“我这就回去了”，便先行离开了。

广海一回到家，祖父就向他打听了葬礼的种种，盘问是否按规矩把广海让到最里面坐。广海老老实实地回答说他感到难为情，所以立马回家了。

“没出息。”祖父叹道，“身为长子连这种事都做不到，那怎么行啊？给我理直气壮一些呀！”

广海对祖父这种过时的说法感到气愤，但他一言未发。比起坐在薄薄的坐垫上，在灵堂中听人没完没了的念经，还是被祖父臭骂一顿划算得多。

现在，由贵美住在那幢房子里吗？

意识到这个问题后，那些坐在车站的长椅上，准备就此回村的学生们一提到由贵美时，声音都会传入广海的耳中。大约明天这个时候，由贵美回乡就会是村里人尽皆知的事情了吧。

我们村的人真是笨死了，广海想。明明SCAR的舞台触手可及，偏偏要错失良机。就算世界级歌星在车站或村里闲逛，村民们也会因其是外国人敬而远之。他们分明都不记得由贵美演过电视剧里的什么角色，却不惜聚集在她家门口。

“市村，不会连你也跑到贵美家门口等她去了吧？”

“我怎么会那么做？不过，就算我去也是为了打探消息，为了消息才去的。”

市村绝对去过了——广海在心中叹道。此时，恰巧电车开进了站。

就在这个时候——

自月台一端的候车室中传来一声大喊。

“真的假的！”

这比方才市村的那一声喊叫还要令人生厌。只要是这一带的人，谁都听得出来这种毫不客气的粗鄙的嘶哑嗓音，在睦代长大的孩子，也应该有被这种好似恫吓般的声音臭骂过一两次的经验。

门音方才还朝气蓬勃地说着话，可当她死死盯着发出声音的方向看时，整个人都僵住了，连话也说不出。

“织场由贵美回来了？真的吗？我超想见她。”

广海无法确认那个插话的人是谁。从没人附和这点来看，听上去像是有人听到别人聊天才擅自插话。那副毫不在意的样子刚一映入眼帘，广海就看到身穿商业高校制服的两名一年级女学生不知所措地看着插话的那人，一副快要哭出来的样子。

那名一脑袋棕色头发，带着耳饰的六岳第一商业高中三年级学生，是日马开发现任社长日马荣介的儿子日马达哉。他原本一直由女佣开车接送，或是自己开着噪音颇大的大型机车上下学。可今天竟然和他同乘一辆车，真是不走运啊。

他那满是雀斑和粉刺的脸部肌肤油腻不清爽，但是五官端正。站姿吊儿郎当的，个子却很高，显得魄力十足。

一旁的门音紧紧抓住广海校服外套的肩部。广海用眼神制止了本打算对达哉怒目而视的市村。他站在门音前面，挡住她以免被达哉看到。

——典型的败家子儿。

在中学时，嘴上逞强的门音当面对高自己一年级的学长日马达哉说出了这句话。她也因此吃了多大的亏啊。听说达哉从东京的学校转学过来也和他的品行有关。

“走吧。”

广海牵着面色苍白的门音的手，远远绕开了达哉。他希望尽可能乘坐与达哉不同的车回家。

4

趁出诊结束之机，广海赖在候诊室。他在等人，等在村中唯一的诊所帮忙的光广。

须和光广比广海大十岁，是他的堂兄。在县内的国立大学医学部毕业后，自愿从事过疏地带的医疗事业才回到了睦代村。

诊所里有名村里雇的老医生石川。他是前村长费了好大力气才招来的医生，对于长期没有医生、处于关闭状态的诊所而言，他就是希望。石川医生拿到了五年期合同。光广去年才到石川医生的身边帮忙，但这么下去，恐怕最终会以光广为诊所的核心人物吧。

“哎呀呀，怎么啦。村长大人的小少爷，哪儿不舒服呀？”

“石川医生，好久不见了。”

广海一再恳求光广，才把《周刊少年JUMP》拿到手。他刚看了一会儿，石川晃动着夹杂着白发的须发，向他走了过来。

“我很好。”

广海答道。

“等光广呢？”

“是的。我想和他一起回去。”

“行啊，没问题。今天已经没什么要紧事了。”

石川呵呵笑道。那笑声犹如在漫画中出场的仙人的声音。光广从诊所的最里面露了个头。也许是从高中时代起练习橄榄球的缘故，他体格健壮，宽厚的肩背看上去也很可靠。即便是堂兄，无论是相貌还是体格，他都与广海截然不同。

“喂，广海，有事吗？”

“哥，一起回去吗？我有点事想问你。”

光广推着心爱的轻型机车，和广海一起缓缓地踱着步子。八月最后一周，睦代村中还飞舞着萤火虫。

“晚饭去哪儿吃？去店里吧？”刚出诊所，光广便开口问道。

广海点了点头说：“好。要是姑姑不嫌烦的话。”

“我倒不觉得有多麻烦她。不过，你可要好好跟美津子阿姨请假才行。”

他们所说的店是指飞雄的妹妹、广海的姑姑、光广的母亲须和千鹤开的小料理店。

睦代村内原本几乎没有为村里人开设的餐馆。伴随着村子的观光开发，连曾经是别墅用地的村口都有了新一代村民经营的咖啡店及餐厅，一旁还建起了内含卡拉OK厅、酒吧的不夜城。但是，为游客开设的这些店面并没有让当地人轻松享乐的气氛，对广海一代来说更是如此。在这样的背景下，姑姑的店成为唯一一家从广海小学时代起便无须顾虑、自由出入的场所。

到达离诊所较近的千鹤的店，穿过挂有暖帘的小小入口，便可听到“欢迎光临”的声音。见到光广与广海后，千鹤轻轻侧头招呼道：

“哎呀，广海也来啦。欢迎欢迎。”

“姑姑好。”

这间三十多平方米的小店分为吧台座与客座。店内还没有其他客人的影子。千鹤与飞雄的相貌十分相似，那双纤细的手正在忙着为开店做准备。她停下了手里的活儿，边用围裙擦拭着双手边走到入口迎接。

“广海，打电话联系过你妈妈说你过来吃饭了吗？”

怎么都这么问啊——广海在心中轻轻啧着，答道：“马上打给她。”

广海家的亲戚几乎全住在村子里。亲戚间通常关系密切，彼此亲密无间，从广海年幼时起，他便在如同亲生父母的光广的双亲呵责下长大。与要求食不言的广海家不同，姑姑偶尔会问起“广海有没有喜欢的人了”。自他懂事以来，反而觉得跟姑姑比自己的母亲更容易无拘无束地聊天。

姑姑比飞雄小两岁，虽然比广海的母亲年纪大，但无论从外表还是感觉上来看，绝对比美津子显得年轻。即便不化妆打扮，在外甥广海看来，姑姑眉清目秀的容貌也堪称美女，连双颊深刻的皱纹及酒窝都质朴如画。

打给美津子时，广海刚一说到要在千鹤的店内吃了饭再回家，电话那端果真传来不爽的声音——“我已经准备了你那份”“会给人添麻烦的”“别回来得太晚呀”。广海如常敷衍一番，说了声“我知道啦”，挂断了电话。

广海走到最里面的客座，刚坐好就听见光广问道：

“由贵美回来了吧？”

他把千鹤拿来的小瓶啤酒倒入自己的杯子中，和广海那杯乌龙茶碰了碰杯。光广喝了一口酒后，抚摸着下巴上没刮的胡楂，轻轻叹了一口气。

以前曾听光广提起过，直到中学为止，他与织场由贵美是学长与学妹的关系。

“那么，姑且不说你在音乐节那天看到她，她现在真的还住在那儿？”

他盯着广海的脸说道。

“我不知道。不过，她家周围人山人海的。咱们村儿的人真是闲得要命。”

“哈哈哈。”

“笑什么？”

“没什么。你还瞧不起市村，不也还是去了织场家嘛。有你的呀，小伙子。”

“我才没……”

广海只对光广吼了半句便把话咽了回去。他担心被柜台后面的千鹤听到，但姑姑的嘴角已然轻轻上翘。光广赶忙打圆场道：“好啦，我知道啦。”

“唉，她还真是可怜。不管怎样，都在一个村嘛。太过显眼总会引人侧目。想看一眼女艺人才去她家的老年人只是纯粹好奇，没有恶意。不过，就算没有恶意，也会带来不少麻烦事。”

“她没和你联络？你们不是关系不错嘛。”

“毕竟以前交往过。”

光广痛快地交代了。这句话令广海无言以对。

光广不以为然的宣告过后，立马盯着广海的脸说道：

“我开玩笑的。你可别当真啊——哎呀，毕竟是以前的事儿了。我虽然在她妈妈的葬礼上帮过忙，不过那时真是好久没聊过天了。她升高中后就离开了睦代村，去东京上学了。”

“东京？”

“不是有个什么学园，不少艺人都在那儿上学吗？由贵美为了去那儿上学才离开睦代，独自去东京生活的。她甚至还一个人跑去参加模特公司的试镜。”

“是吗？”

“就是从那时候开始，村里人纷纷说她中学一毕业就立刻离开了村子，真是个非常怪的人。”

“她这人怎样？”

广海以为光广又要开玩笑，可光广却一本正经地说道“她是个可怕的女人”。

“漂亮，身材好，不过也精明得很——事到如今，她还回来做什么呢？”

“连哥哥你也不清楚吗？”

“我怎么可能知道。”

“这样啊。”

由贵美妈妈葬礼的那一日，如果能与光广相遇，也许自己不用那么丢脸就能完事了。广海默默地喝了一口乌龙茶。

光广离席去洗手间的时候，千鹤边上菜边说：

“我很想念由贵美呢。”

姑姑摆出一副佯装不知的表情，可她还是听到我们的聊天内容了吧。

“姑姑，你也认识她吗？”

“光广带她来过嘛，所以见过几面。在由贵美出生之前，她爸爸也经常来我这儿串门呢。”

“什么？”

“我说啊，广海……”

千鹤刚要说些什么，这时，光广回来了。

“好香啊。”光广盯着料理说道。千鹤说了声“慢用”，笑着站起身。她小声对看着自己的广海说“以后再聊吧”，之后便离开了。

广海很想听下去，但已经过了七点，店内的客人渐渐多了起来。

来客全是村民，没有一个是观光客。坐在吧台的两名男子身穿着村内左东建设的工作服。过了一会儿，只听得有人喊道：“千鹤，推辞啥啊。”

“我妈偶尔会应酬一下。她不是会唱卡拉 OK 嘛。”

“哎呀，石卷先生，你们可别戏弄我了。”

“有啥不行的。要是去车站前面那家店的话，等你打烊了再去也行啊。我等你喔。”

对面的光广叹了一口气，低声嘟囔着“一点儿辙也没有”。他对广海使了个眼色，然后悄悄地离席，在母亲与客人间插话道：

“哎呀呀，大叔，别看我老妈这样，其实是个超级音痴。你们要是不介意的话就带她去唱歌好了。”

“哎，光广，你也在啊？”

“在啊，当然在。说起来大叔最近是不是喝太多啦？石卷先生，还有大叔你，你们的肝脏会恶化的。多加注意呀。”

光广以平易近人的口吻对脸色发红的客人劝说道。那客人给光广倒酒，让他“也来一杯”。光广一饮而尽。吧台后面的千鹤笑着向客人道歉——广海自幼不知道见过多少次这样的场景了。

光广的祖父须和家开设了一家大型采石企业。身为次子的光广的父亲将祖业交给长兄，自己在道路公团任职。因为工作关系，他常常调动工作，现如今仍然在他乡生活，只在周末回到睦代村。他一直单身前往各地赴任，并不带家眷一同转调。广海曾见到飞雄抱怨光广的父亲“哪怕和哥哥一起成为公务员，在一处工作就好了”。

千鹤的店原本是须和家名下的公司旧址。

听飞雄说，姑姑开这家店只是为了等待单身赴任的丈夫，打发漫长时日罢了。不过，千鹤原本就很讨人喜欢吧。她长得眉清目秀，待人接物也通情达理，还会聆听老人发牢骚。听说千鹤还年轻的时候，村消防团的年轻人曾真心为她发生过争执。也许从很早以前，光广就为妈妈保驾护航了。

不到九点，二人从店里出来，向位于室平的广海家走去。

在广海的祖父年轻时，涌谷家似乎还在山岳一带居住。由于推进开发，万般无奈之下才搬离那里。听说水坝湖的上方原本也有村落，那里的居民一起移居到室平。在睦代村，室平是居住户数最多、面积最大的地区。光广的祖父一脉，须和本家也住在那里。

渐渐可以看到村落入口的指示牌时，光广挥了挥手道别。要是被别人看到了，让他顺道去坐坐可就麻烦了。所以，他想赶紧回去。

“光广哥去家里坐坐，奶奶会很高兴的。”

“拿出甜腻的茶点招待我，还得陪他们没完没了地扯闲篇儿，我可受不了啊。帮我转告他们，我改日再来吧。”

光广推着轻型机车，转弯之前，对广海说道：

“记得把《JUMP》还给我呀。”

广海想起放在背着的登山包里的最新一期漫画，不禁苦笑了一下。

“露馅啦？”

“本来诊所里就都是老年人，我才把这种闲书放在那儿的呀。至少你在诊所里看好吗？石川医生会发现的。”

“那位老大夫生起气来也没啥可怕的嘛……”

分别之际，广海顺便问了一句。

“光广哥为什么回咱们村儿呀，医生不才应该一直待在大城市里吗？”

“也许吧。”

“那你为什么回睦代呢？”

连光广都陷入了长时间的沉默。他的视线突然柔和起来，回答道：“过几天你就会知道了。”光广没等广海反应过来，说了声“拜拜”后消失在夜色尽头。

5

到了周末，织场由贵美的目击情报不断增加。

全然看不出她出过门的迹象，食材要怎么采购呢？犹如远观吸血鬼般，周围居民密切监视着她的一举一动。

广海曾有一次晚上路过由贵美家门前。如门音所说，二楼窗内亮着灯。

看来她并非因为参加音乐节，心血来潮回到村子住的。今天是由贵美回到村子的第十天。

暑假的最后一天，理科也和普通科一样放假了。广海决定如去年那样度过这一天。在位于村子山岳一带的水根湖前，戴着耳机听听音乐看看书。这么打发日子多棒。

尽管无照驾驶轻骑无法得到表扬，但是同去年一样，只要拜托光广，他就会一边苦笑着说“真拿你没辙”，一边痛痛快快地把车借给广海。

即便入了夏，不到休息日这里仍然是无人问津的观光地。

睦代的山岳一带，大大小小的县营及民营企业的水坝及发电所一共有三处。这片广阔的山地绵延不绝，为睦代所有。

其中，最大的水坝湖是水根湖。那片湖的深处为茂密的森林所包围，在日光照射不到的地方，湖水在绿意中沉睡。

今年被人抢了先。即便没有与那人四目相对，仅仅在看到对方弓起的纤瘦背影的瞬间，广海立刻发觉那人就是织场由贵美。

音乐节那晚也是如此。她身穿白色五分袖针织衫，给人的感觉与电影中扮演的角色截然不同。昏暗的湖面上，倒映在湖水上的白色人影晃动着。突然，广海的脑海中冒出一个念头。他觉得村子中飞舞的萤火虫一定出生于此。

她独自一人。

由贵美的身旁停放着一辆车轮已经生了锈、打了弯的自行车，那是前车筐已然撞坏的女式自行车。令人不禁佩服她骑着这种破车居然还能骑出这么远。到底她骑了多久才能骑到这儿来呢？想不到她的体力还不错。广海这样想着，同时还发觉由贵美几乎没有出汗。

由贵美缓缓回过头看向广海。侧脸似乎还挂着粒状水滴，圆睁的双眼捕捉到广海的身影。她哭过。

广海说不出半个字来，仿佛他一开口，由贵美就会化在水中，原地消失似的。

织场由贵美非常漂亮。恍若天仙般，美得毫不真实。

“你是谁？”

过了一会儿，广海才发觉那句话是问自己的。

第二章　织场

1

被由贵美注视着就会感受到被吞没的力量。广海动弹不得，仿佛从正面感受到她强烈释放的引力。她那雪白的耳朵好似精灵一般，耳郭上方略尖，耳垂很薄。

无论将来有多后悔都好，就算身败名裂，被人逮捕也无所谓，现在、此时，想要抚摸由贵美的心情不知从何而来，毫无凭据、毫无预兆，却毫无办法地涌现出真实的冲动。

广海想起年纪相仿的朋友们以艺人或班里女生为题材，聊得非常起兴的黄段子。对于太过漂亮的女性，必定无法引起情欲，更何况是像身为模特的由贵美这种瘦到几乎折断的，超世脱俗的类型呢。

这真是大错特错啊。

叽——叽——

耳边传来尖锐刺耳的鸟鸣。

若是稍做停顿对方才打招呼的话，也许广海已经向由贵美伸过手去了。过去他从未对任何人有过这样的欲望，也曾一心以为与年纪相仿的友人相比，自己缺乏这种情欲。

“你是村里的人？”

由贵美的声音从唇瓣间滑出，听上去好似通过无形的扬声器从远处飘来般缥缈。她的声音促使广海的下颚自然而然向下点了点。

“哦。”

她拖着鼻音点点头。低垂的睫毛没有化过妆，却给人以长且忧郁的印象。不知道是眼泪的缘故，还是山中不知不觉弥漫的雾气的缘故，由贵美的睫毛看上去湿漉漉的。

“你叫什么？”

“涌谷广海。”

“我叫织场由贵美。”

“我知道。”

由贵美奇怪地注视着广海。“是吗？”说罢，她陷入沉默，重又把视线投向湖面。

仅凭薄薄的夏季针织衫无法在山中过夜。她是如何在日出之后，在众目睽睽之下出的家门呢？

“我的堂兄……”

仿佛要打破沉默，维系话题似的，广海开口说道。由贵美转过头来看着他。

“我的堂兄是织场小姐的学长。他叫须和光广。你还记得他吗？现在他在村里的诊所当医生。”

“是他啊。”

广海还以为对方会有更明显的反应，但由贵美只是扫兴似的冷淡地点点头，而后又兴趣缺缺地扭过头去，注视着湖面。

出乎广海的意料。光广应该在她母亲的葬礼上帮过忙。又不是从以前分手之后再没见过，怎么会有这种反应呢？广海甚至觉得失望，毕竟在诊所工作的医生光广一直是他引以为傲的堂兄。

事到如今，他已经无法若无其事地在由贵美身旁看书，打发闲暇时光了。他注视着沉默的由贵美的背影，以及从纤弱的肩头快要滑落的针织衫一端露出的米色肩带。

他双腿僵硬，视线无法从她那雪白修长的脖颈上挪开。

“对了。”

突然，她回过头来，上身挺得笔直。没等广海回答，由贵美询问道：

“你打算待到什么时候？我可以和你一起回去吗？”

“哎？可是……”广海反而啰唆起来，“你是怎么从家出来的，我听说左邻右舍把你家团团包围了？”

说完，他才发现自己忘了使用敬语，于是便畏缩着继续说道：“我觉得很抱歉。这里太过乡村，给你添麻烦了。”

“别介意。我明知这儿就是这么个地方，还是回来了。我也很清楚其实大家对我并没有太大兴趣。”

八岁。

是自己与对方的年龄差。听说她中学毕业后就离开了村子。比现在自己的年龄还小。但是，她与自己不同，她很成熟。

“意外的是我家院子和后山的竹林相通，可以从那里避人耳目地回家。你把我送到那附近就行了。”

具有威慑力的双眸仿佛看穿广海般注视着他。

“你不想惹人注意吧？”

刹那间，广海不知道该如何作答。她在挑衅吗？

过了好一会儿，广海才挤出一句话。

“骑车回去吗？”

他询问道。由贵美依旧冷淡地“嗯”了一声算作回答，马上向自己那辆停在一旁的老旧女式自行车走了过去。

广海来不及阻止。由贵美当着广海的面扶着那辆车，颇具气势地推着它，像是助跑一般小跑起来，宛若以跳远的诀窍跨越本应无法跨越的湖似的。

在几乎快要踩到湖水的时候，由贵美那雪白的手臂顺势将自行车抛入水中。这是个冲动的做法，不禁让人怀疑她到底从哪儿来的这么大力气。瞬间，自行车被整个抛向空中。距离并不远，它却冲到了一个从湖边无法够到的绝妙位置，在湖面上溅起好大一片水花。一声巨响过后，水花两侧架起了小小的彩虹。

广海吓得瞠目结舌，一再眨着眼睛。由贵美对他说道：

“这个湖还真是深啊。”

湖水从对面溅了过来，落在她刘海上的水滴熠熠发光。在她的视线尽头，绿色湖水吞没了自行车，扑通一声冒起了气泡，好似开玩笑般接连响起“噗噗”的声音。湖面发出将猎物吃得精光的声音，连车座也渐渐消失在水中。

令人腿脚瘫软。

水根湖的湖底布满水草，人一旦落入便再也无法生还。自幼双亲的谆谆教导在他耳畔响起。

广海不禁想象起自己被这片早已熟识的人工湖吞没的那种黑暗。他明白如果一不留神失足落水的话，当真会命丧于此。要是告诉她双足踩在湖水与地面的分界线上，站在即将落水的边缘有多危险，也许她会出冷汗吧。

“我坐后面，你带我吧。我的自行车处理掉了。”

由贵美任由水从额头滴落，若无其事地走了回来。她明明刚做了一件令广海吓破胆的事儿，偏偏从容地微笑着尽显优雅，让广海无从憎恶。

“只是轻骑哟，而且我连驾照都没有。”

“无所谓。被抓到无照带人的话，家庭裁判所也许不会理会吧。”

明明就是她教唆引诱的嘛，亏她还笑得出来。广海看到由贵美迅速翘起的唇瓣突然泛起了红色。

下山途中，广海曾一度把机车停在路边。

无论由贵美多么轻，只要开起车来，负荷双人重量的轻骑小引擎便会发出噪音，以抗议广海的任意驱使。

“能不能别抱得那么紧啊。”

广海也曾这样载过门音几次，她的手毫不客气地抓着自己。但即便如此紧贴，他也没有任何心动的感觉。

由贵美完全没有犹豫。她刚一坐上后座，就不客气地用那双柔软的手臂环住了广海的腰部。

他几乎无法喘息，这才知道自己不过是个经验不足的毛孩子罢了。广海没有能够保持平静，一路飞奔回村的自信。

由贵美轻轻松松地说了声“好”，松开了紧紧抱着广海的手，继而抓住了广海的衣服，把手放在比腰部略高的背上。她好似没有任何想法般问道“这样可以吗”，广海点点头。自那以后，他已经无法和她搭话了。

“我说啊。”

在由贵美指向的织场一带的竹林附近，她喃喃细语道。

“怎么了？”

“我们在音乐节那天见过面了吧？”

广海回头看了她一眼。由贵美再度问道：

“你不记得了？”

“记得。”

已经到村子里了。为了不引人注目，广海熄了火，停下那辆轻型机车。这样一来，由贵美的身体轻飘飘地完全离开了轻骑和广海的身旁。

“一个字也没听你提起，还以为你没注意到我。”

“没想到你还记得。”

“好男人怎么能让人忘得掉呢。”

他错过了反驳的机会。分辨不清由贵美到底在开玩笑还是说真心话，可喉咙偏偏发不出任何声音。由贵美静静地笑了。

“谢谢。多亏你才能享受音乐节。要是被村里人发现的话，一定会引发骚动的。”

没想到那一日她似乎并没打算那么低调。

由贵美眯起双目。如此一来，大而有神的眼睛骤然向后延伸成细长清秀的形状。

“你喜欢音乐？”

“喜欢。”

广海本打算解释自己与其他那些实际上并不喜欢音乐的村里人截然不同，但又有些顾忌。由贵美马上问道：

“NAGI 呢？那个时候，NAGI 在月光舞台上表演。”

“我从之前的 DOUBLE-ONE 时代开始就一直听他的歌。”

DOUBLE-ONE 解散后，NAGI 才单飞的。过了一会儿，听到广海如此作答的由贵美微微笑了起来。

“NAGI 是我的朋友。”

“太牛了。”

对方可是艺人啊，应该有很多机会认识 NAGI 吧。从音乐节那天见到由贵美开始，广海大抵猜到她回到村子的理由了。即便如此，他还是发出了感慨。想要询问的事情堆积如山，可他不愿被由贵美当作追星族，正当犹豫不定之时，由贵美趁机说道：

“你带笔了吗？”

“要是圆珠笔的话，我带了。”

"圆珠笔就行。"

由贵美沉默地伸出右手。广海从挎着的包中拿出笔，刚要递给她，她却摇摇头说"不是啦"。

"你写吧。你有手机吧？"

她的手突然伸到广海面前。手指向掌心蜷曲，轻轻半握着。由贵美指的是那雪白上臂的一侧。

广海触摸到她时，才发觉她的手那样冷，冷得几乎无法将之与那双直到方才还环在自己腹部的手联系在一起。他不由得抬起头，对方则心知肚明般不带感情地说道：

"我只是容易手脚冰凉。"

广海伸出左手，握住由贵美的手，在她的手上写下自己的手机号时，胸中本已平复的悸动再度变得强烈起来。数字歪七扭八地排在一起，手指颤抖着，宛若手腕受了伤一般。

写完最后一个数字松开她的手时，由贵美将方才广海握住的地方用自己的左手静静按住。她看着那串数字，对广海道谢。

"我会打给你的。到家之后我把号码记在别的地方，不用担心，我会洗干净的，不给其他人看到。"

"没关系的，不用那么小心翼翼。"

"真的没关系吗？和我在一起会很扎眼的。"

由贵美说话的时候甚至连笑容都没有。

无所谓。广海本打算立刻这样对她说的。但是他的耳旁似乎可以听到光广评价由贵美的那句话——她是个可怕的女人。

"你为什么回来呢？只是为了参加音乐节吗？"

也许这句话问得有些多余，但他对此很感兴趣。织场由贵美被人背地里唾骂舍弃了村子。广海多少可以想象得到她舍弃村子的理由。

小升初之后，广海一直隐隐觉得，也许有一天自己也会离开村子。

广海讨厌这里，大概和她一样讨厌这里。

“扫墓，祭祀，以及其他很多事情。”

由贵美回答的声音没有抑扬顿挫。无法得知这是不是她的真心话。她回来的这十天之中，没有任何人见到她外出了。

“再会，广海君。”

直到刚才只称呼广海为“你”的那个人突然之间喊了他的名字。还以为由贵美没打算记住自己的名字，一想到自己竟然为了这种事情感到开心，广海就会觉得窝火。

一阵风吹来，好似提醒般传来一阵竹子的清香。即便在夏日，地面被从山上往下刮的风吹干，在高高的竹子上也会留下无数道黄土色的疤痕。竹叶在头顶上齐鸣，无论是任意舒展的竹子也好，还是没有挖掘痕迹的地面也好，都荒芜得没有任何修整的迹象。

由贵美的背影消失在远方。十米远的地方有一道墙，那道水泥墙的一部分已然坍塌。如若不是身体灵便的人，又怎么会动心思翻墙而过呢。

他眺望着由贵美白色的背影，想起了音乐节那一晚。

音乐节上，原本应该整晚燃烧盛大的篝火，这是夏日唯一要尽情享乐的夜晚，理应充分享受那冲天的火光，直到天际泛白，火光与热度一起消失才对。如今想来，那一晚的火焰自始至终也只是冒了冒烟而已。

闭上双目，犹如萤火虫之光的微暗光芒不时浮现在脑海中。也许，这是织场由贵美的存在导致的吧。

2

原计划在湖边度过整个白天的，如今全被打乱了。

广海已没有心思回到湖边。他恍若美梦方醒般，向竹林对面看去。森林也好，田地也罢，与平日毫无二致的景色在地表裸露的山上蔓延，仿佛一则精美的谎言。

在傍晚诊所下班前把从光广那儿借来的轻骑还回去即可。正当他推着轻骑，走在回家的路上时，手机震动起来。是母亲打来的电话。

“你在哪儿呢？”

为什么美津子每次打电话都要以这句开始呢？

“家附近。怎么了？”

那通电话是通知广海有人来家里找他，那人在他的房间里等，让他早点儿回家。广海兴趣索然地叹了口气。

“我不是跟你说过好多次嘛，不要随便让别人进我的房间。”

“妈妈也是这么想的呀。我跟他说等你回来之后请他再来，可是那孩子根本不听嘛。你快点回家吧。”

“知道啦。”

从美津子佯装不知的声音中，听到一阵喧闹的回响。

挂了电话后，广海发觉有未接电话。是载着由贵美开车时打来的吗？他查了查未接来电，看到织场门音打过两次。看完后，广海合上了手机。

为了不让母亲发现，广海把轻骑一直推到后院外的田地深处——黑亮的大型机车已然率先停在那里。广海把轻骑停在那辆机车一旁，绕到正面推开玄关的门，立刻看到一双红褐色的皮鞋胡乱丢在那里。

鞋面锃光瓦亮，半点伤痕也没有，贯穿鞋面正中的鞋带也整整齐齐地系着，没有丝毫歪斜。一看就知道那是双造价不菲的鞋子，倒是鞋跟被随意地踩塌了。

广海又叹了口气。

“广海，你回来啦。对了，他已经在你房间里了哦。”

“知道啦。我这就去。”他低着头回答道。

上台阶时，美津子对他说道：

“待会儿我切了桃子拿过去哦。”

光线透过采光窗子洒进房间。广海一听到在房中放着的音乐，立刻由衷地感到愕然——你小子的字典里就没有客气二字吗？也许是已经死了心的缘故，事到如今广海连气都生不起来了。

“达哉。”

“喂，广海，我来找你玩儿啦。”

达哉盘腿坐在房间正中，笑脸上布满的红色痘印舒展开来。他那天生粗糙的皮肤令他受到同班女生的冷落，还被八卦出他在东京都干过什么好事。那可是村里人老少皆知的事实。

日马达哉是日马开发的败家子。

“别随便跑来我家。怎么也得打个电话吧？”

“你不是说今天休息嘛。我想反正你也在家闲着。”

他赌气般噘着嘴，伸出留着长指甲的手指，懒洋洋地按住耳朵。广海很久没有近距离看到达哉的头发了，那掉色的茶色头发犹如枯草一般干燥。

达哉把摊开的漫画合上，问道：

“你还好吗？唉，虽然总能看到你，可你老跟那个女的在一块儿，都不跟我打招呼。”

“这是拜谁所赐啊？”

“我呗。”他呵呵笑着，言简意赅地回答，而后继续说道，“你和那女的，睡了没？”

见广海轻轻瞪了自己一眼，达哉立刻耸了耸肩。

“唉，太麻烦了吧。不过，广海你可真了不起啊。刚才我听你妈说，你在那所秀才高中拿了学年第一？不愧是广海啊。”

“这也没什么了不起的。”

一想起老妈在自己出门的时候，变着法儿的向达哉炫耀自己，广海就感到厌烦。达哉则向广海回瞪过去，说着“干吗不承认呢，真不爽啊”。即便装作开玩笑，广海也不愿意和他四目相对。达哉的眼眸会突然变得冰冷，令你难以想象他刚刚还在笑。他的声音和表情也会变得尖锐。有时，广海会觉得敏锐这个词也许是为了这小子而存在的。

广海猜到了达哉的来意。果不其然，达哉毫不客气地突然问道：

“喂，织场由贵美的家在哪儿？”

他看着沉默不语的达哉。

“听说由贵美她回来了。”

达哉有着非常明显的双眼皮。也许是他的眼神看上去总是懒洋洋的，故而令人无法确定他的视线到底投向何方。广海回答道：

“好像是吧。惹得村子里乱哄哄的不说，听说她家门前还聚了一堆人。你一过去就能立马知道。大家都知道由贵美家在哪儿。”

“所以说，在哪儿嘛！”

“我不记得你小子喜欢织场由贵美啊。”

他说“这可说来话长了”。达哉房里放着的小黄书和杂志里那些写真女优，几乎都是走性感路线的，即便是住家女佣——广海脑海中浮现出那个人的身材来，却没有宣之于口。

“就算不喜欢，过去看看总行吧。”

达哉眯起了双眼。

“我又不做什么坏事，你不用操心啦。”

“只是问她家的位置，问其他人不也行嘛。找谁问都行啊。用不着特地跑来我家问我吧。”

“其他人？哪儿有什么其他人啊。说什么‘找谁问都行’？还‘大家都知道’？可是啊，你觉得这个村儿里有谁会告诉我啊。不是只有你嘛。”

达哉眯起的眼眸中勉强透出一丝平易近人。

“除了你，我没有别的朋友了嘛。”

广海听不出达哉是否有意识发出那犹如孩童般的声音。经过这些年，他总算明白，对方也并非精明到能够灵活运用经过计算或算计的表情。

不可否认的是，达哉粗鲁、蛮横、下作。广海也深知他的这些特点，但并未因此对他称自己为朋友而产生抵抗或怀疑。

“过几天我带你去。”

他无法告诉达哉自己甚至刚刚去了织场由贵美的家，还跟她见过面了。与此同时，广海也有种预感，觉得自己即便这就要去诊疗所归还轻骑，也不会将由贵美的事透露给光广知道。

“你只要告诉我她家的大致位置就行啦。你不想和我一起出门吧。”

达哉边用指甲抓着脖子边说，眼皮上的血管抽动着。他那听上去带有任性苛责般的自虐性话语中，实际上并没有包含任何深意。他只是说话不过脑子而已。

“画个地图给你，能看懂吗？”

“谁知道呢。我脑子不好使，看不懂地图。”

他笑了，令人难以辨别他是否在开玩笑。恢复一本正经的神色后，达哉继续说道：

“要在织场由贵美回到大城市之前告诉我呀。”

他随口说出的话中带着让人难以蒙混过关的腔调。

“你真的什么坏事也不准做呀。”

“我知道啦。不会给广海找麻烦的。”

自从在邻市上了不同的高中后，达哉也渐渐交上了除广海之外的其他朋友。村外那些不知情的人，或是摸透情由的人，犹如跟班一般，围在达哉身旁拍着他的马屁。

达哉交到了狐朋狗友。他想知道织场由贵美的家。广海总觉得这两件事相连只会带来恶果。他做了个深呼吸。

达哉看着广海。

“喂，光广的诊所还没有本周的《JUMP》吗？”

广海一面掩饰着心中油然而生的不安心情，一面指向放着书包的房间一角说着“在那儿呢”。达哉立刻皱着眉头抱怨道：“真有你的。”

就在广海上初一的十月，日马达哉这位不合时宜的转校生转到了大广海一届的初中二年级的班中。

日马这个姓氏带来了强烈反响。大家都在猜测，达哉和日马开发有关系。

刚刚搬来时，身为父亲的日马荣介立刻带着达哉登门造访了广海家。他解释说，儿子一直和他们夫妇住在东京，为了养病才搬到这个空气新鲜的乡下来。现如今，这番话犹如笑话一般，无论如何也难以令人信服。那个百无聊赖低着头的达哉比四年前个子高了，那张好似女子般匀称的脸庞也不会因其沉默不语而显得孱弱。不过，从他肌肤皲裂的情况来看，说他身体不好也可以理解。

——广海君和达哉差不多大呀。犬子就拜托你了哦。

日马荣介边说边挤出笑容。达哉坐在父亲身旁，像是瞧不起广海般、仅仅抬眼瞥了他一下，一声不吭。那时，达哉还是个光头小子。

即便生活在同一个地区，达哉所住的日马家别墅也距广海家颇远。大概他们在这一带挨家挨户地把招呼打了个遍吧，这样费心的举动令广海感到意外。

虽然担心达哉第一天上学的态度恶劣，可表面上看来，他迅速与同学们打成一片了。在各个学年都只有一个班级的中学内，日马达哉的确引人注目。不过，这也不代表他净做什么出格的事。口出恶言也好，当众突然大呼小叫的毛病也好，和如今并没有什么两样。这些也只让人觉得，达哉是个在宠溺中长大的可爱的熊孩子罢了。

还记得到广海家串门的情形吧。每次见到广海，达哉都会用“喂”当作问候语。他们曾一起上下学，聊着聊着，说话的口气自然变得亲密起来。在熟人遍布的学校里，几乎没有人意识到前辈后辈的身份高低。即便与同年级的朋友同样客气地聊天，对达哉却完全不必在意。

若是广海无意中提起自己喜欢音乐，达哉就会提着满满一袋 CD 去广海家找他。那是广海第一次把达哉让到自己房间时的事情。

达哉把大纸袋搬下车时，广海与坐在驾驶席上的女子视线相遇了。她向广海浅浅地行了个礼。她穿着鲜红的针织衫，与此相对的却是她那略施薄妆的苍白脸色，以及随意束于脑后的头发。

“她是你姐？”

“是女佣。”

达哉回答的声音听上去很具讽刺意味。广海对那名女子很感兴趣，可是达哉的回答却令他吃了一惊。她看上去顶多二十出头，与广海想象中的女佣形象大相径庭。

“这妞儿很赞吧？”

达哉粗野地笑着，推搡着广海的背。他解释说，他和这名女子两个人一起生活。在东京的住处雇用了她，而后又带她一起搬来这边。

那时，广海才知道她叫英惠。现在，她仍旧在达哉家工作。不过，广海不知道她的姓氏是什么。

达哉带来的CD多种多样。父亲的CD架上也有滚石啦披头士什么的，但广海还是拿了放在自己房中听。中途，广海再三询问“真的可以拿走吗”。达哉太大方了。他兴趣缺缺地回答说“我才不需要呢”，而后说着“对了，借我漫画吧”，就擅自在他人房间中翻开漫画看了起来。

虽然那些CD中，有的并不合广海胃口，有的他已经拥有了，但仍收获颇丰。很多艺人的CD是在达哉送给自己之后才开始听的，如今依旧很喜欢。

广海立刻发觉未拆封的CD居多，还发现有数枚CD的封底附有防盗标识。他总算下定决心问问达哉。在防盗标识上印的店名是广海从未听说过的，也许是东京的CD店吧。

“这是……偷来的？”

广海打算不动声色地发问。比起收下这些来路不明的CD，他更加介意自己在城市少年达哉眼中的形象。达哉会不会觉得自己是个一本正经的乡巴佬呢？

达哉并没有责备广海的装腔作势，好似根本无须责备他似的，非常无聊似的“嗯”地敷衍了一句，连眼皮都没抬一下，继续看漫画。

“特地偷出来，却一次都没听过吗？”

“只是为了卖钱嘛。随便让我偷点儿CD出来，可国内歌手的都摆在收银台前边，很难得手，这才顺了一堆西乐。其实西乐的碟更贵嘛。

给你吧。反正这一带也没有二手店，就算卖了钱也没啥可以消遣的地儿。”

倒手前搬到这儿住了嘛——达哉交了底。

“这就叫祸不单行吧。我把它们都塞进行李了。”

“搬家搬得这么匆忙呀？”

“被赶出来的嘛。”

广海不知道为什么会突然回忆起初次来家里问候时的那个小光头。在搬家过来后的三个月时间里，达哉的头发已经长长了不少。他之前的学校对这方面是怎么规定的呢？广海心不在焉地想着，此时他才注意到，那是让校方无可挑剔的近乎标准的发型啊。

“被赶出来了？”

“是啊。”

达哉没有再说些什么。

关于偷窃，他用了“让我偷”的字眼。广海强行不去理会隐隐猜到的事实。在这个仅仅勉强开了小铺子和便利店的村子里，要是谁干出这种事儿的话，他和他的家人、住处都会被人肉出来的。

广海觉得达哉突然变得像个外星生物一样陌生。

从那日起，到家里串门的达哉开始受到广海双亲的欢迎。

不过，广海把达哉告诉自己的那件事原原本本地对飞雄和盘托出。他才上初一，道德观方面还是按书本教导的那样纯洁。对于这样的广海而言，达哉的存在是种威胁。他受到了刺激，无法独自承担。

听了广海的话，飞雄露出为难的表情，陷入短暂的沉默中。他夸张地大声“嗯”着，而后嘟囔着说道：

“迟早要和达哉君好好谈谈这件事啊。为难的是那些CD怎么办。其实最好的处理办法就是把它们都还回店里去。”

听到飞雄不慌不忙地这么说，广海松了一口气。这与达哉的毒舌大相径庭。他觉得自己确确实实是老实的乡下人，可给父亲留下这种印象也没关系吗？

“他说他是被人从东京赶出来的。”

“那也许是达哉君自己这样认为的吧。他的双亲很忙，之后再也没来过睦代村呢。”

骨肉分离，与女佣两人一起度日。这样的生活也许真的很孤独。

广海也认为迟早要和达哉好好谈谈这件事。过了几天，达哉从东京搬到睦代的理由一下子成了人尽皆知的事情。

到底是门音还是达哉多管闲事，广海并不知道详细经过。

直到那之前还黏在广海身后的门音怎么就摊上这件事了呢。

广海与门音两家，母亲间原本关系不错。还没生下孩子的时候，两家的母亲就口头定下婚约说，无论生下的孩子是男是女都要结成亲家。这些经常在茶余饭后拿来消遣的话令广海很厌烦，最令人难为情的是这些话还是从美津子的嘴里说出来的，没有什么比这更让广海头疼的了。门音对广海说过，自己老早就是个早熟的孩子，故而莫名地比其他女孩子有优越感。

升入中学后，的确没有像小学时代那种公开示好的情况了，但即便如此，周围的人总把门音和广海看作一对。

——日马学长相当有型嘛。

门音故意说给广海听。他承认刚一听到这句话时，觉得自己以前对门音的感情不仅仅算是单纯的青梅竹马，但同时，他也对她失去了兴趣。

他并没有告诉门音，他与达哉亲密到相互串门的地步。

马上有谣言说不知是谁告了白，他们虽牵手成功了，却搞砸了约会。门音宛若悲剧中的女主角般在教室中哭泣。班上女生围在门音身边安慰她，说这都是学长的错，神经大条，门音有多萌之类的。

在小小的学校里，每每与前男友擦身而过时，女孩子总要暗中讥讽几句。这样的场景并不少见。

门音在达哉所在的教室前也习惯性嘀咕了几句，谁也没想到会酿成大祸。

“好啦，我们走吧。”

女孩子们说着回了教室。门音也坐到自己的座位上。

这时，达哉一言不发地走到一年级的教室中，向女子军团走了过去。

达哉俯视着门音，走到她身边，“哎”了一声。其他女生不敢出声，门音却很强硬。她也勇敢地向达哉瞪了过去，反问“干吗”。

“你能再说一遍那句话不？”

广海并不知道是哪句话。但门音似乎还记得。她哼笑一声，索性让其他人听个清楚般说道：

“典型的败家子儿——”

她的话没有说完——

达哉没有丝毫耽搁，把刻刀插到门音的手背上，刀尖直扎到桌面。

不可思议的是，其他女生比起门音本人更快发出惨叫声。也许是因为门音没有立刻感到痛楚。她看向钉在桌上，犹如扎着大头针的蝴蝶标本般的自己的手。广海目睹了这个场景。他从未见过如此残酷的眼神交锋。门音的目光在手背与刺伤自己的达哉的脸之间迅速转移，有两次像是眨眼般来回交替。也许她不愿相信这是真的。

她发出好似哭腔般的悲鸣。

广海还未赶到门音身旁，便发觉到她喊起痛来。但他还是喊了一声“门音”。达哉的表情似乎缓和下来，看上去心满意足，甚至清爽怡人。

门音发出悲鸣，急切地想用左手拔出刺穿右手的刀子。与此同时，达哉用手把刻刀向下推得更深，刀子深深嵌入门音的手背中。与扎了那一刀相比，那一推更是让广海想起来就觉得心惊胆战。其间，达哉没有丝毫表情。

“门音。”

广海唤着门音的名字，手扶在她的肩头。那时，他听到从痛彻全身的门音口中说了数十次“对不起”。她脚尖在桌下抽筋似的一下子动弹不得，僵硬地打着哆嗦。

“对不起，对不起，放手。我再也不说了，再、再也不说了。放手，放手！”

血自扎入手背的刀与钉在桌上的手心处流下，染红了课桌与地板，染红了拼命忍痛按着伤口的门音的左手。其他女生尖叫着四散而逃。

看到抱着门音双肩的广海后，达哉的眼中浮现出几乎可以称之为愉悦的神情。

广海之所以回瞪达哉，也是因为他不知该如何是好的缘故。约会虽然搞砸了，但达哉一定对门音说过与我关系亲密吧。一想到这儿，广海的心脏就可耻地剧烈跳动，令他焦躁起来。

达哉握住刻刀的手松开了。尽管如此，那把刀仍然保持垂直刺入的角度。他到底用了多大气力，才会让刻刀牢牢立住的呀。门音豁出去了，她一边大声呻吟着一边亲自拔出了那把刀。拔出刀后，她又哭了起来。她方才还按着手掌请求原谅，现在又开始喊痛，一味哭着说“这可怎么办啊”。

“手废了，废了。”

她大声唤着广海的名字——广海、广海，广海！

广海将羞耻与厌烦抛于脑后，紧紧抱住门音。他无暇感受门音的体温，对面前的达哉怕得不得了。与其说他是为了让门音保持安静，还不如说是自己为了忍受恐惧才抱住她的。达哉的右手上沾到了门音的血。他再也没有看向门音，一味盯着广海看。当目光移至自己手上沾到的血迹时——

“脏死了。”

达哉嘟囔着把手揣进兜里，走出教室。当他走过走廊及二年级的教室时，那件染血的衬衣才再度引起惊声尖叫。

丢在门音桌子上的刻刀上贴着名字，全新的刀柄上贴有“日马”二字，端正的女生字迹实在与达哉不相称。贴纸上也沾了血迹。那两个字应该是达哉家的女佣写的吧。广海渐渐无法正视这种不合时宜的想法。

这件事引发了轩然大波。

在搬家当天之后，达哉的双亲第一次回到村子。

日马社长与那时担任村长的御仓以及门音的双亲，当天就进行了三方会谈，将门音受伤定性为上美术课时遇到的意外。可那天明明没有什么见了鬼的美术课。

三方会谈时发生了什么事情，又有怎样的内幕，广海十分在意。可是，当他看到门音不甘心地咬着嘴唇，包有白色绷带的手紧紧攥在一起时，就什么也问不出口了。

也就是从那一天起，全村传遍了一件事——达哉搬来村子的理由并非是为了调养身体。

据说在东京时，达哉曾伙同狐朋狗友一起对同年级的女生施暴。搬家搬得不合时宜的第一天，来家中拜访的达哉在他父亲身后赌气般沉默寡言的情形，他那圆溜溜的光头，送给自己的那些还附着防盗标识的 CD，还有达哉那句意味深长的“被赶出来”的话，等等，一桩一件都被广海依次回想起来。

“施暴”不算是什么表述清晰的字眼。班上的男生开始窃窃私语，谈论对女生施暴到底是哪种意义上的施暴。广海像是卖弄自己刚刚启蒙的见识一般自言自语着“当然是强暴的意思嘛”，听人聊到火热处，虽身处话题之中却也神情恍惚起来。有一堵无形的墙将自己与达哉隔开，并以惊人的势头渐渐加高变厚。广海希望达哉至少辩白几句，但他什么也没解释。

——门音，你还好吧？

协商到最后，御仓村长从中学校长室走出来，当着广海等人的面刻意和门音打着招呼。他口中说着担心，脸上竟堆着笑容。还继续大放厥词道“早点儿把不开心的事抛在脑后就好了”。

门音依旧默默地低着头，像是遮掩伤口般用另一只手挡在自己那只包着绷带的右手前。看到村长这样的态度，广海立刻明白了。啊，原来这家伙一直都清楚啊。他清楚达哉到底做了什么，也清楚达哉有多危险，就是他向大家隐瞒了这一切！

只要一想到这儿，强烈的愤怒便油然而生。比起对达哉本人的愤怒，反而是这种愤怒的程度更加强烈，强烈到连自己都吃了一惊的地步，强烈得让人几欲作呕。

达哉暂时休学后，复又若无其事地回到学校。但是，其他人的反应已经截然不同。以门音为中心的女生们在达哉面前紧张得连大气也不敢出，再也没有人称赞他有型了。男生们也是，若达哉搭话，还会有人附和，只是没有人先开口与他讲话了。乡下中学就是乡下中学，就算有坏学生，和达哉相比也不过是些跟屁虫。连那些不规规矩矩穿制服的坏学生似乎也已经不想让达哉加入他们的队伍，也不再对他献媚了。

广海不知道为什么这种人竟会对自己的胃口。渐渐地，达哉又一脸若无其事的样子到广海家串门了。

“喂。给我看看漫画。”

也许同居室平村的二人年龄相近是一个理由，但广海双亲的态度才是重要因素。

几乎村里的每家每户都在谈论日马开发家的败家子儿时，达哉惹下的麻烦在广海家也成了问题。

广海家三世同堂，祖父母为人严厉，自然对此厉声斥责。尤其是曾经身兼村议会议长的祖父更是怒不可遏，把御仓村长和日马荣介痛骂了一顿。他诉说着对行政的不满，认为“现任村长的做法根本不对头”，还说自己担任议长时期如何与之斗智斗勇。那时，广海总是心情畅快地聆听这些话。祖父认为，如果是前任的左东村长多少都会态度强硬一些，祖母亦表示赞同。不过，与门音妈妈关系不错的美津子在一旁声援般点头附和时，却遭到了飞雄的制止。“他做得是不对，但毕竟是广海的朋友，我希望你尽量不要说达哉的坏话。”

尽管那口气像是在顾虑广海，但也是真心为达哉感到担忧。

“达哉君如今在学校里也是孤零零的吧？”

“嗯。”

“那怎么行啊。连个商量的小伙伴都没有，今后不是更会走向歧途吗？”

晚饭后，只剩下广海父子二人独处时，飞雄悄悄地和广海说道：

“要是达哉君再来咱家做客，我们这些老家伙不会觉得有啥问题的，不用介意啦。”

广海吃了一惊，重新打量起父亲来。父亲立马微微一笑说道：

“那孩子抽烟吧？”

“嗯。”

在校舍后面，或是放学回家的路上，广海也亲眼看到达哉经常和同年级的男生一起抽烟。老师应该也注意到了吧。然而自从门音的事发生后，就连这样的烟友也不再接近达哉了。

“那孩子也从他的角度为咱们家，为广海你做了一番考虑吧。他在咱家待的时间再长也没有抽过一根烟啊。”

尽管那时毫无预兆，但事后想来由飞雄接任御仓村的村长一职是正确的。飞雄眼光长远，令广海为自己有这样一位父亲而感到自豪。

正如父亲那番预言般的话那样，达哉又来找广海玩了。祖父母表面上没有表示反对，看来父亲的说服没有白费口舌。

广海的心情十分复杂。

那件事发生之后，虽说门音的手没有废掉，但她还是淌着泪向广海控诉“这是一生无法治愈的伤口”，比孩提时代更积极地黏着他了。广海没有勇气坦率地拒绝门音。他一直坚信不能诉诸暴力，可他坚守的道德观念为人破坏的恐怖感依旧残留于心。

可是，广海依旧没有冷落达哉的打算。他觉得能让自己完全聊得带劲的人，可不是门音这个本村的青梅竹马，而是达哉。

“广海，对不起啦。给你添麻烦啦。”

还以为达哉会对那件事避而不谈，没想到他笑着先开了口。见广海默不作声，达哉马上宣称“我可不知道那是你的马子”。

广海刚辩解道“她不是我女朋友”，达哉便略略抬了抬眼皮嘟囔着“是嘛”。

“哎呀，就没有什么乐子吗？”

从那时起，这句话成了达哉的口头禅。

乍看起来，达哉只能让人觉得他粗暴放纵，但相处之后便能立刻明白，他是个聪明人。这点也被飞雄说中了。

在公共场合，达哉绝不和广海搭话。明明从未预先商定过，可看上去他们甚至不认识彼此。广海可以一如既往地像其他同学那样，当门音每每看到达哉而身体变僵时，毫不犹豫地充当她的保护者。

可是，每每充当保护者时，广海心中难掩内疚之情。有时，他觉得达哉甚至连自己内心涌现出的想要远离达哉或是门音的冲动也能全部看透。广海感到焦虑不安，他不知道什么时候达哉就会跑过来，亲昵地喊着自己的名字，打着招呼说“喂，广海”。

在广海家串门的几年里，达哉向广海的祖父学习将棋，也吃过美津子做的晚饭。广海也在达哉家尝过英惠的手艺，还在他的房间内聊过通宵，住上一晚再回家——虽然过后美津子总是哭着规劝广海。广海一听到她责备地说“夜里我想去接你的”，就会觉得厌烦。

广海觉得美津子的反应最直接。美津子最初分明很抗拒达哉，但他并没有在家里胡闹，也喜欢吃自己亲手做的菜，听到达哉喊自己“阿姨”的瞬间，她的心情就会变得好起来。仿佛只有她自己善待这只为村子其他人所害怕、闪避的外来猛兽一般。“我和织场一家关系很好，对吧？所以，关系也有些微妙啊。可达哉君肯这么黏我……”美津子边说着这些话，边对祖母及飞雄露出微笑。看到她的笑容，真令人为她流露出这种几近伪善的优越感而难为情。

美津子欢迎来家里做客的达哉，实际上她也担心会不会被邻居看到他来家里串门，并仍与门音的母亲大声声讨日马开发。

广海曾对飞雄抱怨过，说“为什么老妈会是这副德行啊”。他早就察觉到与深谋远虑的飞雄相比，母亲就是个头脑简单的俗人。飞雄笑着答道：“就因为你妈妈头脑简单，才能立马听从我的意见嘛。对吧？”他认为这样也没什么不好。

广海不得不承认，这就是自己居住的村庄。只要自己还住在这里，便无法逃脱这样的命运。

达哉升入高中后，广海与他的往来的确不像以前那样频繁了。即便如此，两人的交情也已经亲密到了广海不介意达哉突然来家里串门的程度。

虽说睦代村拥有大片土地，但多半是山地，实际用于居住的并不多。达哉甚至连其中人口最密集的织场一带的大部分地方都不甚清楚，可他还是在不熟悉的环境中生活到了现在。

广海劝说自己“一定是因为这样也没什么不好”。即便在这里，能串门的朋友也只有涌谷广海一人，达哉迟早会离开这里。他记不得这里的地形也没什么不可以。

达哉回家之后，门音又打来电话。她责备广海为什么不肯打回来，要他下次记得接电话。广海简单询问了门音有什么事，可对方赌气顶嘴道：“太晚啦！有一道不会的数学题，本想当面请教的，可这都已经这么晚了，不能来找你了。太晚啦。”

——是嘛。

广海嘟囔了一句，挂了电话。

3

既没有保存过属于某个人名的号码，又不是以零九零开头的手机号，使用这种从外地打来睦代村的四位电话号码的人，广海只能想到一个。

没想到她真的打来了。就在分开后的第三天夜里，由贵美打来了电话。

“我是织场。”

她说道。

夜空中挂着一轮明月。

原来只在有街灯的地方才有点亮光的睦代村，今晚难得亮如白昼。十一点多，广海一家早早入睡，家中感觉不到任何动静。广海一边严加注意，以防惊动睡梦中的家人，一边嘶哑地“嗯”了一声。

电话另一端的她似乎在笑。

“待会儿能见个面吗，要是不麻烦的话？我有件事想请你帮个忙。”

“什么事？”

“厨房的灯泡坏了，必须要买一个才行。可我家离商店太远了，头疼得很。是一百伏 90WL 的白炽灯泡。”

她把瓦特念成了 WL。大概是手里拿着灯泡，边看边念那上面的字吧。

“广海君家里有没有备用的灯泡呀？”

“也许有。”

备用灯泡应该放在楼梯下面的库房中——如果那儿没有备用的，就算漫无目的地搜寻，无论如何也要帮她准备一个。

“你来上次我们分开的地方，竹林那里。我去接你。”

“好的。”

广海从心底里感谢由贵美的处境。她身处被邻居监视的家中，就连置办必需品都无法如愿。

当他走出房间，蹑手蹑脚地拿走灯泡，悄悄关好家门的时候，双脚几乎哆嗦起来，身体也莫名地发烫。

他跨上自行车，抬头向夜空望去。熄了灯的各户人家在月光下也藏匿起身体，一户户合体形成巨大的建筑物，看上去身形相连，毫无远近之分。广海一边用眼角扫过这绵延不断的黑影，一边专心致志地骑着自行车。

照明灯嘎吱作响。广海唯恐有人注意到灯的响动与光线，中途关了灯。用过照明又关掉之后，就算空中挂着一轮明月，路也会一下子变暗，夜色变得更加深沉了。

好不容易才骑到竹林，为了不让人从外面的路上看到车子，广海把车子拉进竹林中，停靠在织场家的外墙上。

“是广海君吗？”有人隔墙唤道。

广海压抑住急躁的心，“嗯”地回了一声后，翻过那堵墙。

由贵美背对月光而立。她家一片死寂，好像比周围其他人家处于更深层次的睡眠之中。反射着月光的二楼窗子并没有拉上窗帘。

“谢了。”

由贵美点头称谢。此时，广海的喉咙因紧张发出了声音。

广海留神不发出响动，向由贵美身后走去。即便夜色浓重，他也能分辨出高墙中的庭院早已荒废。这里原本非常美观，如今点景石塌毁滚倒，肆意丛生的杂草盖过了广海的脚面。

他被领到后门。直到走进房子关上门，由贵美回头看过来时，广海才算松了口气。由贵美与自己的影子投射在墙上，他看到一部非常老旧的冰箱以及微波炉。空气中酱油与味噌的味道混杂在一起掠过鼻腔。

葬礼那天，由贵美就坐在这个厨房中。她又开口说道：

“谢谢你能来这里。”

看到广海递来装有灯泡的袋子时，由贵美笑着说道“帮了大忙”。

厨房很亮，抬头看看天花板，那里的灯泡并非这种型号。由贵美向广海询问道“喝点儿什么”。

由贵美返乡前不久，这里依然清晰残存着她母亲生前的味道。即便在步入老龄化的村子里，也有些人家摆放着非常古老的家具。

“一日三餐要怎么办？”

“随便吃点呗。反正我平时也不怎么吃东西。”

只要看到她那副瘦弱的身体，就可以相信她说的话。由贵美再度问道：“可乐行吗？”

放满了水的洗碗池中放着玻璃杯。她洗了两个杯子，从冰箱中拿出瓶装可乐，倒了两杯。一杯递给广海，另一杯拿在手中端详。广海的杯子上印有廉价的苹果图案以及酿酒公司的名字，而由贵美手中的杯子上则印着考拉图案以及其他酿酒公司的名字。广海的祖父经常来上一杯，所以他知道酒杯上印着的是小瓶装日本酒制造商的名字。

“杯子洗干净了哦。”

由贵美指着杯子说道。看来这是她用惯的杯子。

“我家一直用这个杯子。这种普通的杯子虽然容易碎，但碎了也不心疼。可笑的是一直用到现在也没碎。这杯子有些年头了，不过清洗过很多次，所以放心用吧。我还把蛋壳丢进去摇过呢。”

“蛋壳？”

“用蛋壳能清洗得很干净。”

倒入可乐后，杯身的图案更加清晰地浮现出来。她喝了一口可乐说道：

“以前很不好意思呢。因为同学来家里做客喝东西的时候，我妈和我奶奶就会拿出这个杯子招待他们。同学家里明明没有什么像样的杯子，发现我平时喜欢用这种杯子之后，还嘲笑我家是乡下的土包子。”

“乡下？大家不都是睦代村的吗？”

广海忍不住笑出声。由贵美并没有笑。

“是说我家最土的意思。”

尽管时值夏日，半年多没有人住过的房子中依旧冷得很。这也让广海察觉到这里残留的生活气息到底有多微弱。这个家被全盘舍弃，再不使用。

由贵美带广海上了二楼。隔着袜子，广海依旧感受到每级台阶的冰冷。上楼时，木板嘎吱作响。二层看上去比一层更加凌乱，满是灰尘。他闻到像是桑叶散发的气味，鼻腔深处因敏感而作痛。

由贵美站在没有拉上窗帘的窗子前，竖起一根食指放在唇间，示意广海不要出声。她靠在距窗子有段距离的墙上，小声问道：“看得到吗？”广海默默地站在她的身旁。

在窗子的对面，手电的光犹如照亮海面的灯塔般一直照入室内。

——哎，今天屋里也没人。

声音很微弱，但广海还是听到了。由贵美滑稽地噘着嘴，喃喃嘟囔一声“听”。

——不走运啊。难得我来一趟。

——她是不是回东京啦？

——不会吧，真遗憾。由贵美。

最后一句是小学女生说的。广海屏住气息，看向由贵美。她终于开口说道：

“我觉得那大概类似于小孩子的试胆活动吧。要是那些小孩子的双亲发现了，千万别吼她们才好啊。”

“她们每天晚上都来试胆吗？”

“也不是每晚都来。”由贵美扑哧一声笑了。

从外面又传来了声音。

“她确实偷偷回来了吗？”

“我还挺走运的。我和那些孩子多半是擦身而过的。”

可乐跑了气，几乎没有泛出泡沫。由贵美喝了一口后，问广海道：“下次能帮忙买瓶朗姆吗？”

“我想喝自由古巴。广海君，你喝过酒吗？”

“喝过一点。”

“那下次我调给你尝尝。”

外面的说话声远去，最终什么也听不到了。由贵美向窗边靠近一步，远远眺望着自家门前的砂石路说道：“刚刚那些小孩子还站在那儿照向这里吧？”

“你愿意把我的号码存进去吗？刚才打给你的是家里座机的号码。”

“竟然不是手机，吓了我一跳。”

这个古旧的家里竟然还保持电话畅通，也令广海吃了一惊。

“是吗？”由贵美点头说道。她的嘴唇在月光下泛着青白。

“我也有手机，不过早就关机了。”

这个时候，手机仿佛计算好了时机一般嘟地响了一声。两人面面相觑。手机从那一声开始便响个不停。嘟嘟嘟、嘟嘟嘟、嘟嘟嘟——声音并不响亮，却足以衬托出此时的寂静。由贵美叹了一口气。

“不必介意。多半是从东京打来的。”

“你打算在这儿待到什么时候？”

从东京打来的电话也许是催促她回去的吧。所以，她并没有关机才对。

“你到底为什么回来呢？”

由贵美的出镜率比走红时减少了，但广海觉得她也不会完全接不到工作。即便不是天天出现在电视上的大红人儿，她也不可能闲得在故乡长期滞留。

由贵美微微一笑，并不作答。广海换了一个问题问道：

“为什么叫我来。灯泡什么的没坏吧。”

由贵美脸上的笑容消失了。她噘着嘴，目不转睛地看着广海，慢慢眨眨眼睛。就像刚才的一切交谈都只是表演似的，她严肃地说道：

“涌谷广海君，你是现任村长的儿子吧。”

“是啊。”

“能帮我个忙吗？”

“什么忙？”

“卖掉这个村子。”

楼下响起来没完的来电铃声戛然而止。广海倒吸了一口凉气。

由贵美再度露出微笑，好像很为难似的，却不是为了敷衍了事才浮现的表情，而像是的确走投无路了一般。她接着对广海说道：

“我是为了向这个村子复仇才回来的。”

嘟——又传来和刚才一样的声音。手机铃声再度响了起来。

由贵美目不转睛地，直勾勾地盯着广海。

广海的余光瞥到离楼梯最近的开着的房门。房间中隐约可见落着灰的大型织布机。音乐节那天她披在身上的睦代织被扯成两段，挂在织布机上。

第三章　复仇

1

明明整宿没合眼，可广海精神亢奋，根本不困。

从村里发的车班次少，仅有一辆早班车。广海坐上早班车，比平时早到学校一个多小时。教室里还空无一人。他打开窗子，放放室内的浊气，换换新鲜空气。在教学楼的正下方，可以看到刚修好的网球场。

今天，他根本没把耳机中播放的曲子听进去。难得他无法埋头音乐。姑且不论愤怒或是失落的负面情绪会令他这样，说起来，广海只是在唤醒昨晚的记忆，无数次重温昨晚的情景而已。

他无法立马给使用复仇这个字眼的由贵美回话。沉默自微暗中融化，犹如沉于川底的柔软河泥般浓厚。

由贵美目不转睛地盯着广海，直到手机铃声停止。

广海又回想起他对由贵美的第一印象——她的脸不同寻常。广海可以看到月光照射过来，令她那长长的睫毛阴影落在脸颊上。

他回忆起童年时代，不知为何会徒手捏住蝴蝶翅膀的情形。原本脆弱的、一下子就能扯破的蝴蝶，在手中扇动翅膀却能强劲有力地拍打手指。那是一种不可思议的柔软触感。他轻抚着由贵美的眼帘，每当她眨眼时，好似蝶翅般忽闪的睫毛都会拍打在广海的手指上。由贵美的脸近在咫尺，近到能想象得出这种轻微的抵抗。

“为什么要告诉我？”

广海亦目不转睛地看着由贵美说道。被他这样一问，由贵美的目光微微沉了一下，却瞬间恢复本来从容不迫的样子，表情也缓和下来。她开玩笑般“哎”了一声。

“怎么了？”

“佩服你呗。你好奇的是这个啊。”

她的手放在纤细的颈间。

“卖掉村子是怎么一回事儿，报复又指的是什么？我试着使用这些强硬的字眼，可你根本不上钩。我很佩服你最先问起的是与自身相关的问题。广海君，一根筋可不行哟。”

“是吗？”

“正因为你不是这种一根筋，所以我才看上你，告诉你这件事的呀。”

由贵美站在窗边，侧脸映着月光。

“你觉得在这个村子里，有多少人欣赏得了音乐节呢？你有个性、具感性，懂得音乐节的价值，能够认同NAGI的音乐。但是在这个村子里有能和你聊音乐的朋友吗？”

广海没有作答。并非他无法作答，而是由贵美没给他作答的时间。她露出扬扬自得的微笑，摇着头说“一个也没有吧”。

“要找个人聊聊的话，也得找个明白人好点儿吧。这个理由能接受吗？”

“不对吧。”

广海指摘道。如此一来，由贵美马上闭口不语。

“难道最重要的不是因为我就是村长的儿子吗，正如你刚才确认过的那样？”

由贵美笑了。广海希望她能畏缩或是困惑，却很扫兴。他皱皱眉头，说道：

“有什么可笑的。”

“没什么。只是我很开心呀，你比我想象的还要厉害。一根筋真的行不通呢。这下子有看头了。”

“复仇是什么意思？”

“要是我告诉你了，你可没法回头了。这样也可以吗？”

广海慢慢打量着由贵美。她耸了耸肩说道：

“现在我还不能告诉你。等你做好心理准备，真心想帮我的时候，再来谈这件事吧。”

“哼。”

广海暗自后悔自己无聊的固执。睦代村只是个一无所有的平庸小村，广海想知道，由贵美意图报复这样一个平庸到令人厌倦的村子的动机。她说要卖掉这里，这片土地存在这样的魅力及价值吗？

由贵美站在窗前。二层最前面半掩半开的门后，可以看到那架织布机。

“你不是已经报复了吗？”

扯裂的布丝线绽开，破烂不堪。这并非出于某种目的才被裁开，而是情感发泄的结果吧。仿佛不幸看到了不该看的东西般，痛苦的心情油然而生。

“你去了东京，成了艺人，取得了成功。可村里人的立场早就跟你不一样了。”

“我看上去像是成功了吗？”

“嗯。”

由贵美嘴角轻轻上扬，对广海道了声谢。

织场由贵美被人形容成奇怪的丫头片子、没有礼貌的丫头片子。

广海知道她讨厌睦代村村民的理由。那些痛斥过由贵美的人，最终都是无法对她视而不见的人。由贵美近在咫尺，令那些人很难面对自身的渺小，正因为如此才如同过度自我防卫般焦躁不安，攻击起由贵美来。

“我说……”

刚刚走到一层的厨房，由贵美又喊了广海一声。此时，手表上的时针已经走过了十二点。

“你刚才说我说得不对，但其实没有错哦。我选择和广海君你聊天并不仅仅因为你是村长的儿子。”

广海默不作声地注视着由贵美。他很怕自己稍作附和，瞬间又中了对方的圈套。

因为我们很像——她说道。

“你闷闷不乐的样子很像当年还在这里的我。”

“谁告诉你我是村长的儿子的？”

这只是单纯的疑问。由贵美回村子后，没有和任何人见过面，她是从谁的嘴里，怎么打听到消息的呢？

“毕竟我是做好了卖掉村子的心理准备才回来的呀，当然会提前做些功课嘛。虽然听到你的名字就能确定，但是一看到你也立马就明白了。你和光广长得有点儿像嘛。”

可上次在湖边，听到光广名字时，由贵美没有任何反应啊。

骗人！自己和光广毫不相像。

由贵美好似嘲笑掩饰着不安的广海般，若无其事地发问道：

“你对光广提过我吗？”

“没有。”

“这就对了。太好了。广海脑子真好使。”

由贵美毫无预兆地直呼广海的名字。广海没有丝毫不快，心中反而小鹿直撞。他转过脸去，说道：

“我要是对他说了，你打算怎么办？”

“谁知道呢。不过，我觉得你一定没有告诉他。”

由贵美自信满满地宣称道，接着又说道：“你看，不就是这样吗？和身边的人喋喋不休可不行哦。在这个村子里孤独生存的人，到最后都只追求自己的价值观是否行得通吧。我也是这样的。”

她那冰冷的手轻触着广海的手腕。

广海心下喊糟时已经来不及了。明明有信心坐怀不乱，可听到由贵美那低语般的声音，偷瞄她的那一瞬间，他再次春心荡漾起来。

“告诉我吧。”他脱口而出，“复仇指的是什么？这种村子有复仇的价值吗？”

由贵美抬起脸，目不转睛地盯着广海，陷入了短暂的沉默。被广海问道“怎么了”的时候，她摇着头说“没怎么”。

“我并不觉得我是村中的一员，无法断言‘这种村子’是哪种村子。”

“你要是总抠字眼的话，我可回去了。”

“我不是要抠字眼，而是即便我那么想，这里也并没有能和我聊得来的人。越不这么想，越无法把自己与村子分开——我们两个人的确很相像。”

这话如同咒语般不断重复。

“明天再来呀。”由贵美说道，“已经很晚了，回去的时候要小心哦。被人发现这个时间我还叫你出来的话，也许我会被广海的双亲杀掉呢。”

在由贵美改用更亲昵的叫法称呼广海的瞬间，广海的直觉告诉自己肯定还会再来这里的。

“广海，你太过分啦！”

广海的一只耳机被人扯掉。他猛地一回头，看到门音和市村站在一旁。

一下子清醒过来，喉咙条件反射般含混地“啊”了一声。从门音手中接过那只耳机，自己摘下另一只耳机后，关掉了音乐。

教室中陆续来了大半学生。门音鼓着脸，继续质问道：“为什么先走了？连电话也不接啊！”

“抱歉。”

“真是的。”她边使出浑身解数来表示自己的不快，边继续说道，“早上你没来车站，我还以为你怎么了呢，一直在车站等你。给你发了短信也不回。幸好给你家打电话，你妈妈说你老早就出门了。要不然一直等下去我们非得迟到了不可。”

“没必要非等我不可啊。”

“你说什么？这算什么啊！是你没和我们联系吧？是广海你的错吧？”

广海懒得理她，低下头无视门音。他准备回到座位上，这时门音又叫住了他：“等等！”

“再说，今天你来这么早干吗啊？”

广海只说了声“抱歉”，门音总算不再追着广海问来问去了。

课间休息时，广海向上物理课的理科教室走去。途中，市村喊住了他。

“喂，生什么气呀。最近你对门音太冷淡了吧？”

“我没生什么气啊。”

“那就好。有的时候，我看着门音的样子，觉得她很可怜。”

广海嘟囔了一句实话“她还没吃够苦头啊”。他明知这话令人生厌。

“你赶紧跟她表白不好吗？”

“可是，她喜欢的是你啊。”

市村斜眼看着广海。广海只是缩了缩脖子，没有作答。

从上中学到升高中，门音追逐着广海的脚步，市村追逐着门音的脚步。这二人跟随广海参加毫无兴趣的音乐节也出于同一理由。

初三应试期间，市村曾问过他和门音交往着吗。广海和他并不太熟。看到市村露出从未有过的认真表情的一瞬间，广海察觉到了市村的心意，觉得他还真是好事之徒呢。市村语无伦次地说着“要是那样的话，我可不愿意在你们中间当电灯泡”，很明显，他在重新考虑升学的问题。

奇怪的是，不知道门音要对市村的心意无视到什么地步。广海知道，门音一面做出天真无邪的嘴脸，一面盘算着在市村面前展现自己的女人味；也知道那时每每回到村子，门音都会对女性朋友们炫耀为数不多的村中男子里，有两个人都在她的身旁打转。原以为出了村子，门音对广海自然而然不那么执着了，可广海反而觉得门音比以前更加贪恋自己了。

“反正你也不喜欢她，干脆痛痛快快甩了她，也许对她来说还是件好事。我倒不希望你这么做。我不喜欢看到她哭啊。这就是男人的愚蠢之处吧。”

市村这番假装纯情的话语虽令广海感到抱歉，但无论两年前也好，现如今也罢，他对此都提不起兴趣。令人陶醉的陈词滥调好似毫无爱意的歌词一般，最终，市村也不过是选择一条保护自己的路而已。

门音离开广海不同于市村自身的问题。这只是他扮演“纯情男”并从中享受日常乐趣的角色扮演游戏罢了。

“总之还是好好相处嘛。求你啦。我这个和事佬也很头疼不是吗？”

“知道啦。”

迄今为止，每每三人在一起，广海总有那么几次心里烦躁不安，今天更是如此。

门音与市村看起来像是同一个故事中不同的角色，而主角恐怕就是广海了。

但是，在此出场的广海仅仅是门音他们眼中的广海，是与实际存在的广海本身似是而非的另一个人。自己眼中的世界与他们眼中的世界大相径庭。

2

回到村子时，早就过了平时五点结束的出诊时间。出诊时，光广总会关掉手机，即便一连几日关机也不算稀罕。广海打不通电话，咂着舌无可奈何地直奔堂兄家去了。

光广家位于楢场地区，家里没有开灯。广海打给千鹤才知道，光广也没有到店里去。

“这几天收工早，可前阵子好像很忙呢。”

“堂兄他很忙吗？”

“谢天谢地。亏得这儿净是上了年纪的人，光广的事业一定风生水起啊。”

千鹤心情大好地放声大笑，告诉广海门钥匙在信箱里。

“你先进去等他呗。要是光广来店里，我告诉他你去找他了。”

“好的。”

广海对姑姑的豁达开朗心存感激。他用钥匙开门进屋，觉得许久未曾造访的光广家几乎没有任何变化。电视一侧并排摆放着光广的日常用品以及看上去像是中学的毕业相册。尽管广海与由贵美相差两岁，但毕竟学校很小，或许相册里也有由贵美的照片。

扉页上摆放着毕业生的集体照。拍照人数比广海相册里的少得多。这也难怪。广海和光广相差十岁。光广毕业时村子尚未主办音乐节，恐怕正是村子里最贫穷的时期。那时，按照以往想法建造的观光地中投入的大量金钱打了水漂。

出乎广海意料的是，照片中出现的全是光广的同年级学生，并未找到像是由贵美的人。广海把相册放回架子上时，发现相册一旁夹着一本破破烂烂的自制相册。他抽出那本册子，看到彩绘纸封面上画有似曾相识的中学校舍。

大河　睦代中学文集

广海毕业的时候也使用过这个标题。那上面记载了一年一次全学年的学生们写下的作文以及俳句。

“喂，啥情况？埋伏我吗？”

背后传来光广的声音，广海不由自主地用相册盖住了文集。

“哥。”

“抱歉，我回来晚了。我已经听我妈说了。”

光广看了一眼广海手里的东西，立刻觉察出情况。他走近广海，放下包后边脱外套边苦笑着说：

“你找织场的照片呢？小伙子，你喜欢她呀？”

“才不是呢。是市村和门音他们拜托我……”

推辞脱口而出。光广没有深究之意，说道：

“想看的话，拿走看也可以呀。反正像毕业相册这种东西呢，平时也不去看嘛。顶多在逮捕杀人犯的时候，才会在电视里出现吧。”

“艺人和杀人犯可是有天壤之别的呀。”

“不管怎样，同年级学生里出了个名人的话，也可以去电视上秀吧。”

“好吧。现在就看吧。”

他都这么说了，要是立马看相册的话岂不是不打自招了嘛。但光广看上去没有戏弄人的样子，而是直接爽快地问道：

“怎么了？又是关于由贵美的吗？”

“达哉让我告诉他由贵美的家在哪儿。”

广海刚一说出此事，背对着他更衣的光广立刻停了下来。

“他说只过去看看织场由贵美的家。可毕竟是达哉嘛，谁知道他会做出什么事儿呢。”

“达哉也让人头疼啊。”

光广深深叹了口气。

“好吧，我去跟他谈谈，让他别做什么太出格的事儿。”

“谢谢。”

此时此刻，广海才能感觉出两人之间存在着很大的年龄差，安心感油然而生。紧接着，光广却摇摇头，喃喃说道：

“所以才让她早点儿回东京的嘛。”

堂兄的只言片语没有了下文。

“哥，你什么时候和织场由贵美搭过话的？”

广海小心翼翼地问道。她和光广现在也保持联系吗？

“你什么时候劝她早点儿回去的？”

“在去年的葬礼上。”

“不是在她这次回来之后见的面呀？”

光广在桌子前的椅子上坐了下来，点点头，“嗯”了一声。

“葬礼的时候，由贵美和亲戚邻居们拌了几句嘴。她回来以后，见到村民们正在准备守灵和葬礼，跑来问我‘不能安安静静地办丧事吗’。”

“安安静静？”

“她不想麻烦亲戚邻居，只身一人静静地待在寺院中守灵。她总说对亲戚邻居道谢什么的，也只是不必要的麻烦而已。尽管葬礼草草了事，但她在葬礼上的这种态度也给那些人知道了吧。所以我叫她在事态变得严重之前赶紧回东京。现在她依旧招摇过市啊。”

“她为什么不肯回去啊？”

“天晓得。”

光广用满不在乎的口气回答道。昨晚，广海刚刚从由贵美口中听到的那些关于复仇的话，恐怕光广还没有听过吧。

“大概出于疲于工作进而疗养之类的任性理由吧。似乎有很多麻烦事，像是电视剧的收视率不怎么理想啦，还有恋爱传出丑闻什么的。”

“是吗？”

“你没听说过吗？”

直到前阵子的音乐节，广海对她还没什么兴趣，如今心底里却泛开一层针扎般的疼痛。

“老哥还挺清楚的嘛。”

“在村子的诊所里工作的话，自然而然就会听到这些嘛。早上的候诊室里可棒啦，老婆婆们的闲话可以仅仅从由贵美出门这件事延伸出深夜剧般的人际关系大讨论。”

“是吗？”

想起来多少都会觉得好笑。广海装作若无其事的样子问道：

“哥，你和织场由贵美交往过吧？”

光广的表情没有丝毫变化。广海正反省自己的执拗，光广却坦然相告“直到初中还在交往”。

“我们已经没有任何来往了。我说我不想和村子中的人断绝关系，所以她把我甩了。”

“这样啊。”

广海觉得自己的附和声听上去很遥远。

回家之前，广海悄悄打开了藏在毕业相册下的文集。连他自己都觉得利用等待光广回来的时间做这种事很没出息。

打开的文集上印有“川柳”标题的那一页。不到二十人的名字排列在一起，旁边抄写下各自的诗。广海刚打开那页，其中一行诗便映入眼帘，吓了他一跳。

当偶像的话 无法红透半边天 出裸照就好

广海想看看写下这行诗的人是谁，不过他并没有听说过那个名字。

不过，那附近出现了由贵美的名字。看来写下这行诗的人是她的同学。

在学校这种公共场合，到处都是喜欢说黄段子或试图消遣的家伙。但是，那个时候的由贵美却与众不同，应该已经下定决心只身前往东京了。两年后，她接受现属事务所的选拔，这才以“艺人”为目标的。

这行诗不是咒文吗——广海希望自己没有看到它。

他合上文集，默默放回架子上。

3

与昨日接到电话时相同，一到十一点，广海便打去了由贵美家。

从光广家回来直到十一点的这段时间，缓慢得如淌油一般从容不迫。

本以为，由贵美会误以为这是从东京打来的电话而不接，没想到她立刻接起了电话，在广海自报家门之前便开口问“是广海君吗”，这令广海不知所措。

“是我。”他明显提高了音量，“要是弄错了可怎么办？”

“已经弄错了。事务所的社长问我广海是谁，有些怒不可遏了。”

她没有说下去，但让广海感觉到她在微笑。

“你不来我家吗？”

“来。”

“我等你。”

下巴夹着的手机被挂断时，广海已经做好了出门的准备。桌子上的电脑直到挂断电话前还在使用，他确认过电脑已经断电了。

广海快速蹬着自行车，把月亮甩在身后，一心奔向由贵美等候自己的腐朽建筑。

今晚，由贵美的身影并未出现在竹林前的墙壁边。广海把自行车停在昨天那个地方，探手扒在墙上。他的手碰到剥落的墙灰中露出的钢筋，蹭了一手锈。

由贵美站在后廊，远眺着正在翻墙的广海。她也不记得自己到底站在这里等了多久。

“欢迎欢迎。”

她迎接广海道。

广海的呼吸不知不觉急促起来，背部和腋下也毫无察觉地被汗水濡湿。

由贵美带他走到厨房，拿出昨日用过的那个杯子问道：“还是可乐，行吗？”

她穿着在湖边初次见到广海时的那件白色针织衫。

广海已不像昨日那样紧张，他稍显从容地重新打量房间，才发现厨房陈旧肮脏，套在水龙头上的净水器被水垢染成褐色。冰箱一旁堆着某种干枯的草。别说灰尘了，地板上覆盖的净是小石子。

广海接过由贵美手中的可乐。他忘了买她想喝的朗姆酒。

关上冰箱，广海一看到对着自己的由贵美的瘦弱背影，一股想要提前告知她的冲动突然涌了上来。他决定好犹如外交辞令般的托词，打算在这个他一度逃离的地方，聆听由贵美的想法。广海明明察觉自己忘了买她想要的酒，却还是很矛盾地依从她的吩咐直接出了门。但是，自己内心无法掌控的一部分却强烈盼望着，希望给眼前这个女人带来伤害。

“你和 NAGI 正在交往吧？”

由贵美扶着冰箱门，面无表情地回过头来。广海并没有任何指责由贵美的权利，他原本打算努力令自己的声音听起来若无其事，却不知是否如愿以偿。

由贵美的手指卷起落在肩头的一缕发丝，目光依然看向广海。

这是从光广那儿听来的八卦。为了等待夜幕降临，打发时间时上网八卦一下也是纯粹出于好奇心罢了。在音乐节之夜前，织场由贵美都不曾引起广海的兴趣。至于她的前男友是谁，应该也和广海没什么关系。

可是，广海知道查出来的那个人是谁。

他和由贵美也聊过那个人的话题。一年多以前有过报道，在当时没有成为轰动一时的热门话题。脱离不了小众身份的新锐音乐人与当过模特的女艺人间的热恋，纵使在演艺圈诸多绯闻之中，也几乎没有任何世俗的成分。时尚界同仁的交往就算含有一定程度的仰慕，广义而言也不会成为轰动一时的谈资。

广海欣赏 NAGI 的音乐，即便如此他对此依旧一无所知。喜欢曲子归喜欢曲子，但还不至于对同学们兴致勃勃谈论着的那些花边新闻感兴趣。

“我还以为你知道呢。”由贵美轻轻抽出拨弄着头发的手指，“你说过喜欢 NAGI，而且那段绯闻也上过报。”

“我只是喜欢 NAGI 的音乐而已，对他本人可没什么兴趣。”

“毕竟那篇报道只占了很小的篇幅啊。”

她一靠近广海，他的身体便会随之紧张僵硬。明明问心无愧，可广海自己偏偏会不由自主地昂首挺胸。

由贵美告诉广海，NAGI 是她的朋友时，广海嚷着“好厉害”赞叹起来。他发觉自己的这个举动被由贵美深深地鄙视了，从而感到很受伤。

“我们不是正在交往呀，那是过去时，确切地说是交往过。”

由贵美走到广海身边，从他手中接过盛有可乐的杯子后，放在桌子上。她像是自嘲般笑道：

“就像广海说的那样，现在我和 NAGI 只是朋友。他不知道我来看他的表演，甚至都不清楚这个村子是我的老家，才心情大好地表演完返回东京了吧。”

“既然分了手，你还跑去看他表演？”

“不行吗？”她探头看过来的目光出乎意料的锐利，“你不是才刚说过歌手本人与其音乐是两码事吗？我喜欢的是NAGI的曲子呀。”

在表演接近尾声、最为激情迸发之时，NAGI的演奏戛然而止，一句“谢谢”宣告演出结束。那时的他帅呆了，那样的舞台棒极了。以前，NAGI几乎不接广告，亦惜字如金，仅仅用曲子取悦听众。他体形健美，应当做个摇滚歌手或是组个乐队。前阵子，某杂志为他做了期特辑。NAGI身穿和服，那样子非常适合他，非常时髦。

广海思索着光广，思索着NAGI。

他依次回想起在舞台上见证过的NAGI的巨星风范、NAGI的音乐、NAGI的骨灰粉以及对NAGI大喊“我爱你”的女性的欢呼声。那些声音仿佛就在耳边嗡嗡作响。村子的夜晚只听得到铃虫的鸣声。记忆中的那些声音好似波浪般吞噬了广海，将他带回到音乐节之夜。

由贵美就在面前，轻轻地握住广海的右手。她的手柔若无骨，将广海的手指握于其中。

“喂。”

本以为由贵美是个高个子女生，直到她近得可以仔细比较身高的时候，广海才发觉自己反而要比她高出十几厘米。他呆立原地，一动不动。

——NAGI爱过这个女人。

如今，这个被NAGI爱过的女人将广海的手指握于掌心，这真是令他难以置信。据说，世上的男人没有不介意女人的过去的。但是，对于广海而言，由贵美的过去非但没有给他造成伤害，还成为一种几近危险般的致命诱惑。

今日，她那白皙小巧的脸庞以素颜示人。抚摸着她那如瓷器般光滑的脸颊时，吹弹可破的肌肤随着广海的手指凹下去，令指肚感受到肌肤的弹性与热度。广海第一次听到自己的心脏激烈的悸动声。铃虫鸣叫之声，外面逐渐变得寂静的夜和摇摆头部的音乐节之夜的热情，还有自己的心跳声，广海不清楚到底哪种才是此刻的声音。

他不知道到底该如何是好，但坦率地表露心声的话，又令他羞于启齿。自己到底不像光广或 NAGI 那样老成啊。

“喂。”

由贵美再度开口。她的唇如此之近，仿佛指尖都被她的气息缠绕住一般。接着，她说了一句令广海失去理智的话：

“你不侵犯我吗？”

他感觉到一道犹如闪电般的白光在眼底真切地炸裂开。

广海挣脱开由贵美握住的那只右手，抓住她的手腕。纤细的手腕并无半点反抗，任由他拉入怀中紧紧抱住。

刹那之间。

不知不觉之中，广海闭上了双眼。直到方才还祈求不愿令她知道的心中悸动，以及渐渐坚挺的男性器官的兴奋，一下子全都传达给对方。仅此一瞬间，恐惧之情全部被抛至九霄云外。

他睁开眼，看到由贵美那几乎要被压坏的小巧头部就在自己的颈间。唇瓣轻触脖颈，胸口碰到了她的乳房。广海看到她纤弱的肩膀，回忆起湖畔相遇那日，看到她从针织衫一端露出米色肩带时，自己竟然呆立原地的场景来——现在，针织衫完全滑落，广海只看到没有肩带的雪白肩膀。

他这才意识到由贵美没有穿内衣。

“其实昨天你这么做也不要紧啊。”由贵美低语道，“我已经准备好了呀。”

广海的耳畔传来喘息声。没想到本打算引诱他的女性声音变得难过起来。由贵美的双手抱住广海头部，好似渴求般渐渐用力。她的长发掠过广海的鼻尖，散发着婴儿爽身粉似的味道。

他紧紧贴住她的唇，像是要驱逐她的不安。从唇瓣直至整个身体好似融化般令人愉快地艰难喘息，不久，由贵美主动奉上了她的舌尖。仅仅舔舐上唇就令广海脑中一片酥麻，犹如解锁般不可遏制地张开了双唇。由贵美的舌轻掠过他的舌，犹如引导一般。

广海学着由贵美的样子，笨拙地吸吮她的舌。与此同时，她的喉间发出一声呻吟。广海明显感觉到抵在自己胸口的乳房轻轻颤动着。

他的手伸进她薄薄的针织衫中，不可思议的是她的胸部虽并没有透过薄衫，却敏感得起了一层鸡皮疙瘩。广海虽是初体验，但他的手自然而然地游走起来。他急不可耐地脱去由贵美的衣物，站立着弓起腰，含上从她卷起的衣服下摆处露出的乳头，推着舌尖抵住了凸起，由贵美立即“啊”地轻喊出声。这声音使得广海再也无法回到从前的自己了。

“去那儿。”

由贵美指着里面的房间，说话声音犹如哭声般微弱。她的腰部放松下来，双手轻按着广海的头部。

那间布满灰尘、看上去像是起居室的房间比厨房还要寒冷陈腐，铺在地上的旧榻榻米起了毛，仿佛一坐下就会蹭到皮肤上。在薄薄的榻榻米上，由贵美出手帮广海脱去了衣物。

略显贫乳的胸部随着她的喘息隆起。广海第一次看到赤裸的女性，尽管身体纤弱，但看上去并不单薄。

由贵美紧紧靠在广海胸前。她再度急不可耐地动手脱起广海的衬衣来。

“从一开始你就打算和我这么做了吗？”

他终于开了口。明知道这是个扫兴的问题，但广海觉得如果现在不问，以后一定会被她牵着鼻子走，绝对什么也问不出了。

广海不否认他希望如此。但是，由贵美呢？她是怎么考虑的呢？远离亲朋好友，依旧希望报复村子的话，应该需要有人帮忙。即便找人帮忙，又何必非找上广海不可呢？

“一开始我就决定好了，找那个向我搭讪的人。”

广海从未如此近距离注视着某个人的眼睛。即便身处黑暗之中，他也知道仰起头的由贵美唇瓣微湿。

“不过，后来看了长相才决定。”

她的脸庞、她的双眸，仿佛带着热度般湿润。

“是否要跟那个人上床……”

如果那个人是你的话——

她还要接着说些什么，却再度被唇阻止了。探入她口中的舌几欲溶化般炽热。双颊潮红一片。

“你可没法回头了，这样也可以吗？”

由贵美昨晚说过的这句话成了最后一道防线。然而，如今广海再也无法抑制自己。

他从未想过自己会做出这样野蛮的事情。想要听怀中的由贵美艰难喘息，想要一直听下去。

为此，他愿意付出一切。

如果自己得到的这个女人可以用现如今他所拥有的一切去交换的话，无论舍弃什么他都在所不惜。广海想要拥有她。

4

顺从她身体的引导，广海很快到达了快乐的巅峰。

到了这个年龄，广海本身也多少有一些贫瘠的常识，但无论怎么做，在由贵美看来一定也只是逞强而已。他没有立刻起身，继续把由贵美抱在怀中。现在他不想过多地暴露自己只是个经验不足的毛孩子的事实。

广海闻到了精液与汗水的味道。

她那犹如精心雕琢出来的身体上挂着汗珠。这是自己的杰作——广海对此既感到骄傲又十分内疚。两人相对而拥，广海看不到由贵美的表情，只感觉自己腹部剩余的热量通过贴合的身体渐渐温暖了她冰凉的胸腹。

热情冷却后，第一个冒出来的念头是没有采取避孕措施。要是沉溺其中、无法自已也就算了。可偏偏有一瞬间，在进入她身体的那个瞬间，广海知道自己有了异样的感觉。他急忙抬腰抽身，却被由贵美用力拉住手腕。

"不要停。"

仰望着广海的目光十分认真。这样的话，这样具有威压感的黑眸中的光芒，都令他无法抗拒。广海很快在她的体内释放了欲望。

日后，如果有人问及初体验的回忆，广海一定会率先想起那个瞬间吧。

——他想起了达哉家的英惠。

这位年轻的女佣虽是个美女，可总是郁郁寡欢。有几次去达哉家串门的时候，看到她在屋后的焚烧炉旁不知道在烧些什么。

姑且不说广海幼时，由于现今的条例，即便像睦代这种乡下也禁止在家焚化垃圾，连灶火也渐渐减少了。

广海不知道达哉家有焚烧炉，他闻到烟的味道后没有进屋，先绕到了屋后。

英惠正在哭泣。她站在烟雾前面，把敞开的衬衣上的扣子逐一扣好，塞进凌乱的短裙裙腰中。从焚烧炉的四方形炉口中，可以看到朱红色的火焰，那是只有在玻璃中才溶得进去的糖稀色。

广海马上藏进墙后面。他不知道英惠有没有察觉到自己。从英惠的衬衣中看到紧紧裹住丰满胸部的内衣，有一边蕾丝变了形。

听达哉说，那不是第一次了。

过了一阵子，广海找了别的机会才问。在焚烧炉中焚烧东西那天，广海目击到的情景让他深受打击，夹着尾巴逃回了家。

达哉说这是你情我愿的，说这话时甚至没有半分炫耀的成分。厌烦提起与女人的风流韵事是达哉与这个村子中的其他男生截然不同之处。

早在东京之时，他和英惠便有了男女关系。即便偶有争执，她还是跟着达哉来了这种村子。身为雇主的达哉的双亲自然也知道这件事。达哉兴趣缺缺地叹口气说道，原本他们就是出于这样的目的才雇了这个女的嘛。

他对广海说这些，一半是因为心血来潮，为了好哥们儿的将来向他传授经验，另一半则是为了想看看广海窘迫的样子吧。

当听到达哉说他从未采取安全措施时，佯装不知保持沉默的广海来了精神，竟然问道："然后呢？"

达哉到底打破了多少自己的传统常识呢。

这样可不行，自己和他是两类人。广海这样说服自己。但若说对与自己年龄相差不大的达哉累积经验一事完全没有感到焦躁，这一定也令人难以信服。

广海听到一阵笑声。被广海紧紧抱入怀中，方才还靠在胸口的由贵美慢慢起身，看了过来。

广海拘谨地紧闭双唇。由贵美抚摸着他的脸颊，伸出手臂把广海的头抱入怀中。

那是温柔的表情。广海看着她脸上浮现的柔和微笑，才知道自己一直畏惧的到底是什么。虽然惨到几乎快要放心地哭出来，但这已经无关紧要，由贵美是那么地惹人怜爱。

“没有毯子的话，睡着了也会觉得不像话啊。”

她裸着身，就着广海的手臂慢慢坐起。广海依言起身，看到脱得散了一地的衣服。突然，他回忆起两人合力脱去衣物的手指与焦躁的喘息，令他想要扭过脸去。曾一度近距离端详过由贵美的容貌，而今却令他觉得几乎难以与她面对，就连现在拿起那些衣服重新穿上都是个艰难的过程。

“要不要去二层再战？”

她的话让广海几乎反射似的抬起了头。由贵美的声音虽然毫无厌倦，但听上去反而没有昨夜那样开朗。广海无法作答。由贵美的笑声近在咫尺、四散开来。

由贵美站起身，把凌乱散在地的针织衫、广海的牛仔裤和腰带等物一并捡起来，抱在胸前。

“喏。”

由贵美伸过一只手，厨房的光线从她身后投来。广海重新打量起她全裸的身体。

好美！

广海心中感慨道。

既然她是靠身体吃饭的，这也许是理所当然的事情。她可是美貌的专家。可是，那些惯于沐浴在视线中的模特们，也许谁也不会像她这样毫不吝惜地出现在他人视线中吧。

正如仅有广海一人被俯视，单方面被人注视着裸体那样不通情理。

他被牵着手、起了身，拉到由贵美身旁，沿着身形触摸到她的细腰。分明刚刚紧紧拥抱过的由贵美的身体，却又早早开始变冷了。

牵着手上了楼，广海被带到位于二层最里面的房间。那里有张小小的床。

由贵美把拿上来的衣物放在床边，解释道“这是我的房间”。她和广海一起在床边坐下来。

“回来之后，家里满屋子灰。我总算想办法把这间屋子打扫干净了，比起打扫其他地方来要下功夫得多。”

“还真是。”

平时她也在这个房间里度日吧。面积不大的木桌上，放着一台与这间好似废屋般的地方极不相称的 MacBook。

“明明整个村子都没什么生机，竟然还能上网。真是令人吃惊。”

由贵美说道。

“从去年开始做了环境整治工作。”

这是飞雄就任村长之后，立刻着手进行的议案。

床上丢着一个打开的小型行李箱。也许是心理作用吧，这里与其他房间不同，满是由贵美的气息。并非是香水，而是她自身散发的婴儿爽身粉般香甜的生活气息。

由贵美没有开灯。也许是因为她不想让光线透出屋外被人看到吧。

从大敞的房门处透进一层的灯光、窗外的月光与路灯成了仅有的光源。

由贵美把广海拉倒在床。两人相互凝视着对方，距离近到几乎要碰到鼻尖般。广海立刻觉得天花板突然上升。曾一度恢复平静的心脏再度开始剧烈跳动起来。

由贵美闭上了双眼，睫毛触手可及。长长的睫毛摸起来比蝴蝶翅膀更加轻柔。

他因由贵美发现拥有价值的自己而感到幸福。仅仅因为今晚发生的事，他觉得自己的人生像是被打了包票似的不会失败。

以后会怎样呢？广海因由贵美更加期待自己而感到害怕。他失去了冷静，变得虚张声势。他害怕不巧被她知道了自己此时的幸福感，害怕得难以忍耐。

刚入九月，村子从夏季起便不为人所察觉地渐渐有了秋意。广海身上的汗水干透了，冷风才刚拂过，他立马打了个喷嚏。由贵美睁开眼，笑着抚摸广海的前额。任谁做这样的举动似乎都会让自己感到不快，可广海并不讨厌她这样做，甚至没有觉得自己被她当成小孩子那样看待。

“你没有家人吗？”

兴奋的确仍似余热般持续，但困意也如涟漪般逐渐散至全身。

“没有。”由贵美回答道，“去年冬天，我妈妈死了。我连一个家人都没有了。”

“其他的亲属呢？”

“在我上中学的时候，我父亲因癌症过世了。虽然还有爷爷奶奶，但毕竟他们岁数大了，先后撒手去了。后来，我妈妈也死了，就剩我一个人住在这里。”

由贵美伸长了抚摸过广海额头的手，把他的头发缠在手指上。

他这才知晓，所谓的体温是一种奇妙且伟大的东西。通常这种情况下，广海不知道该做出怎样的表情才好，但仅仅因为由贵美抚摸着自己，广海就可以变得勇往直前。他沉默着聆听由贵美继续说下去。

“我的妈妈不是这个村里的人，而是从外县嫁过来的、和这里没有半点关系的人。我觉得她生前不谙世事。十几岁的时候，对来县里打工的父亲一见倾心，立刻跟着他来了睦代。结果，直到过世也没能从这个村子走出半步。事已至此，这种等同于私奔的婚姻害得她连娘家都回不去了。”

“这样啊。”

由贵美淡然地叙述着，令人联想起机器朗读的发声。这对于广海而言十分痛苦。

“她讨厌乡村，讨厌旧习，也无法处好妯娌关系，却单单喜欢我。”

一心工作——和广海面对面的她唇瓣轻吐出这几个字。

“外出工作就无法顾家，这媳妇儿没救了——奶奶经常和妈妈拌嘴。我妈妈非常讨厌纺织品。”

“你妈妈做什么工作的？”

“准护士[①]。高中的时候考了护士证。她去了六岳市的医院工作。”由贵美不由得含笑说道，“奶奶斥责她才是个准护士，简直不像话，连一匹睦代织也织不出来，还净想着往外瞎跑，骂她的工作也没什么大不了的。真是不明所以。不知道她怎么这么傲娇，她的天真令我感到惊讶。现如今，又不是靠那种破布养活一家三口的。”

“你爸爸过世之后，你妈妈没想过离开村子吗？”

“有我在，她无法离开。老人啦亲戚啦和她发生了争执，要她留下

①日本实施护士持证上岗制度，参加各县组织的护士资格考试并获证书的称为准护士，参加厚生劳动省组织的护士资格考试并获证书的称为正护士。

我。最后，她选择了和我在一起，共同在这个村子和其他人一起生活。原本妈妈就是个软弱的人。即便她知道自己没有收入，我们家就会揭不开锅，但是她更羞于做机织布，认为那很没面子。我为此经常感到烦躁——父亲死后，爷爷立刻病倒了。此后，情况更是糟糕透顶。”

由贵美徐徐说话的声音依旧毫无感情。

“家里总是凌乱不堪。毕竟妈妈一直用心照顾爷爷，直到他去世嘛。我离家多年后，奶奶又病倒了，恳求妈妈照顾。直到那时我才回来。”

“你说的报复村子，是为了你妈妈吗？”

听到广海如此一问，由贵美立刻紧闭双唇。

对外来人的强烈压力遍布家庭内外。由贵美称父亲为父亲，称呼祖父母时又生硬地吐出爷爷奶奶这几个字，唯一被她当作自己人的称呼只有“妈妈”而已。生活于此的窒息感，使她中学一毕业立马离开了家，考虑到以上种种因素，恐怕由贵美和她的妈妈都没有在这个村子扎根吧。

“不是的。”

由贵美说着起了身。雪白的肌肤在黑暗中好似闪着光芒般引人注目。

“我的妈妈因为她自身的原因才没能离开这里。尽管我非常喜欢处处维护我的妈妈，但正因为如此才无法原谅她。我曾经无数次要她离开这里，和我一起生活，可她偏偏不肯。”

广海也坐了起来，看着由贵美喃喃低语。

“我很窝火。”

由贵美睁开眼睛，眼角处突然涌出一颗泪珠。她的表情没有任何变化，那颗泪珠像是有人在画上添了一笔似的不合时宜。

“从小时候起，我始终目睹妈妈身受煎熬。遭到不公，哭着央求我的妈妈——每每此时，我都会不断对她说，总有一天，我会带她离开村子。我去东京上高中的时候，祖父母和亲戚们一直反对，但是只有妈妈站在我这一边，让我离开这里也无妨。”

“是吗？”

“可是，无论我怎么央求她和我一起离开，妈妈都不肯跟我走。和祖父母的关系处得那么不好，她也无法弃之不顾，说是还要顾及邻居们的看法。让我一人逃离村子，作为交换，她自己索性顶着他人的白眼留在村子里，甚至连奶奶死后，她都没有和我一起生活。”

“你奶奶什么时候死的？”

“四年前。她得了脑溢血卧床不起，而后又发展成痴呆症，就那么死在医院里了。”

而后，由贵美的妈妈就算孤身一人，也继续住在这个村子直到去年过世。假如有人在这个房子里居住到冬天的话，这里也不会如此荒芜了吧。

“你知道我妈妈的死因吗？”

由贵美突然问道。

广海摇摇头。这么说起来，在去年的葬礼上，以及葬礼之后和村民们聊天的时候，她妈妈的死因都没有成为谈资。连光广也没有提起这件事。

逐渐老龄化的村子中，葬礼原本就很多。几乎每个月，广海的父亲都会包份奠仪，系上黑色领带，出门前往某个村落。

还是由贵美告诉广海道：

“我妈妈是自杀身亡的。”

嗖的一下，房间的气氛冷了下来。广海的困意早已消失殆尽。

“为什么？”

他立马开口问道。由贵美摇摇头，说她不清楚。

“她是在屋后的竹林里上吊自杀的。所以，这附近的村民不再靠近那一带了，我才能从竹林里进出的。”

“要是自杀的话，不是应该更加轰动的嘛……”

毕竟发生在小村子里，何况她还是织场由贵美的母亲啊。

那片竹林。一想起才刚翻过的坍塌墙体，广海不由得头皮一阵发麻。

由贵美轻轻摇摇头，说道：

“我刚回来那阵，亲戚邻居们只说要我‘放心就好’。他们极力掩饰我妈妈自杀的事情，既不想上报纸，也不让消息传出村子。对外一律宣称她是死于心力衰竭，让我什么都不用操心。大致上演变成死于非命的情况，说不定还会有警察过来调查。他们变得亲如自家骨肉似的，劝我忍一忍……我已经不知该如何是好了。”

葬礼时的情景从脑海深处冒了出来。那些女人们轻柔地和由贵美搭着话，说什么“我们站在你这一边”。

“这个村子所谓的隐瞒机制竟然这么厉害。可耻的是我也顺势同意这么办了。那个时候，我净考虑要是被媒体报道出我妈妈自杀的事情，的确也会让我头疼的——我为此感到后悔。袒护了原本被我讨厌的要死的家伙们，这样的自己和他们又有什么区别呢？等我意识到这件事的时候，感到非常愕然。也许，事到如今我竟不知道对于妈妈而言，到底什么才是最好的选择。没有遗书，她自杀的动机依旧不得而知，是我封锁了妈妈的死因。所以，我再次返回了村子。

“喂，广海君。”

由贵美换了个姿势，拿起广海的手紧紧握住。她那甘甜的体香愈发近了。

“我来和你谈谈复仇的内容吧。”

她膝部下面的床板吱嘎作响。

“最让我感到后悔、可耻的是中学快要毕业，准备离开村子的时候。妈妈曾恳请我说，由贵美，尽量不要带走居民证。把它留在这个村子，不要带去东京。我曾经问过她为什么。其实，像居民证这种东西，如果不是要办必需的手续，早就被我扔在脑后，对我来说那并不是什么大不了的东西。”

一口气说完这些话，由贵美的双颊泛起一片潮红。握住广海的手加重了气力。

“妈妈回答我说否则会拿不到钱的。只要居民证还在这里，就能拿到一笔数目可观的钱。她拼命地说服我说这一带的孩子都是这么做的——那笔钱的数目足以供四口之家买得起一辆二手小型卡车。”由贵美笑道，“虽然我不知道那是多少钱，但这个比喻非常生动啊。我总算知道了，妈妈长期以来都是这样过活的。于是我一下子气冲脑门，吵了个翻天覆地。但是，最后我还是……”

由贵美第一次欲言又止，看上去很是难受地咬着嘴唇。

“妈妈对我说‘你还真是幼稚啊’。她的表情像是很为难，又像是哄着我，愚弄似的笑着。”

这一次她没有眨眼，眼角也没有渗出泪花。但是，眼睛却红红的。

“太可笑了。我才知道为了送我离开村子本应拼命帮我出谋划策的人，已经无可救药地变成这个村子的一员。她完全听不进我的话，我吃了一惊，感到头痛但最后还是放弃了。居民证到底还是没能拿走，我的居住地仍在这里。充其量只是张居民证而已，我和妈妈竟然被这种东西牵着鼻子走，真是可笑啊。”

“给的是什么钱啊？”

自打出生起，广海一直住在这个睦代村，但这件事还是第一次听说。由贵美低下头，把广海的手慢慢放在自己胸口。那原本已经看不出轮廓的乳房，柔软得与视觉效果截然相反。

手突然抖了一下。男性的骄傲再度变硬勃起，连角度都被由贵美看了个一清二楚。

“奶奶死后不久，我无数次催促妈妈搬到东京和我共同生活。妈妈纠结着要不要离开自己住惯的地方，但最后终于答应了我——但是，要等到下次选举结束之后再走。这是她开出的条件，我一直在等那天的到来。”

“选举？”

“就是前年夏天的村长选举。”

听到一个出乎意料的词汇，令广海“哎”地脱口而出。他再度打量起由贵美的脸。

前年夏天，没有什么选举啊。没有出现竞争对手，父亲飞雄没经过投票就当选了村长。

由贵美为难地笑着说道：

“在这个村子啊，无论是选举还是无投票当选，都会撒出钱去。有大批人都在翘首以盼候选人举办的以庞大的财政支出为乐趣的选举年份。我就是想揭露这桩营私舞弊的事件，让它化为泡影——妈妈过世后，这下子我总算可以放手一搏了。”

指尖传来由贵美的心跳声。

广海目瞪口呆地听她说着那些令人难以置信的话。他只觉得五感好似封闭在水中渐行渐远，只有一件事是他明明白白知道的。

正因如此，她才选上了我。广海毕竟是现任村长的儿子啊。

“广海，帮帮我吧。”

由贵美的炽热气息传入耳中。

5

隔了好一会儿，广海才挤出一句“怎么可能是这样”。

“可是，我家不是这样的。”

由贵美并没有作答，只是回看着广海。

“我不清楚以前怎样。的确，直到前任村长也许都干过这种勾当。但是，现在不同了。前年并没有什么大量的财政支出啊。”

可笑地效仿成年人使用“财政支出”这种措辞，连自己都觉得别扭，脸上几乎要露出笑容。

由贵美倾诉的内容未免太过离奇。

音乐节之夜，广海听熟识的客人说大城市的人称呼我们这个地处乡下的睦代村为秘境。违法选举发生在秘境之村亲密的人际关系中，要是听到别处的人有这样的传闻，的确也会觉得不是不可能的。

但是，现任村长可是飞雄啊，是广海的父亲。

“我老爸——怎么说好呢，他是个平民村长。一直在村公所担任职员，遇到前任村长卸任，又没有其他人自告奋勇，他被周围推举出来，万般无奈才当了候选人。你见了他立刻会明白的，他绝对不是那种人。毕竟还年轻，为了村长一职动用金钱，他既没有这样的热情，也没有这种心思。”

广海说着说着焦躁起来。

“以前那些老古董村长们和我老爸比起来，简直是天壤之别啊。就连举办摇滚音乐节也是啊，虽然最初承办音乐节的左东村长或许连音乐节是什么都搞不清楚，但是我老爸可不一样。和音乐相关的事情，他比我还清楚。他年轻的时候还出国看过演唱会呢。连这方面都跟前任相差很远。即便像织场小姐你说的那样……”

“叫我由贵美。”

由贵美保持沉默良久，总算开口说话了。她面无表情，双目低垂。但即便如此，广海还是觉得自己被她轻视了。

“不要称呼我织场小姐，叫我由贵美。”

“由贵美……小姐，即便像你说的那样。”

“都说了让你喊我由贵美了嘛。”

她笑道，伸出冰冷的手，再度抚摸着广海的脸颊。

“好好笑。刚才明明已经抱过我了，说话的时候还想换回原来的称呼吗？我们现在也是赤裸相对哟。”

广海一下子涨红了脸。由贵美的唇爽利地贴上了他的脸颊。柔软的触感使得广海的身体几乎擅自做出了反应。他的双腿注入了活力，连腿部肌肉也紧绷起来。

“像由贵美你说的那样，即便这个村子的选举真有问题的话……”

“嗯。”

广海自知会对她言听计从。但是，知道归知道，他依然不打算回避由贵美。

“我老爸反而想要废除旧习，也许从这个意义上来说，他才担任了村长吧。话说回来，就算是无投票选举也要动用钱财是什么意思？没有竞选者的话，这么做毫无意义啊？”

“似乎是为了让别人退出候选才这么做的。在有关人士中间劝说达成了共识之后，包括原本会成为候选人的其他人在内，对具有选举资格的家庭进行贿赂。”

“可是我老爸他……”

“出任村长的家庭也是由村子决定的。经我调查显示，一共有四家候选者。涌谷你家也是其中一个——你家的亲戚中也有好几个人担任过村长对吧。”

“那个嘛……”

虽然广海知道自己对“好几个人”的字眼耿耿于怀，但他的确听说过自己的祖父在三十多年前出任过村长。据说这也成为推举飞雄担任村长的理由之一。而且，光广的父辈须和家似乎也有人担任过村长。只是和广海没有直接的血缘关系，所以还没有意识到那个份儿上。

“涌谷、须和、左东和御仓四家，按序担任村长。不过，只能连任两届共八年任期。无论多么舍不得村长的宝座，所有人必须在连任期满后退职。我说得对吗？”

“不知道。”

的确，祖父曾经担任过议员，父亲也在村公所任职，如此一来，广海自然而然对睦代村的行政运转及周边事务耳熟能详。可是，广海本人还没有选举权。

“但是，不想在这个抬头不见低头见的小村子里留下隔阂，不举行选举活动从根本上来说不也挺好吗？”

前任指名由谁继任，事先挑明自己准备辞职的话，这举动反而好似主动辞职般豪爽。御仓村长也是如此，前年明确表示支持飞雄之后卸任村长一职。那时，广海都对他刮目相看了。

“没有续款了嘛。”由贵美干脆地说道，“撒出的钱对每个成为候选者的一族而言只有两届任期的份可用。所以，无论多么舍不得村长宝座，都要辞职啊。过上几十年，直到自己的后代成为村长之前都是要储备钱款的时间，自然会定下仅限两任任期的规矩。”

"我们家可没那份闲钱啊。"

广海家是标准的普通家庭。一族之类的字眼根本不适合他家。

"那么，广海觉得除了你家之外的家庭——直到前任御仓村长那代，他们有这个财力吗？"

由贵美反问道。广海困惑地回答：

"和我家相比……不清楚具体怎样。御仓家和左东家都是工程项目的总承包人，须和家的公司也做得很大。"

"是嘛。"

"怎么了？"

"你还真是挺厉害的嘛。你的同龄人一般都不会知道哪家人是做什么的吧。就算村子不大，能够脱口而出'总承包人'这样的字眼，不愧是广海啊。你的家教不错嘛。"

"才没有。"

"至少和我家这样的平民家庭是不一样的。"

这句话，令见识过由贵美家中荒废情景的人无法简单地给予否定。广海难忍尴尬，嘀咕了一句"我家也是平民家庭啊"，但由贵美并没有对此做出反应。最终广海愈发认真地辩白起来。

"由贵美提到的那四家中，只有我家毫无根基。难以置信啊。"

"涌谷家是教师世家吧。"

由贵美冷静地说道。也许她事先调查过了吧。

"曾经担任过村长的你的曾祖父也好，担任过村会议长的你的祖父也好，他们都是学校的老师。他们可是连校长都担任过的人呢。"

"那又如何呢。"

"以前的老师啊，不是会被人称作'老师大人'嘛。也许经济性质不同，但是在本地却被当成名士看待。正因为如此，有很多人由此成为议员或议长。”

由贵美从默不作声的广海身上突然挪开了视线。长长的黑发自头上垂至胸前，纤细的锁骨线条好似能够聚集水流一般向下凹陷。

“我在照片上看到你爸爸的相貌了哟。”由贵美在床上支起膝盖，忽而说道，“来此之前，我在东京看了村子的网站。那上面有你父亲的博客。”

“是啊。”

村长博客是飞雄就任后开始写的。这种引用中意的小说或歌词，将其与村中的问题结合而成的内容，文雅得难以想象它是出自政府人士之手。

“广海你和你父亲长得不怎么像嘛。”

是吗？如果被问到长得像父亲还是像母亲，人们多半会觉得广海的相貌像父亲。脱口而出的瞬间，由贵美毫无预兆地用力拉住广海的手。

脑中刚闪过要被拉倒的念头，广海便耐不住想要被拉倒的诱惑，身体自行放松下来。由贵美骑在他身上，盯着广海那仰面朝向天花板的脸。

方才，由贵美仰面朝天、毫无防备的脸被广海看了个够。他还想再睹那样的容颜，于是广海又压住了由贵美。他明知自己怯懦，却还是选择此时此刻开口询问“怎么办”。

“什么怎么办？”

“我老爸的确是现任村长，但是正如我刚才所说的，拿不出由贵美觉得可以用来复仇的素材呀。”

她不禁莞尔。紧接着，她微微眯起双目，嘴也一下子噘了起来。

“你叫我由贵美啦。不加敬称称呼我，好可爱啊。”

身体中的热度直窜脸部，呼吸困难。广海心中的一股冲动骤然跃动，他只想推倒脸上浮现出嘲笑般表情的由贵美。广海羞得转过脸去，被由贵美奋力制止了。

“别生气啊。广海，对不起。”

由贵美横躺着，向右扭动着身体，把广海拉到身旁，把他的右手贴在自己唇上。舌卷住广海的手指舔舐了一下。贴在床上的手臂失去了力气。

“我帮你。”

广海想在由贵美心中占据优势地位。这样的心情左右着他，令他除此之外别无他想。

“不过，应该和我们家没关系。我陪你一直查到上任村长为止，这样可以吗——我还是对是否有丑闻一事感到半信半疑啊。”

“谢谢。”

前一刻，她明明还冷静地耍着人玩，同样的唇瓣却温柔地如此低语道。她的手腕向广海的胸膛摸索而去。这触感令广海双膝颤抖。

“我曾想过如果被广海拒绝的话，要怎么办才好。我可不是故意这么说的哟。的的确确这么想过。谢谢你。”

“光广哥呢？”

由贵美对此一问当即一笑了之。

“他可不顶用。”

她的表情像是瞧不起光广的样子。广海没想到自己竟会为此心中畅快，这令他大吃一惊。优秀的堂兄曾是自己的榜样，是引以为豪的人，他从未让广海感到局促不安，迄今为止一次都没有。

“广海的父亲也好，光广也好，我没打算给他们添麻烦。你放心好了。”

过去如何，广海并不清楚。但是，即便是堂兄光广，如今也不能如自己这般抚摸到由贵美了。

由贵美的手掌从广海的脸颊滑落至喉部。他察觉出对方的焦灼，于是吻了上去。恭谨生硬的吻再度碰触到那份柔嫩时，立即变得无法控制，他非常怀念才刚经历过的愉悦，伸舌探入对方口内。

广海无数次呼唤着那个名字——由贵美。

双臂抱住她小巧的头部。传来灰尘的味道，体重压在薄薄的床板上，立马发出嘎吱声。那声音中混合着由贵美呼唤广海名字的声音。听到这样的呼唤声，广海犹如堕入黑暗森林深处的泥沼般，再度受邀进入她的体内。

不久，广海自然而然发出一声含混的喘息。急不可耐地停止动作的瞬间，身下传来由贵美的声音。

“广海。”她抱住广海头部，手温柔地拨开他的刘海，“我想告诉你怎样才能早点儿到达快乐的顶点哦。”

在广海耳畔嗫嚅着的由贵美的声音戛然而止。两人肌肤相亲，近得连彼此的呼吸声也可以听得到。

6

凌晨三点半左右，广海依依不舍地离开了由贵美家。

由贵美家的喷头散发着锈味，没过多久热水转凉。广海冷得受不了，迅速冲完澡出了浴室。他不知道该怎样面对由贵美，穿好衣服回到客厅时，由贵美已经等在那里了。她身上仅仅穿了一件及腰的衬衣。

即便在灯火通明的房间之中，她通身上下也散发着属于夜晚的慵懒浓郁的香气。

广海不想回家。

他伸出手臂，抱住由贵美的腰肢。两人默不作声地互吻。

由贵美一直目送广海翻出紧挨竹林的那道墙。她道了声“路上小心”后，广海出了门。由贵美的表情是那样愉快，广海觉得她的微笑可以照亮自己回家的路。

正因为如此，趁着夜色回家，看到家中还亮着灯时，他也不至于感到失望。

失望。

继而只觉得一股怒火几乎从心底蹿起，随之而来的是几欲眩晕的徒劳感。

玄关的灯强烈照射在“涌谷”这块名牌上。嵌有磨砂玻璃的门内，似乎有人还没睡下。

广海咂了咂舌。

他知道自己无须蹑手蹑脚，粗暴地停好自行车。此时，家中立刻有人出来了。

广海看了看手机，还好把它调成了震动状态。从半个小时之前开始，就有十几通未接来电。

拉开没有上锁的陈旧拉门，美津子喊着“广海”瞬间跑了过来。

“怎么回事！担心死我了！眨眼的工夫人就没了！这三更半夜的，你跑哪儿去了？”

她的话听上去惊慌失措，但又有些顾虑地压低了嗓门。这些话令广海的视线冷了下来。

若在平时，一定不会被她发现才是。家中一片寂静，广海也是关了灯才摸出门去的。他装作睡下了，美津子为什么会发现他不在房内呢？

所谓的母亲，就是可以遍知每个不巧时机的天才吧。

“你怎么发现的？”

他不由自主、将错就错地责难起来。身着睡袍的美津子皱起了眉头。

“起夜的时候，无意中有点担心，无意中去你房间瞄了一眼，就看到你不在屋里。”

“无意？”

他看似真的发火了一般咀嚼着这个词。

他说得越是理直气壮，美津子越是收着肩膀，缩成一团。她有些难为情地低下头，而后像是下定决心般再度抬头看向广海。

“你去哪儿了？去达哉家了吗？”

“我睡不着，出去遛个弯而已。”

广海踢掉鞋子，正打算径直从玄关上楼，没想到美津子喊住了他。

“喂，广海。刚才你溜出去——和门音没关系吧？”

广海回过头去，脸都气歪了。他可不愿意做出孩子气般藏不住心事的举动，因此无法原谅美津子让自己做出这种举动。

“什么？”

他可不想把自己刚才去了哪儿、做了什么，告诉眼前这个什么状况都没搞清楚的人。他不想透露出对方的身份给她知道，也不想让她知道自己拥有她穷尽一生也无法跻身的世界。

“广海，回答我啊。”

她已经被自己儿子的气势压倒了，可声音依旧是勇猛的命令口吻。广海发出了与叹息声交融一体的嗤笑声，这副瞧不起人的样子惹得美津子满面通红。

“广海！”

“会吵醒爷爷他们的哟。”

广海冷静地宣告道。美津子闻言只好不再追问。剃头挑子一头热，哪有不输的道理。

“和门音半毛钱关系也没有。我一个人逛了逛而已。我以前好像也说过吧，我没和她交往，以后我也没这打算。”

“没有最好啦。可吓坏我啦。吓得你老妈我都睡不着觉哇。”

“抱歉啦。”

夜不能寐也好，担惊受怕也好，所有这些令美津子心惊胆战的对象，总是要和儿子扯上关系不可。广海早就听腻了。她看着广海，好像还有话要说。可他转过身去，尽可能和缓地说了最后一句话：

“也许无法得到你的理解，但是夜半散步可以让人心情平静下来。这世上也有像我这种喜欢在寂静无人的地方独自散步的人。”

他确定母亲不再啰唆后，老老实实地道了歉。

“对不起。晚安。”

这种温柔的道歉法得自飞雄的真传。他用一句“也许无法得到你的理解”敷衍，营造一种他没有意识到母亲有多拼命忍耐的气氛。不愧是老爸，他明明对此了然于胸。

回到房间，广海在椅子上坐下，低头看了看起皱的衬衣和牛仔裤裤脚，总算舒了口气。

想起妈妈提起了门音，广海不由得再度发出笑声——明明平时声称自己和门音母女俩关系有多融洽。到底她是担心自己的儿子对别人的女儿打歪脑筋呢，还是担心自己儿子被人算计了呢？

房间外面传来脚步声，美津子用格外温柔的声音对广海说了句“快点睡吧”。但广海没有作答。

第二天早上，飞雄上班前跟广海说道：“昨儿闹得挺厉害嘛。”

见广海看着他，又立马拍着广海的肩头说道：“别让你妈太操心了。”飞雄若无其事地忽略掉广海的解释，再也没多问什么。

“发生什么事了吗？”

祖母优哉游哉地边问边端来冒着热气的酱汤汤碗。飞雄缓缓摇摇头，回答说“没事”。祖母仍旧有些担心，但不久她点点头，说了句“是吗”，便不再追问。

在广海家，一直都是绝对的男权主义占上风。也许因为强烈意识到要送外出工作的人出门，早饭一直只准备出祖父、飞雄以及广海三人的份，祖母和美津子偶尔才会一起用餐。而且，轮到美津子摆饭桌的时候，虽然会一起准备好祖母的早饭，但是轮到祖母的时候，她从未准备过美津子的份。尽管也有为其他人准备所有碗筷的情况，但从没有为美津子准备过碗筷。

在广海年幼时，也曾因只有母亲一人似乎被人瞧不起而觉得祖母的态度很顽固。他想起昨夜由贵美的那番话来。也许，自己家还真是够陈腐的。

从设置为随机循环的播放器中跳出了NAGI的曲子。广海立刻按了暂停键。他为此感到惊讶。

等候早班车的车站长椅上，还没有其他人的影子。

那首犹如漂浮空中一般的虚幻音乐节奏正慢慢加速。广海听来不禁有些迷惑，不知道是否该跳过它。没想到自己会因为个人心情而无法听音乐。

过了一会儿，门音才到车站。

“广海。”

他摘了耳机，猛地看了一下手表。离发车的时间还早得很呢。

门音低头看着坐在长椅上的广海。一只手从包里掏出果冻饮品说道：

“来一个？”

广海看着递到面前的那只手，摇了摇头。

他没有吃早饭。他觉得至少要让胃部保持饥饿，否则无法从身体中残留的昨晚的余热中脱离出来。

“昨晚你去哪儿了？”

门音在广海身旁坐下。她发问的瞬间，广海再度咒骂起美津子。

“我妈给你打电话了？”

“大概凌晨两点半左右吧。我睡着了没注意，早上才看到手机有未接来电。没想到是阿姨打过来的，吓了我一跳。刚才我打给她才听说事情的原委。”

没想到老妈和门音互留手机号了。广海在心中暗暗咂舌。

“我睡不着，出去散步了。”

“散步？你上哪儿散步去了？广海啊，以前我就这么觉得，你是不是太用功了？你打算直到考试都这么用功吗？”

门音问道。她那从藏蓝色百褶裙中露出的双脚在地面上蹭来蹭去。广海感到焦躁的同时，突然觉得无所谓，不禁想要问问门音。

“你为什么喜欢我？”

门音涨红了脸。

近十年间，二人之间从未挑明此事，一直都是暧昧相处。此时他却忍心断送掉以往的相处模式，这样的自己残忍得竟不像自己了。门音的声音紧张得轻抖。

“因为广海很酷啊，成熟，脑子聪明。”

听上去她似乎还有下文，却犹豫着咽回了肚子，仅以一句“我觉得还不错”敷衍过去了。门音原本率真爽朗，这样的说话方式证明她对此事认真了。

“广海，我们不如正式交往吧？我对广海……”

此时，有人从空空荡荡的车站检票口进来了。市村的身影出现在那些人后面。广海看了过去，发现了市村，门音也抬起了头。市村满脸纯真的笑容，对着广海他们开心地挥动右手走了过来。

“抱歉，我不能和你交往。”

广海并不打算以后回复。

门音和自己眼中的世界大相径庭。恐怕他们永远无法理解广海或是由贵美郁结心中的苦闷。广海有些瞧不起门音和市村。他无法和他们同处一地。

门音的脸像是快要哭出来似的变了形。广海突然心生怜悯，觉得门音很可怜。

广海没有兄弟姐妹，他把门音当成了自己的亲妹妹，但也不想因她的话没有打动自己的事实而同情她。广海以为门音想要责备自己，正要转过身去的时候，只听门音问道：

“是因为市村的过吗？”

广海一愣。门音一口气接着说道：

“他喜欢我嘛。”

“广海、门音，早啊。”

市村追了过来，毫不知情地轻快地打着招呼。门音低下头，没有搭理他。

“早。”

二人的交谈就此结束。广海也向市村挥了挥手。

广海又借着约了牙医的幌子，溜掉第七节课。距离放学只差一个小时，但这样一来就不必和门音他们一起回家了。

他给由贵美家里打了电话，无人接听。不知她是不在家，还是故意没有接听电话。广海没有由贵美的手机号。

下了比平时早一班的电车后，广海低着头蹬起了自行车。和夜半出门不同，不知道会被谁看到自己的身影。他骑在沿着土路铺建的沥青道上，与数辆河道林业作业用的大型卡车擦肩而过。

日间，通向织场地区的路程更显漫长。

他把自行车停靠在由贵美家外面的竹林时，环视起满是土黄色竹叶的周围一带来。没有半点蛛丝马迹残留，她母亲在哪儿上的吊也不得而知。竹林之中感受不到半点危险，仅有暮色降临时的红色光芒倾洒在地而已。

他翻墙绕到里面。后门没有上锁。

家中各个角落洒满阳光，因此闪着白光的榻榻米上的灰尘也好，晕着雾气呈现半透明状的玻璃窗的颜色也好，都看得更加清楚了。与自家不同、陌生人家的气息扑鼻而来。

不必喊她也知道家里似乎没人。她到底去哪儿了呢？这个村子里真的没有什么地方可供她去。

广海还以为由贵美太大意了，没给门上锁。但转念一想，这里肯定不存在任何怕丢的东西才对。

他穿过起居室，看到由贵美那间白色针织衫摊在发黄的榻榻米上。那是昨晚被广海亲手脱下的。看到那件衣衫的瞬间，倦怠的热情又从脚底涌了上来。

从美津子昨晚的反应来看，只要没找出什么借口的话，恐怕以后很难半夜溜出家门了。广海想要见由贵美一面，亲口告诉她这件事。

他上了二楼，去了由贵美的房间。

不出所料，由贵美不在房间。他无意中看到昨晚那张床起了褶皱。仅仅看到那卷起了一角的被子，便可令广海沉浸于甜蜜的伤感之中。正当此时，一阵不协调的感觉突然向他袭来。

由贵美那只红色行李箱不见了。

巡视整间房才发觉不只是箱子不见了，所有装饰全都不见了。由贵美带来的时髦玩意儿没有了，或者说，房内只剩下与这间房子一样陈旧的家具。桌子上只有蒙着灰的笔架，昨晚还放在这里的 MacBook 也不见了。

犹如溶于阳光一般，由贵美存在过的证据正渐渐淡化。

冰冷的痛楚滑落至身体两侧。

他打开壁橱，期盼着红色行李箱此时正好好地放在那里面。但是，壁橱里只放着发了霉的被褥。扬起的灰尘入鼻，鼻腔深处渐痛。

什么都没有留下。

即使由贵美去了村子的某处，也没有必要连行李箱也带上。也许她回了东京吧。广海没有听她提过只言片语。明明只是一两天的功夫，却什么都没听她提过。

广海伫立在四面壁纸剥落的房间正中。

下了楼，他又巡视了一遍：桌子，没铺地板的房间，榻榻米的上面……看看她有没有留下什么东西。广海甚至拉开了冰箱门，搜寻着由贵美可能留下的痕迹。

冰箱中放着没喝完的瓶装可乐，白天仔细一看才发觉红色的签条上印着太阳。广海这才意识到，这和现在的可乐包装略有不同，更为古老。他不禁愕然。由贵美到底给自己喝了什么东西啊。

不知道是否出了故障，尽管这台低声咆哮的老式冰箱开着门，也几乎感觉不到冷气。

7

透过教室的窗子可以看到车站，只见一辆开往睦代村反方向的电车驶过。

两小时停一次的特急列车通向县厅所在地的车站，若是前往东京，还需要从那里换乘其他特急列车。

广海漠然地把黑板上的内容机械地抄录在笔记本上。他想立马从教室飞奔出去。这种冲动不断涌上心头，但是无处可去的现实又给了他沉重的打击。

由贵美已经消失一周了。

广海首先后悔自己没有问她要手机号，然后对自己随便和由贵美上床的事情感到后悔，最后，他被自己是否做错了什么的想法折磨着。他明知自己并非可以被寄予过分期待的优秀男朋友，但是，装腔作势的结果就是他没有向由贵美要手机号。

杳无音信。

日光照耀下的由贵美的家显露出过于无情的荒芜。只要身处其中，便会心生疑惑，鬼迷心窍似的怀疑起她曾出现在此处的事实。那真是段如梦如幻的时光。

——分别前，她说着“路上小心”送我出来。还曾那样恳求我，希望我能助她一臂之力。

也许，事务所十万火急地找她回东京了。但是，很明显她精心地收拾过行李，看情形并没有半点慌张。

此后，广海曾无数次去过那幢房子，不分昼夜。但是，由贵美始终没有回来。

邻居们似乎没有发觉由贵美离开了村子。若是没有新的段子，乡下的流言蜚语很快就会烟消云散。大家对这位不肯露面的织场丫头暂时淡薄了兴趣。

门音与由贵美住在同一区，广海试着探了探她的口风，看看住在那附近的人是否亲眼看到由贵美出门或是有车子来接她。但是，自从告白那件事发生之后，门音似乎刻意和广海保持一定的距离，早晚上下学都会错开坐车的时间，就算碰了面，她也一定只会用眼神向广海道早安。

广海不知道门音是否想把事情闹大。自从那天以来，即便是在校园中从未搭过话的女孩子，也会故意大声把"甩了门音好可惜啊"的话说给广海听。他不知道听过多少次了。最近，原本为了和门音一起上学的市村也几乎不再理会广海了。

一个可以倾诉的对象都没有。

他不愿意去找光广。

如果是光广的话，也许知道由贵美在东京的联系方式。若是顺路去光广的家或是诊所，是不是就能想办法从光广手机中找到由贵美的手机号呢？脑海中的想法越是具体化，越是觉得如果将想法立刻付诸行动的话，幡然醒悟之后便会自我嫌弃。

仅仅数日，织场由贵美给自己残留下多么深刻的伤痕。

心情在百转千回之后沉静下来，他终于可以从容考虑其他的事情了。那就是相信由贵美，相信选举有丑闻一事。

在此事上残留的伤痕，犹如刚刚形成的伤口般在广海的胸口散发着余热。

一辆特急列车在窗外的车站停了下来。想象自己乘上那趟列车如此轻而易举，但是广海坐在教室中纹丝未动。

昨晚，广海偷偷翻看了双亲的衣柜。

从广海幼时起，放存折和图章的地方一直没有更换。祖父母的房间中夸张地摆着保险柜，里面放入了土地使用证等重要文件，但父母把贵重物品都放在手边便于拿取。

飞雄与美津子有银行、农协、邮局存款等各种联名户头。不止如此，还有连广海都不知道的以自己名义开立的存折。广海一边提防着尽量不改变这些东西摆放的顺序和位置，一边屏气凝神地翻看，翻出了成捆的保书。

当看到“学费保险”的字眼时，广海停下了手里的动作。

从厨房传来“吱”的一声。那是关水龙头的声音。接下来广海又听到美津子问道‘送来的葡萄饭后再吃吗，’祖母念叨葡萄不怎么好的声音也传进了广海的耳朵里。他的脑海中浮现出两人洗东西的动作，马上反射性地收拾好所有东西塞了回去，关上了衣柜的抽屉。

心脏剧烈跳动着，几乎快要冲出喉咙。广海在黑暗重重的房间中一遍又一遍地扫视，说服自己没有被任何人看到，可还是无法安下心来。他惴惴不安，好像现在才发觉远处的起居室传来电视的声音。从走廊回到自己的房间时，路过祖父母的卧室，看到为了腿脚不便的祖父母准备的看护床以及遥控电线散乱的情形。这种日常生活刺痛了他的心，令他腿脚瘫软。

“下一题，广海。”

老师站在黑板前，一手拿着课本，向广海看了过去。

也许被老师看穿了自己的心不在焉，但广海并不着急。他委婉地拒绝了同桌告诉自己答案的好意，对老师表达歉意道：“我没听讲，请您告诉我吧。”

他可以轻而易举地解答出老师皱着眉头指着的那道题。这种自我挖苦的感觉连自己都感到厌烦。广海坐到座位上，立刻发觉到课桌中闪烁着微弱的光。

上着课也没关系。他慌忙拿出手机，看到打开的手机屏幕上显示有未接来电。是陌生的手机号。一阵麻木好似过静电般蔓延至发梢。

那是由贵美打来的。

第四章　湖畔

1

停靠在车站前的是小型国产车，害得广海没能在零星停着的车子中立马找到属于由贵美的车子。

听到喇叭声，广海一抬头就看到副驾驶的车窗刷地打开，从中瞥到好似植物茎蔓般细得惊人的雪白手腕。

“广海。”

好在指定的见面地点在学校背面的南口。但是这个方向正对商业街，人流十分密集。现在还没有下课，虽然不必担心被高中同学看见，但广海还是赶紧上了车子。

“我还以为你开的是外国车呢。”

“开什么玩笑。我才不会做那种引人注目的事儿呢。”

在灭掉危险标识灯前，由贵美与广海相视一笑。而后她目视前方，边切转方向盘边说道：

“我想备下车子。回到村子之后，再次真切体会到没有车子什么都做不成，所以就回东京取车了。”

“就算不是外国车，品川车牌号也够引人注目的了。这是你的车？”

“不是啦，这不是我的车。熟人的。”

车子里散发出浓烈的皮革味道。多半是新车。车座和后视镜上没有多余的装饰物，车内显得简朴而单调。

“你还好吗？”

在车站前的环形交叉口至主干道交汇处的信号灯前停了车，由贵美突然转过头看了过来。她见广海低下头不说话，扑哧一声笑了。

“不过，广海怎么也不联系我呢？”

“我只知道你家的座机号。”

“是吗？不过，我可是知道广海的手机号啊，为什么你不知道我的呢？”

“你只问了我的嘛。我今天才知道你的手机号啊。”

“不会吧？真的吗？”

由贵美夸张地皱着眉头，瞪大了双眼。还没有确认她是否故意做出这个表情，信号灯已经变成绿色。

在她的手中写下手机号时的颤抖仅仅发生在十天前，广海竟觉得那是非常遥远的事情。

“要真是这样的话，那可太好啦。我突然回东京，也没收到你的电话，还以为你生气了呢。对不起哦。”

广海没有任何回应。

由贵美手握方向盘，开着车还看了过来。

只要看到那种眼神，任何语言都失去了意义。广海退缩了，他也没有那份自信，不知道自己是否能够清楚地让对方知道自己的心意。

今天她化了妆。眼睛周围隐约涂了黑色和深棕色的眼影，画了眼线的双目立体感十足，在小巧的脸庞中具有强烈而奇特的存在感。犹如陶器或是糖衣般光滑的肌肤好似见证奇迹般完美无瑕，甚至那涂了口红后质感倍增的唇部也变得无法正视。

她穿了一件藏青色的连衣裙。虽是件休闲裙装，但胸前与裙摆贴有闪闪发光的亮片。

“哦呀。”

由贵美依旧带着艺人范儿，用鼻子哼了一声。

“干吗？”

“你很配制服嘛。”

舒心的话听过，一笑泯恩仇好了。

“你把刚才的号码存下来吧。”由贵美说道。

车子向睦代村驶去。

“回村子吗？”

“是啊。不过，现在时间还早，咱们去兜一圈吧。上湖边聊几句？”

车子临近村口。横跨大桥的河流彼岸是原别墅所在的新兴人口聚集地。

村子尚无生机之时，那一带的建筑都是小木屋，如今满是重建的设计住宅。广海对于另外意义上的山岳一带并不熟悉，难以相信与自己居住之地同属一村。

由贵美瞥了一眼眺望窗外的广海。远离新兴住宅的家家户户，位于道路左边的村公所又渐入眼帘。

“这建筑还是那么壮观啊。”由贵美叹道，“办葬礼手续那会儿我来过这儿，吓了一跳呢。”

“可不是嘛。”

广海点头回道。她说的建筑是指公所官厅吧。

五年前广海还是小学生的时候，村公所改建了官厅，那是不输给方才所看到的新兴住宅地的时尚建筑。它拥有住宅建筑般的造型设计，清水混凝土墙正中央镶嵌着彩色玻璃的建筑物和一般人认为的公所官厅那种古板的印象大相径庭。村里无法利用睦代音乐节的收入所得建造公共建筑，但对包括学校在内的公共设施做了相应投资。也许广海看惯了，已经觉得无所谓了。

“咱们村还真是有钱啊。”

由贵美说道。广海不知该如何作答，再度含混地点点头，嗯了一声。

平时白天一同上山时，与工地用车擦身而过的次数渐渐增多。开过广海所居室平一带的指示牌后，村落间的距离一下子拉开了。途经音乐节会场用地的一角后进入山中，三三两两的住家居多。以沉砂池及事务所为首的发电设备好似与那些住家并行般出现在眼前。

车子到达水根湖畔。与广海和由贵美初次聊天的那片森林相比，这里离水坝近得多。

下了车子，广海马上看到一个戴着帽子的老者从上面的山路走了过来。他突然低下头。看起来这位老者并不认识自己，可就算举办音乐节之后观光客有所增加，持有外县车牌号的生人也还是很扎眼的。

此时，广海才意识到一件事。

如果没有经历过那段突然失联的日子，广海绝对不会和由贵美来这种地方的。

“您好哇。”

由贵美快活地和老者笑着打招呼，仿佛要抢先证明自己不是什么可疑人物似的。老者吓了一跳般挺直了身体，生硬地回了句“你好”后，向湖对面穿行而去。

由贵美发觉广海盯着那位老者的背影看时，笑着说“不要紧啦”。

“他会觉得是外面的人过来钓鱼的。刚才湖对面不也停着车子嘛。”

湖面一览无余，好似大海般宽广。

湖水呈淡淡的绿色，犹如溶化的翡翠一般。那是涂抹在海报上的颜色。别说是湖底，就是湖面向下数厘米之处也无法看到，这个湖毫无透明度可言。由于采石业需要反复挖掘山石，湖水才被沙子变成了这个样子。

“这片水域能钓上什么东西来吗？”

广海小时候也在他经常造访的那片森林的深处钓过鱼。一见到这一带浑浊的湖水，就很难相信这两处水域竟属于同一个湖。他和由贵美一起沿着长长的湖岸散步。遥不可及的湖中央与推土机和铲车作业的湖畔，二者明显存在很大的不同。从很久以前开始，在这个村子里总有什么地方进行着工程。每每遇到工事，湖水山峦都会遭到填挖。

由贵美说了声“从这里可以下去”，便走上了方才看到的那座桥。广海对乡村的这种并未禁止通行的大方露出了苦笑，与此同时他跟着由贵美走了过去，看到铲车的动力铲遗弃在湖畔。锈迹斑斑的车身中满是泥巴和雨水，以及不知是谁塞的生活垃圾。

由贵美没有注意到路面是否铺了柏油，穿着高跟鞋的脚陷入了沙地中。广海刚一伸手扶她，由贵美立刻道着谢、把右手搭了过去。水边的地面像是被压过了一样平滑，但是仔细观察就会发现有些地方还是有工事用到的边角余料以及尖尖的石块冒出来。

不知名的鸟儿像是掠过湖水般擦着水面飞过。在这样的地方，说不定真的有鱼。

找寻一些近似扁平的石子拿在手上，手腕甩出一记漂亮的急投球。石子在湖面上连跳三次后沉入水中。翡翠色的湖水漾起清晰的波纹。

“关于选举的那件事……”

广海开口说道。他与由贵美相互凝视着对方。

“果然和我家没有半毛钱关系。我们家没有那笔钱。我来找你就是为了告诉你这件事。”

“你把我的话听进去了呀。”

“银行户头里或许会有用在定期存款上的钱，但是无论哪一笔都是不到一千万的金额，也没有什么大笔的进出账。像我们家这种过着清贫生活的公务员家庭不可能有什么财政款啦。”

“你调查过了？”

“看了存折。”

广海自暴自弃地说道。虽然他怨恨让自己做出小偷行径的由贵美，但这完全是出于自身的原因，才会令他心存怀疑。

由贵美说了声“是嘛”，之后点了点头说道：

“你帮忙调查了呀，谢谢你啦。”

由贵美弯着膝盖蹲下去，从手边的砂石中捡起石子。石子表面凹陷，看起来柔软易坏。她拿着那块石子时，广海看到她的指甲涂成可可色，想起眼前的这个人是从东京归来的。

捏着石子的她，手指看上去不可思议。

“广海，我问你，你住的室平原本是由住在这附近的人移居过去形成的村落吧？”

“是啊，据说是比这儿还靠上的堤坝附近。”

广海满腹疑惑地回答着由贵美的唐突提问。

由贵美把手上的石子扔向水面。石子似乎在水面上蹦了几蹦，干干脆脆发出咕咚一声沉了下去。由贵美盯着石子下沉到的那处水面，继续问道：

“你知道有一个村落在这下面沉睡着吗？水根湖的‘水根’就是这个村落的名字。”

“我知道。我听爷爷说过有近二十户人家沉在湖底。”

“真是可怕。虽然可以若无其事地靠过去，但说真的，实际上这水下深不见底。小时候，双亲曾告诉我这里会被沉在水底，水深像那座山一样高。”

路边的山高得必须要仰着头才能看清它的全貌。广海的颈间突然蹿过一股寒气。若无其事地向湖中踏出一步之时，他听到由贵美发出轻笑声。

“我可不会推你下水哟。”

“我也没提防你啊。”

“你知道为什么这个村子这么有钱吗？”

由贵美恢复了正色。但是，她并没有看向广海，而是盯着湖面站起身。

“放任不管的村公所、新兴人口以及举办音乐节——就算是没有引入音乐节之前，想要把这鸟不拉屎的地方娱乐化，即便有什么不法之处，一定也有可以吸引日马开发的能力才是。”

“难道不是因为人口稀少，所以能用来花钱的地方有限吗？”

“睦代村靠着蚕食自然资源渐渐扩大。”

由贵美的话盖过了广海的声音。

“起初炸山贩卖砂石树木，发电事业若想繁盛起来，就要承揽县内或民间的发电所及水坝，不惜把民居沉入水底。与时俱进的公共设施则靠与此对口的补助金和津贴维持。”

“可现在不是也不这样做了吗？”

由于经济持续不景气，所有的地方自治团体应该都资金周转不灵才是。众所周知，与旧时全国范围内推行开发有所不同的是，如今开采睦代周围山脉所得的砂石及木材涨了价。甚至到了今时今日，连水坝开发也被视为不良公共事业的化身，从建设中慢慢恢复原状的地区也不在少数。

但是，由贵美坚定地摇了摇头。

“睦代村很聪明。正是由于它放弃了衰退的产业，改变了投资方向，这才会举办音乐节。好比从泥土转而为人，转换了投资对象，才会以更加新颖的形式自然而然地逐步蚕食资源。县里没钱找国家，国家没钱就找到民间组织，连日马开发也找过了。”

“这样为村子带来利润有什么不好的呢？”

“我没说过这有什么不好，只是强烈谴责这种行径而已。”

广海皱起了眉头。

“你要谴责什么呢？”

“据说，沉在水底的水根地区，村子里几乎没有这个地区的居民了。他们拒不离开世世代代居住过的故土，于是推行开发派的居民强行拉走了他们。因为这场冲突的缘故，这附近的居民都分散去了附近的村镇。”

“是吗？”

听说似乎在昭和三十年左右建成了这个人工湖。虽然并不是完全想象不到，但对广海而言，他只觉得那是太过遥远的事情，遥远到不要说自已，就连父亲有没有出生都无法确定。

“广海。”

由贵美突然神情一变。她深吸一口气后，道歉道：

“对不起，我不该一声不吭地突然消失。不过，我以后再也不会这么做了。我想和你好好谈谈。”

“你这么说是什么意思呀？”

“我是说再也不舍你而去，也不再试探你的心意了。”

听到这番过于坦率的话，广海无言以对。

“你为什么没有生我的气呢？”

由贵美问道。

“你最好别以为不责备我会显得你很有风度呀。”

“你给了我这一周的时间用来充分的思索，我也稍稍冷静下来了。”

自从由贵美离开，广海一直希望能够与她再会。如今能够重逢真的非常开心，他觉得若是能够永远和由贵美共度时光就好了。由贵美说得没错，她丢下广海不管，不断愚弄着他。

但是，正因如此，广海才不得不重新思索自己着手去做的那件事的意义。

“我考虑过了。即便和我家毫无瓜葛，但若是将有关选举的一切事宜昭告天下，村子也会名誉扫地，就连如今顺利举行的音乐节也不知道会变成怎样。如此一来，就算干下不法勾当的是前任、更前任的村长，但成为众矢之的的也将会是我老爸这个现任村长。”

“没错。”

“我可不想看到村子再也不办音乐节了。”

由贵美默不作声地听着。广海继续说道：

“就因为只是在这个时候偶然当上了村长，就要毫无瓜葛的人很不走运地承担责任，这让我心里不痛快。”

“广海觉得令尊毫不知情吗？”

“我觉得他也不是没有耳闻吧。”

飞雄在自己成为候选人的时候，对于前任们的那些恶习只能苦笑着巧妙搪塞过去吧。

若村子里真的发生过挥霍财政支出这样的事，作为一名成年村民，肯定也收过那种不义之财，那就再也不是完全清正廉洁之身了。但是，无论作为一名村民，还是作为现任村长的亲生儿子，广海都无法忍受在父亲的任期中，为了阻止这种支出而挖掘出昔日的种种丑闻。

以复仇为名，脱离村子的由贵美如今才来翻出陈芝麻烂谷子的事情，未免太过任性了吧。

“那咱们来赌一把吧。”由贵美转过脸，看不出没有丝毫动摇，“查查像我说的贿赂之事是有还是没有。如果能说服我，我就放弃复仇。要是广海撒手不管，我就自己调查好了。”

“你还威胁起我来啦。”

广海绷着脸。由贵美的表情没有任何变化。

“不好意思，我一直不确定广海的父亲是不是和这件事真的没关系。正因为如此，我刚才才说想要和你好好谈一谈。”

她那清秀的面庞露出认真的表情。仅此便已产生压迫感，令人无法抵抗。

“你听我说。”由贵美说道，“方才我提到有关开发的后话——因为开发湖和水坝拿到好处的不是被水淹没的水根地区，而是建起水坝的中根地区，那可是涌谷家本家的所在地呀。”

“本家？”

“水根地区的居民因建造水坝的相关设施，随着开发进度而失去了住所，而广海祖父的老家中根，据说地域宽广，当时学校也好村公所也好，全都在那里。换言之，那是旧体制下睦代村的心脏地带。中根的居民大多数是开发推进派，当时的村长啦议员什么的，也都集中住在那一片。广海的曾祖父也就是在那个时期担任过议员，之后成为村长的吧？”

她那美妙的唇形犹如低念花名般轻声道出“钞票”这个词。

“钞票没有揣进水根的口袋，而是被卖掉水根的中根居民拿走了大部分。水根居民本应到手的充足的保证金也被中根人克扣了大部分。他们假作好意地哄骗水根居民说要帮他们应付那些麻烦事，代替水根进行交涉，压根儿不知道拆迁费行情的水根人就这样被拉拢了。只是听信了一句‘根本不用担心日后生活’的屁话，就被人从故土赶走。”

由贵美的目光像是从中找寻沉没的村落一般凝视着湖面。

“中根人主动提出让水根人移居到室平，可实际上只给了水根人不得不亲自开垦的陡坡而已，还奉劝他们要是不愿意就迁去别处。结果，大部分水根居民只拿了微薄的补贴，就被赶出了村子——之后，中根人利用让水根搬迁的事儿，讨好曾经卖过人情的自治团体和民间组织，投资承接工程以及照看用工，发展本村的建设业，即御仓前村长家的御仓组，以及再之前一任的左东村长家的左东建设，还有，嗯，就是从事采石业的须和家。他们都是中根人。”

由贵美好似背诵般一口气说道。但广海并不知道她到底想要说什么。

他的确还记得中根这个地名。那是在祖父年轻时，随着开发的进行而逐渐消失的村落。听说，村公所和学校等村中的这些设施几乎也是在同一时期建在如今的村子里的。

方才由贵美道出的各家建设业主，如今也都居住在室平高原一带。

广海的腋下直出冷汗。他注意到了。

左东、御仓、须和、涌谷，是否真的仅仅由这四家轮流担任村长尚且需要仔细调查，可至少在这个睦代村，连续数任村长都出自室平。这完全可以视为非常事态。如此露骨的权力集中，偏偏村里人谁也没当回事。

由贵美目不转睛地看着广海的双眼，仿佛要确认自己的那番话是否被广海听进去了。

“如果在开发之初，背地里被中根居民巧取豪夺的黑钱就是初始选举资金的话呢？那笔钱可不会被记在存折里。建设业和采石业的公司以此作为原始资金，至今还因其得利。即便更换开发的合作伙伴，那笔钱的流向依旧没有变化。不用说，如今的合作伙伴就是日马开发。”

她笑道，仿佛在试探广海。

他想起一件事。自己的祖父一向头脑顽固，可在主办音乐节一事上却站在推进派一边。与此同时，祖父表现出对于年轻一代文化的理解态度，更是令他感到意外。

“集权的四大家族拥有日马开发的大部分股票。仅仅是看上去品行端正的涌谷一家也持有不少的股份哟。”

2

由贵美一回到家，给人以荒废感的无人房间就被亮起的灯光染上了颜色。她把红色行李箱放在房间中央，摘掉披在肩上的对襟羊毛衫，把它放在桌子上。

日渐西沉。由贵美站在模糊一片的厚厚的窗子前，全身浸在一片暮色之中，肩头露出无袖上衣。

“你来了多少次？”她问道，“即便我不在这儿，你也来过吗？”

“来过啊。”

“好开心。”

被她这么一说，广海突然变得非常愤怒，原本不打算问的话也脱口而出。

“你，到底怎么想的？”

由贵美依旧目不转睛地看着广海。如果不加以阻止，不知道她什么时候又会转身离去。他像是挤出真心话似的艰难问道：

“你和我在一起，纯粹是为了让我帮你复仇吗？只要我有利用价值就没关系吗？”

溶于黑暗中的由贵美伸过手来。广海只觉得自己脸颊一热。

回到这个家，一切言语都消散不见了。

父亲也好选举也罢，还有村子的那些事，令人感觉非同小可的事态都抵不过由贵美的存在。

最重要的是她已经回来了。

刚要躲开由贵美的手，就被她拉住手腕。她的脸上浮现出愤怒的神色。

由贵美的唇近得好似可以咬到广海。耳垂被她含在口中的瞬间，他觉得自己变得任由对方摆布一般，跌坐在榻榻米上。

广海成功地抗拒了对方，他说希望她不要这么做。

当被她扯掉腰带、脱去校服，在她的手和舌的爱抚下，与原本热切盼望相反的是，广海竟然羞得哭了出来。在他的脑海中浮现出的是这个家里很快流出凉水的冰冷淋浴，以及散发着雨水与灰尘味道的浴室瓷砖的陈旧颜色。即便如此，他还是面无表情地短促喊了声“等一下”。而后，由贵美便伏在他的双腿间。她的脸看不到了，涂成可可色的手指按在广海的膝头。

由贵美张开双唇。听到舌头与唾液发出的声响，广海不禁闭上双眼。他感受到被舌尖包裹住的温热，瞬间想起了熟透的柿子的香气。

无法承受自重而跌落枝头的柿子，是在村子里常常见到的景象。它们汁液香甜，然而橙红色却堵塞了秋日这一带的道路。这颜色与夕阳重叠在一起，遮蔽了广海的视野。

他向反复做着轻微动作的由贵美伸过手去。富有光泽的头发柔软温暖。广海恳请她不要这么做。

脸颊贴在榻榻米上，看着照射进房间的阳光渐渐昏暗。

"你不回家吗?"

由贵美转过头去，看向从身后抱着自己的广海。广海闭着眼睛，没有作答。

他连回家面对双亲及祖父母都嫌麻烦。

"钱是怎么给的呢?"

由贵美立刻明白广海指的是什么。她马上倦怠地回答道"有很多种方式啊"。

"一般都是当面交付。给老住户的补贴很多，新住户给得少——今天看到的新兴居民的居住区似乎一毛钱也没拿到。"

"要是从那一片推出村长候选人就没辙了吧?"

"如今即便有外人参选，似乎也很难胜出。"由贵美含笑说道，"很快就会有这样的议题了吧。为了村子的发展希望增加人口，可权柄转移到新兴人口也很为难。这就是老人们的烦恼之源。"

"当面给钱不会穿帮吗?"

"就说是失物嘛。在选举活动期间，在受访家庭和公民馆中遗留下成包的失物，里面就是成捆的钞票。既然所有者不知情，那就给家里人分一分好了。"

"由贵美家也拿过一大笔钱吗?"

"毕竟织场是老住户嘛。"由贵美缓缓坐起身，"尽管已经过时了，但那可是曾用纺织品拉了村经济一把的土地，所以很受重视。有件事听上去像谎言似的，曾经在村落的正中央，选举车特地歪进了道旁的排水沟里。大伙一起把车拉上来之后，候选者就留下一笔钱当作谢礼。"

"这算什么啊。"广海不合时宜地笑了。

"这可是真事儿啊，"由贵美恬静地微笑着说道，"我曾亲眼看到大人们都去帮忙了。”

“这样好吗？”

“也没什么不好的。小地方的犯罪可不就是这种程度而已嘛。”

由贵美转了个身，唇上涂着的口红溢出唇廓。广海理所当然地伸手过去擦了擦她的唇角。由贵美好似孩童或是幼猫般，被抚摸的时候眯起了双眼。

“你是怎么查到这些的？”

“我下定决心，想着总有一天要揭发这件事之后，便装作对此事感兴趣问了我妈妈。随后，我自己也做了一些调查。”

看起来她并没打算详述，不过，她一面在东京从事光鲜亮丽的工作，一面持续调查令她为之心碎的睦代村。这正是源于她深不可测的执念。

“你曾说过，揭露这桩营私舞弊的事件是为了给你妈妈报仇。她过世之后，你总算可以放手一搏了。”

“没错。”

“你真的想不到你妈妈自杀的原因是什么吗？”

由贵美默不作声地站起来。她没有穿内衣，直接套上连衣裙。广海再度发问道：

“你妈妈的直接死因并不是村子的过错吧？”

“不清楚——不过，无论如何我不会罢手的。就算惨遭杀害，被当作替罪羊也不会罢手的。”

“遇害……”

广海变得哑口无言了。他只得笑着说这也太夸张了。由贵美从裙子里伸出头，说道：

“不好意思，我决定卖掉村子的想法是不会变的。”

“卖掉？怎么卖？要是跟媒体放话出去，现在你也能这么做呀，对吧？”

“应该有证据的，好比是详细记载着给了某个村落某户人家多少款项的交接材料什么的。”

“我可不去找那玩意儿。”

他想起偷窥存折的糟糕余味。由贵美瞄着广海，口里满声“无所谓”地答道。这份冷淡激起广海的不安。他问道：

“能再等两年吗？”

两年之后，父亲的任期就满了。

由贵美扑哧一笑，回答道：

“不能。我讨厌这个村子的连带意识和组织架构。我妈妈已经过世了，我再也等不了了。”

广海回过头去，听由贵美继续说下去。

“我妈妈很惨。从很久以前，我一直很喜欢我妈妈，虽然我觉得她是个糊涂人。实际上，她和我父亲从很久以前就两情不睦了。肯定在我出生之前就是如此。我从没见到父母融洽相处。”

“和你爸爸的关系也不好？”

听她提过她母亲和祖母关系不好，若是如此，她的父亲就没有出面调停。在她家中，当着年幼的由贵美的面，父亲也没有阻止女人间的战争。想到这一幕，他不禁觉得透不过气来。

“是的。她本应对村子没有半点好的回忆，可后来选举计划和钱财将她束缚于此直至死去。”

“可是，我怎么觉得时间对不上啊。”

“时间？”

由贵美惊诧地看着广海。

"要是得罪你了先道声歉。我爸是两年前的夏天才当上村长的。"

就在她销声匿迹的一周之内，广海满脑子都是这件事。拜其所赐才有了些质疑。

"在村长选举结束一年多的时间里，由贵美的妈妈还独自留在村里。我很想知道她为什么没有立马离开。"

"我不知道。"

由贵美摇着头，若无其事地转过脸。广海见状，意识到自己也许偶然发现了什么。

若是她母亲不离开村子的理由，不仅仅是因为选举呢？

"也许我这么问有点奇怪，在你妈妈去世之前，你和她联络次数频繁吗？"

"你是想问我和我妈妈关系好不好吗？"

广海犹豫了一下，但还是点点头。与此同时，由贵美低叹一声，不高兴地答道："我们相处得很好。"他知道，回答的快慢并不一定代表是否如实作答。

如果她们母女二人闹别扭，相处并不愉快的话，由贵美的母亲无法离开村子，说不定就在于和女儿的关系本身。

由贵美的母亲以选举为由，拒绝和女儿一起生活，也只不过是找个借口而已。

"你想说我不该憎恨村子吗？"

"我倒没打算这么说。"

广海不由得接着考虑下去。无法凭一己之力劝动母亲，由贵美便丢下其孤身一人，而后因自杀丧母的话，这绝对是广海难以想象的深刻伤害。由贵美那份责备自己的心情，最后反倒令她将怒火对准了村子。

如果这才是她所谓"复仇"的真正内容，那么接下来要做的事情无非也就是自我欺骗而已。

由贵美百无聊赖地噘着嘴。这是她第一次露出明显不服的表情。一听到广海问她“怎么了”，她便闹别扭般地丢了一句“气死啦”。

“你还真是不可爱呢，脑子净在奇怪的地方转得快。不过倒是比单纯的傻瓜好多啦。”

“什么意思？”

“你应该知道吧，我是在表扬你啊。”

她叹了口气，气氛缓和下来。由贵美摇着头，脸上再度浮现出从容不迫的表情。

“很遗憾，我对村子的情感比厌恶更接近于反感，比怀恨在心更加根深蒂固。”

“我也觉得这儿的人的确鼠目寸光……”

疑问再度突然而至。

“我可是村长的儿子呀。从某种意义而言，我可是从由贵美所说的本村架构中沾到光的人。你不觉得对我和盘托出就等于亮出底牌了吗？何况你已经脱离村子，获得自由啦，不必再固执地看这么个破村子吧。”

“尽管如此，这里也是从我手中夺走妈妈以及其他重要之物的地方。睦代村需要再度开垦。”

由贵美浮现出柔美的微笑，似乎回忆起什么往事一般。

“正如方才我跟你提起的，我父母的关系从一开始就相当不好，在这个穷乡僻壤间更恶化到无可救药的地步。这也怪这个村子的体制啦——自古以来两性发生争执的理由只有一个吧。”

“一个理由？”

“外头有人了呗。”

广海不知道自己该如何作答。为难了广海之后，她接着说道：

“我爸爸就算不出去打工，也总是在外面灌了黄汤才回来，而且多半是赊账喝酒。我再也不想回忆起他那副醉醺醺、邋里邋遢的德行了——拜其所赐，我和光广没有顺利交往下去。”

说到最后，她眨了眨眼。这还是她第一次主动提起光广的名字。

她撇了撇嘴，浮现出笑容，像是自嘲，又比博取同情多了几许暗示般的消遣表情。

“后来呢？”

“听好了，广海。你可要记牢了。”

由贵美恢复了认真的表情。广海瞥向她。她弯着腰，连衣裙从胸口垂下，和事业线围成一片令人遐想的空间。

“我怎么可能利用你呢。反过来说，除了你以外我没有什么可在乎的了。以后无论发生什么都无所谓了。”

她明明白白地说道，这句话即便是说谎都显得过于露骨。

“在这个村子里，我想要的只有你一个。”

“为什么？”

今年夏天方才相遇啊。由贵美伸出手，像要抱住广海的头部一般用手臂环住他。那姿势温柔而郑重。

“除了广海，我一无所有。”

她明明说得乐在其中，说到最后却又好似哭声般嘶哑。

广海非常清楚这只是一句甜蜜的应酬话，却无法抵抗她的强烈吸引力。他依旧不知道该如何回答才好。

回家之际，由贵美邀请广海道：“咱们去音乐节吧。我记得雾蕗高原的音乐节是这周末。”

“是的。”

它没有睦代祭规模庞大，是每年夏季最后举行的音乐节，因此人气很旺。广海也查了今年的演出阵容，来了不少他至少想要听一次现场演唱的嘉宾。

他没有丝毫犹豫，立刻同意了。如果在远离村子的那个地方，就可以光明正大地和由贵美走在一起了。

“咱们去吧。可住宿怎么办？我没有帐篷。那附近也没有宾馆。”

“你去过那儿？”

“没去过。倒是经常在网上关注。”

“开我的车过去就行啦——就算没有帐篷，好歹也有办法的。买一个也行。”

“有钱人啊。轻易就要买下来啊？”

“这也不算什么。”

由贵美充满自信地说道，似乎很是开心。她毫不客气地捏了捏广海的鼻子。

“广海对我的提议感兴趣，这让我很开心呀。你还真是喜欢音乐节呢。”

“我听说雾路那儿的原声回音也很赞，还会举行英国剧作家VJ的演唱会呢。据说是这次的主要看点，我记得是在音乐节第二天的夜里举行。”

广海滔滔不绝地说着自己感兴趣的话题。由贵美对此只是随声附和地“嗯”了一声。

“你说的是Richard吧，就是那个给游戏机拍广告的人。把女艺人的脸拍得歪七扭八，一点也不端正，满满都是恶意。”

“是吗？”

“不过我喜欢他。”

渐渐地，广海产生了一种不可思议的感觉。

由贵美全身上下都打扮得漂漂亮亮的，在村子外面拥有自己的天地，广海却觉得只有留在村子时，她才毫无疑问是归广海所有的。

他觉得她并没有说谎。

3

九点过后，广海才离开由贵美的家，回到自己家里。

广海的电话无法接通，母亲等得不耐烦，又给门音打了电话。她甚至还给学校打了电话，得知儿子白天早退，对他的品行不良叹起气来。广海对她解释道，在学校学习没什么效率，自己去图书馆学习去了。

此时父亲还没到家。似乎是因为今日县里举办的联欢会才回来晚了。

“为什么最近总是这样啊，以前明明很坦率的。”

广海一只耳朵进一只耳朵出，把母亲的牢骚当成了耳旁风。母亲又补了一句“门音也很担心呀”。

“她说你们吵了一架，才害得你今天早退了。所以她很担心呀。”

“啥？”

“你们怎么了？”

“没怎么。”

那晚有两通门音的未接来电。第一通电话没有打通，于是她又打了第二通。广海察觉出自己似乎松了一口气，随即感到厌烦。

第二天清晨，广海很早就被美津子叫了起来。

她第一次称呼广海为“臭小子”，不由分说地在床边用力摇着他。白色的视野受到无数次撞击，一瞬间，广海错以为降下了石子雨。美津子拍拍广海的脸。

“快起来。”

耳边传来一句刺耳的声音。

吵死了。广海嘟囔着起了身，这才止住了雨点般落下的拳头。

一大清早便能看到母亲惨白的脸上涂抹不匀的粉底。她把毫无弹性的肌肤拍上了白白的颜色，化妆技术糟糕得连皱纹和色斑也没有盖住。广海对此感到厌烦极了。母亲身上散发出的化妆品的味道甜得出奇。

站在一旁的母亲手里似乎抱着某样东西。广海瞥了一眼，立刻清醒过来。

那是广海的制服衬衣。不知它是否浸过水，衬衣潮湿褶皱，压扁的袖子上缠着母亲的花手帕。敞开的房门外传来了洗衣机转动的声音。

衣摆和袖口处洇出小小的红色花纹，好似玫瑰的图案一般。

“这是什么？”

母亲的手兴奋地捏着衬衣，嘴唇颤抖着。她睁大了双眼，面部肌肉紧绷。

广海突然想起那个时候他没有脱衬衣，还想起自己曾挑逗般用手指擦去了由贵美唇边的口红。

“不知道。”

心底涌起一阵焦急，说出的话却是冷冰冰的。母亲的表情依旧。广海故意直勾勾地盯了过去。

“天晓得是什么。也许在什么地方蹭脏了吧。怎么了？”

广海起身，直视美津子摆在眼前的红色。亮闪闪的红色呈半透明状，黏稠度令人联想到蜂蜜或是果酱，其中还混入细细的银线。

“对不起，我把它弄脏了。可也不能因为这个就把我叫起来吧。现在刚几点啊？能再让我睡会儿不？”

他若无其事地发着脾气，装作甚至连母亲怀疑什么都不清楚的样子瞪了回去，如此一来，母亲的脸上浮现出快要哭了的表情。对于希望把儿子看作小孩子对待的她而言，已经没有其他的话要盘问了。

广海回到床上，边听着母亲走出房间的脚步声，边闭上了双眼。方才被不顾一切拍打过的脸颊渐渐觉得疼了。

关上房门后，洗衣机转动的声音变小。他似乎回忆起了什么，心脏开始剧烈跳动，背后冒出汗来，被子里的温度直线上升。

静候动摇与不安稳定下来的同时，广海的脑子里满是母亲拿着的衬衣上的红色印记。一阵几欲挠头的冲动袭上心头，他踹了床边的墙壁一脚。

那本不是个显眼的污迹。但是，一想起美津子看到它就失去冷静、揍了自己一顿的时候，广海便觉得母亲的思维跃进令人无法原谅。

美津子真的拥有这样的想象力吗？广海渐渐觉得扫兴。她不像是广海熟识的那个美津子。广海连想都不愿意想她胡思乱想了些什么。

他辗转难眠，窝在被子里打发时间。结果，比平日提早很多出了房间。

刚换好衣服走到客厅，他就看到早已坐在那里的父亲的背影。飞雄也比平日起得早。从走廊里看到父亲的背影时，有那么一瞬间令广海想要逃离出去。

“早安。”

他下定决心和父亲打了声招呼。正在看报纸的飞雄抬起头来，爽快地回了句早安。美津子很在意这边的动静，即便如此她还是和祖母一起在厨房准备早饭。祖父不在客厅，也许他去了地里吧。

目测和父亲之间的距离，广海走到餐桌旁。他刚坐下来，飞雄就合上了报纸。

“你们吵架了吧。又在夜里溜出家门了？”

广海听到飞雄悄声发问，静静地看过去。平日里温柔的目光躲在镜片后笑着，看起来他并没有故意装傻。

“昨天回来晚了。”

母亲多半没有和父亲提起衬衣上有口红印。

广海边答边感到意外。以前他一直觉得美津子是那种动不动就对父亲和盘托出的人。

这可是前所未有的。他刚觉得奇怪，不知道为什么母亲会这么做，但很快以本能而非理性地领悟了其中的理由。她只是难为情而已。无论这件事是事实还是误会，她都不想和父亲提及这种话题。

广海全身放松下来。一松懈，自然而然长出了一口气。

“老爸，这周末我可以去雾路的音乐节吗？”

“雾路高原？不错嘛。和谁去？”

“上次在睦代祭上认识的朋友邀请我去的。”

父亲的眼神闪闪发光，看上去很是高兴。他感慨着自己也想去，可惜公务在身走不开。

“和福利课课长一起绕道去百岁老人家里庆贺。老人的家人因为工作关系，非要选周末庆祝不可，这段时间根本无法出远门啊。为什么一到秋天就这么多庆生的嘛。”

“那我能去吗？”

“去吧。明年开始要准备考试了，你妈也许会因此啰唆不停呢。所以嘛，今年还是让你去好了。”

“明年真的不能参加音乐节了吗？”

广海这么一问，父亲笑了。

“等你上了大学，那个时候你看音乐节看到吐都行。”

上大学。广海暗自咀嚼着这个词。

村子里大部分人选择了能从村里走读的大学，其中也有应父母要求走读的。但广海家不同。在高一开春最初的升学志愿调查中，飞雄阻止了美津子劝说广海升县立大学的行为。他没有限制广海，任其选择喜欢的大学。

广海略感后悔，要是告诉由贵美就好了，告诉她飞雄盼望着自己的儿子远离这个村子。

美津子一言不发地端来酱汤碗，放在广海和飞雄面前。广海草草吃完早点，在玄关穿鞋子时被叫住了。

“广海。”

他回头一看，美津子说着“给你”，把一个装压岁钱的红包递了过来。广海正觉得纳闷，默不作声地看了看美津子。她装作面无表情，可明显紧张十足。

“这是买衬衣的钱。去小卖部买件新的吧。”

平静的心情一下子又变得紧张起来。他想象着自己的衬衣被湿漉漉地丢入洗衣机旁的垃圾箱的场景。

广海默默地抢过红包，里面全是千元大钞。那是与纸币的优雅毫无关系，胀得鼓鼓的、用旧了的五千日元。

他觉得即使关上大门，母亲还是会继续窥视自己的动静。口红的事儿也是如此，她一定担心什么才给门音打了电话吧，还是说她由此注意到，广海所拥有的世界已经比她想象中更宽广、更棘手了呢。

在村子里，母亲认识的熟人谁也不涂这个颜色的口红。

午休时，广海收到光广发来的短信，问他要不要一起吃个饭。

时机正好。他在回复的短信中写道——想住在你家。要是家里不管，今晚广海仍旧可以去见由贵美了。住在光广家里，想必美津子也不会抱怨什么了吧。

他发觉门音看了过来。昨晚他没有接门音的来电。放了学，广海又看了看手机，他看到除了光广发来的回信之外，由贵美也发了一个短信过来。

“昨天怎么早退了？很抱歉这个时候发给你。本想避开这个不方便的时段，可对我而言，广海永远是无可替代的……”

看到一半，广海关上了手机，没有看完长长的短信。他一回头，就看到窥视过来的门音慌慌张张地扭回头去，转向了她的女伴。

4

诊所候诊室里的冷气坏掉了。九月的傍晚依旧闷热。

广海长长地出了一口气，手在脸旁扇着风，他刚从肩头摘下书包，就听到背后传来快活的声音。

“哟。”

他的身体反射性地变得僵硬。长椅的表面布满破洞，溢出了好似木屑的黄色海绵。达哉就在这样的便宜货上坐着。

“达哉。”

“还好吗？”

达哉身上散发出一股蓝莓的甜腻味道。盘着的左腿上放着杂志，嚼着的口香糖发出放肆而缓慢的声音。诊所外面没看到停着机车，没想到他竟然会来这里。

“你怎么在这儿？车子呢？”

“感冒嘛。懒得动，坐车过来的。”

平日里他的嗓音就很嘶哑，所以不太能听得出来他感冒了。但是他很夸张地用手卡住了喉咙。

“没啥要紧的，不过好久没见到光广哥啦，挺想他的。刚才我听说你也要来，所以在这儿等着呢。吃饭算我一个。”

“随便啊。”

他回答着，无意间转过脸去。达哉合上杂志，放还书架最上面。那是一个小小的书架，大部分书都插得歪七扭八。他见广海不作声，便斜着一只眼、冷不丁问广海是不是生气了。

“光广哥拦着我不让我来。广海，你小子是不是让光广哥知道我问你织场由贵美家在哪儿了。”

“那还不是因为我都不知道你要干什么嘛。”

他说话的口气听上去出乎意料的明朗放松。达哉噘噘嘴，回敬道“不讲信用”。

“我不是跟你说过我什么也不会做嘛。”

“那你为什么想见她呢？”

“有话说啊。”

达哉懒洋洋地昂起头，活动活动肩膀。

“有话说？”

这家伙一向不撒谎。只听他认真地回答道“我有话问她”。

脑海深处响起轻微的警报声。最好不要对他的话认真。广海不想再聊下去，不知不觉开玩笑般说道：

“怎么？你不是想问她怎么混入演艺圈吧？”

“啥？嗯，问问这个也不错。”

达哉叹了口气。

“或者听听其他艺人的趣闻也不错啊。不过，像织场由贵美这种程度的艺人，也只能聊聊这种无聊的事了。她好像不认识什么大神级别的艺人嘛。”

“是吗——不过她好像和 NAGI 交往过。”

“那是谁？”

脸部肌肉一定没有抽筋。达哉总是眼神游移，嚼着口香糖。

“总之，我只能问广海啊。光广哥又不肯告诉我。”

“我哥嘛，他是不会告诉你的。”

“为啥？”

“他们俩过去交往过。”

嚼口香糖的声音戛然而止。不久，他兴奋地喊道：

“什么？”

达哉的脸上泛起笑容。

“牛逼啊！不愧是光广哥！”

“你可别追问他。”

“知道，没问题。那广海以前也认识织场由贵美喽？”

“才不，压根儿不认识。”

“是嘛。”

达哉心满意足地点点头。这个时候，门诊室的门开了，身着医生服的光广从里面走出来。久等了——听到光广的声音，两人站了起来。

达哉踩着左摇右晃的步子走近光广，向前伸手问道：“有纸吗，我想吐掉口香糖？”

“给。”

光广皱着眉头，把纸巾递了过去。达哉接过纸巾，放在嘴边。看到这副情景，说他们是兄弟也不为过。对了，达哉在身边的时候，广海偶尔也觉得要是自己有个弟弟亦会如此。也许是因为听达哉提起他在东京的家里有个哥哥的缘故吧。

“穿白大褂的就是牛逼啊。我也干这行好了。喂，存多少钱才能上医学部啊。”

“像你这种典型的败家子儿还是省省吧。”

光广苦笑着答道。达哉轻轻耸了耸肩。

“可是……”

他毫不反感地回嘴，愉快地笑着。

广海看着他们，考虑着今天是不是可以向光广确认一件事。

关于由贵美父亲的事。

老实说，昨天广海才想起来飞雄的妹妹不就是千鹤姑姑吗。

由贵美所说的父母不和，是从什么时候开始的呢。据说她的父亲经常在外面买醉，那段时日，村子里只有几家可去的酒馆。千鹤曾对广海说过，由贵美的父亲是她家的熟客。那时，千鹤没有和他起过什么别的争执吗？

千鹤的丈夫经常调动工作，一直不在村里。昨夜，由贵美叙述完双亲的婚姻在这个小村子里已经难以挽救，之后她还这样对广海说过——拜其所赐，我和光广没有顺利交往下去。

光广并没有带广海他们去千鹤的店，而是回了家。听说每逢周三店里都会休息。

家里洋溢着烤鱼的味道。千鹤一直迎到玄关，还是那么精力充沛，朝气蓬勃。

“欢迎回来。广海，今天你住这儿吧。达哉呢？”

“你给我回家去。”光广边脱鞋边说道，“我的卧室只能铺两床被褥。”

“无所谓啦。”

达哉没有用手脱鞋，而是直接用脚踩掉鞋子，迅速进了屋。广海迟了一步，只听姑姑悄悄跟他说：

“我已经告诉嫂子你要住下啦。”

不知道美津子如何作答。广海简单道了声谢，姑姑只笑了笑，没有继续盘问什么。这种不刨根问底的态度，真不愧是爸爸的妹妹。

可是，广海看着姑姑，一种恶意揣测挥之不去。外头有人了——他咀嚼着这句话。由贵美告诉广海的这句话意味深长，令人记忆犹新。他无法正视千鹤，刚走到餐桌旁，就被咕的一声吓了一跳。从早晨起，广海便觉得胃胀，现在胃里更是发出被挤压的声音。

达哉在端来的冷豆腐上挤满蛋黄酱。捣碎豆腐拌匀之后，把糊状的豆腐盛在盘子里拌饭。这种吃法像幼童或幼兽一般。

吃完饭，广海离席去了光广的房间。在自己家，收拾碗筷全权交给了母亲和祖母。他坐在榻榻米上，优哉游哉地看着漫画。此时，达哉的手机大声响了起来。

达哉不耐烦地皱皱眉，躺着接了电话。

“干吗？”

听不清对方说了什么，只听到电话的另一端小声说着什么。达哉冷冷地说了一句“住嘴”，对方便不再吭声。

挂了电话，达哉合上漫画，说着“我回去了”，起了身。

“英惠小姐打来的？”

“是啊。烦死了。”

“肯定是因为你没有及时通知她嘛。”

“哎呀呀，光广哥也好烦啊！”

光广说要把达哉送回家。在等他拿车钥匙的时候，达哉趁机向广海问道：

“对了，你要是担心的话，跟我一起去也行啊。带我去吧。”

“什么？”

“织场由贵美的家嘛。”

广海愣住了。没想到达哉竟然执着至此。

“你不喜欢那个女的吧？”

“你说有话问他，有什么话想问她啊？”

“你要是想知道的话，一块儿去不就得了吗？”

达哉露出挑衅般的眼神，笑着说。广海一赌气也顶嘴说道：

“干吗问我是不是喜欢她啊，你什么意思？”

广海想起达哉在东京干的那些好事，以及插在门音手背上的那把刀。达哉几乎总是对他特别关注的女性出手。

“久等了。”

光广在达哉回答之前出现了。他的出现似乎为达哉解了围。“广海也一起送送他吗？”广海受到邀约，只把包拿在手里，点点头同意了。

5

村里的山路一片漆黑，车灯快要照到弯道时才能看得清路。

在送达哉到家后的回程中，广海边回头看着日马家的豪宅，边喃喃说着：“干吗非要把那家伙送回家不可。”

“怎么了？”

“其他的别墅都聚集在村口，为什么只有达哉家建在别的地方？”

达哉居住的地方本属于日马家的别墅。从那个时候开始，广海就注意到，只有这一幢别墅位于规划区之外。光广若无其事地点点头，说道：

“日马家不一样嘛。桥对面的新型住宅区住的是外人，但达哉家可是被村子当作自己人对待的。无论如何，对于咱们村来说，日马家是恩人嘛。”

“恩人啊……”

临走之前，达哉提到的关于由贵美的那件事，要不要和光广商量呢。广海又一次迷惑了——但是还没开口，光广抢先开了个头。

“我问你，”他降低车速，向广海问道，“你见过由贵美了吧？”

喉咙深处瞬间变得干渴。广海无法立刻随意作答，最终报以沉默。

光广看向坐在副驾驶座的广海。

他什么时候、在哪儿、看到了什么、知道了什么？广海一口吞下强烈涌上心头的焦躁感，下定决心说道：

“为什么这么问？”

“家住织场一带的老伯来诊所的时候说，看到你们在一起。”

“什么时候？”

“昨天。”

光广的口气没有半分责备。

但是，广海明白了。光广一开始就打算问这件事，所以今天才叫自己一起吃饭的。

“我跟那位老伯说那个时间你还在上课，所以他肯定看错了。不过，那就是你吧？”

“那位老伯说在哪儿见到我们的吗？”

“他说在由贵美家附近，你正从车上下来。你那所高中只有校服制作精良，在村里当然很醒目啊。”

“那之前，我们在湖边偶然遇到过。”

只是如此而已啊！广海抑制住想要大声喊出的冲动。

“和她聊了聊老哥你的事儿，还说了一点关于音乐节和音乐方面的话题。那之后我们的确也见过面。”

广海很担心在这样寂静夜晚的车内，坐在身旁的光广能听到自己不停加速的心跳声。但光广什么也没有说。

不久，伴随一声轻轻地叹息，光广开口道：

“我觉得你要明白，别小看了村子的狭隘。一旦引起某种混乱，就不会停下来了。”

“就算是平常默默地装作若无其事的人也会这样吗？”

广海脑中掠过由贵美告诉过自己的村民们的受贿行为。光广不高兴地皱皱眉头。

“你总该知道那些事会在背后遭人嚼舌根的吧？不在表面上针锋相对，只是因为在村子里无论和谁敌对，任何人都得不到好处嘛。”

“我当然知道。可也用不着向老哥你搬弄是非吧。”

“那位老伯出于好心才告诉我的呀。在谣言四起之前，特地选择跑来告诉了我。”

“我只是和织场小姐聊聊天而已啊，怎么会传出闲话来呢。”

广海几欲咂舌。不慎给母亲、光广以及早退的那所高中各自留下了与由贵美有关的线索。如果有人试图整合这些线索，一定能看得出自己和她的关系。

从未感觉到在村内的夜路上兜风是如此恐怖的事。经受一段拘谨的沉默时间后，光广最终在渐入视野的大桥一侧停了车。山体遭到强行开凿并以水泥加固，犹如巨大的墙壁挡在桥的另一侧。

车子熄了火，四周突然变得寂静一片。车外传来虫鸣声。即使没有下车，也渐渐感受到山里的冷空气。那是村落无可比拟的寒冷。

“我做好气氛尴尬的心理准备才对你说的，以后我不会再提了。今天就听我说几句吧。”

“好吧。”

光广的表情一反常态地认真，但声音却没有任何变化。他见广海点了点头，立刻直接劝道，不能和由贵美交往。

广海没有吭声，看着光广。他继续说道：

“绝对不要和她深交。”

“一开始我就知道啊。我也没打算那么做。”

此时，一股甜美的冲动涌上心头。

光广一定嫉妒我呢。

“在惹出什么乱子之前，不要再见她比较好。”

“为什么啊？”

“她会把你的人生搞得一团糟。”

光广的声音过于低沉，把广海吓了一跳。

在这月明星稀、暗夜似墨的漆黑之中，只看到贴在车窗的小小飞虫散发出金色的光芒。

“你说得也太夸张了吧？”

隔了好一会儿，这句话才从广海的喉咙深处冒出来。

“因为老哥你曾经历过才这么认为的吗？你和织场小姐交往后，也这么想过吗？”

“和我无关。总之你别搭理她。”

这么不分青红皂白，一点儿也不像光广的作风。

“织场小姐刚回村子的时候，你不是什么都没说吗？”

“我没想到她真的会接近你啊。”

“我们真的是偶然遇到的。”

“就算偶遇，也已经截然不同了。你不要再和她有什么瓜葛。”

广海的眼神十分认真。他目不转睛地注视着广海，无法岔开话题。

“我没打算告诉任何人——可是，迟早也会传到叔叔的耳朵里。”

为什么非要在这种地方如受审般地遭到盘问呢？广海咬住嘴唇。

“哥。”

他怎么看由贵美的呢，过去他们之间发生过什么呢？广海无法抑制冲动问道：

“我听说你们已经分手了。”

广海刚一开口，光广的表情僵住了。他不等广海说完就问道：

“你是不是听说什么了？”

广海默默点点头。广海的脸绷得更紧了。即使在昏暗的车内也能看出他的脸完全失去了血色。他迅速回应道：

“无论你听说我们之间发生了什么，你都不必理她。”

“可是……”

“无论她说什么你也不要相信她。”

“你这是片面之词啦。”

好想和盘托出一切，由贵美和自己已经发展到什么地步。就算你告诉我不要接近她，也已经太迟了。

广海十分确定。光广也很明确地表态了。这个村子里果真有秘密。

他发觉一件事。村民们为了“不惹出乱子”，隐瞒了由贵美妈妈自杀一事，对外也是按照病逝的习俗举行了葬礼。光广应该也帮忙准备了葬礼才是。

“织场的妈妈有没有去过诊所呀？”

光广慢慢打量着广海。

“她是病故的吧。”

“你连这也听说了？”

“我还听说其实她是自杀身亡的。到底是不是呀？”

光广又皱了皱眉。不久，他仿佛厌烦了似的缓缓点点头。

“没错。不过，自杀的原因不明。”

“为什么隐瞒事实呢？”

这一次，光广没有回答。

“织场小姐说过应该有某种原因才对。她很后悔随大流，当病逝举办了丧礼。”

“广海。”

“我就在这儿下车了。今天我还是回家吧。”

光广一声不吭，皱起眉头。

打开副驾驶旁的车门，“咿——咿——”的虫鸣声变得清晰。

“我送你。”光广制止道，“伸手不见五指的，太危险了。至少让我送你到家门口啊。”

“不用了。我想走回去。”

广海摇摇头，抬起脸，和光广四目相对。他看到月光下光广那副没出息的样子，便很想说出自己的想法了。

“哥，你该不会羡慕我吧？”

光广瞪大了双眼。

“你觉得若是由贵美想和谁聊天，找你倾诉更好吗？”

没等对方回答，广海迅速下了车。明明没有下雨，可脚下的地面和草叶都被露水打湿了。耳畔传来河水潺潺之声。广海顺着来时的路尽全力往回跑，没有回头看车子。

在睦代村，处处都能感觉到水的存在。一到夜晚什么都看不到的时候，会比白天的感觉更清晰。

光广没有追过来。

广海没有回自己家，转而返回日马家。达哉见到广海吓了一跳，但还是亲自接他进屋。

“光广哥呢？”

“我们吵架了。今天住你这儿。我连家都不想回。”

“这算怎么回事啊。”

达哉开心地咧着嘴笑了。

“你这家伙还是老样子啊，只有在心里不爽的时候赖着我呢。”

当着广海的面，达哉毫不客气地说着。说话的腔调却没有让人觉得不快。

“你们俩也会拌嘴啊？”

“不是经常，但也会吵架嘛。”

“是嘛。”

广海发觉达哉总算恢复了平时若无其事的口气。

他做好话题转向由贵美的心理准备，但达哉一个字也没有提起。“咱们打会儿游戏吧”，达哉说着带广海去了客厅。那里早已染上了达哉烟草的味道，游戏和漫画也比广海前阵子来时多了。令广海惊讶的是，在地板上四散的东西里，有好几枚自己听过的 CD。

“这个。”

“嗯？哦，前阵子广海说这个好听嘛，我就买来了。”

“你怎么突然想听了。”

“也不算突然啊。上高中以后偶尔会买来听。这儿也没啥事儿可干嘛。”

“你跟我说一声多好啊，借给你听嘛。”

“那下次管你借吧。”

没想到达哉也听音乐。而且，达哉是听了自己的推荐才买的那些碟，不知怎的，广海的心里竟有点小得意。刚认识达哉时，CD对他而言只是偷来卖的东西而已。对了，达哉擅自来自己的房间时，他也听着音乐呢。当时广海以为他没有留意，没想到是好好听进去了。

英惠悄无声息地走进客厅，放下饮料。无论来多少次，她都表现得对广海毫无戒心。她连招呼也没打一声，立刻走出了房间。

广海以沙发当床，盖着毯子横躺下，达哉就在沙发前面的地板上睡下了。每次广海住在达哉家都是如此。达哉并不回自己房间，而是睡在广海旁边。

也许是没有拉上窗帘的缘故，关上灯，月光格外清澈。令人无法联想到这是和在山上见到的同一轮月亮。仅仅是因为此地位处村庄，黑暗带来的胆怯便减轻了一些吗？

此时，达哉问起来：

“为什么和光广哥吵架呀？”

“也没什么大事——他让我别太惹人注目，我说不喜欢这种乡下作风，接着一发不可收拾。”

广海没有撒谎。从达哉的表情上看不出他是否对此感兴趣，也看不出他是否理解了广海的话。他不置可否，像是喘了口气一般“哦”了一声，随声附和道：

“虽然我不是很清楚，不过，广海你是不是想多了？”

“考虑过头的是光广啦。”

“是吗？心平气和地打发日子不就完了嘛，连我都不想再和什么人起争执了。”

广海一声不吭地看着懒洋洋躺在下面的达哉。达哉不设防地闭着眼睛说道：

“你去东京上大学吗？”

“不知道会不会去东京，不过我会离开这里。”

“是嘛。”

“达哉呢？”

“天晓得。等我心情好了会回东京吧。”他懒洋洋地撩起刘海，说着“随便啦”，又微笑着开玩笑道，“要是在那边碰头了，还要来找我玩啊。”

广海似乎受到他的影响，也笑了起来。好久没有这样笑过了。

“下次带我去音乐节吧。”达哉突然说道。

广海心里一惊，回头看着达哉。

“不行吗？”达哉问道。

“没问题。”广海轻轻点头，再度重复说道，“没问题。一起去睦代祭也可以，其他的音乐节也——”

他回答得过于突然，这才想起来自己没有勇气让人看到他们在一起。但是，广海很开心。高中毕了业，现在的环境稍有变化的话，说不定真的可以这么做呢。

“达哉，你还对音乐节感兴趣吗？”

“你不是说玩得很嗨嘛。”

“这倒是。”

广海感到莫名的害羞，扭开了脸。

“今年的音乐节已经结束了，明年再喊你一起去吧。”

广海回答道。

突然，他忍不住问道："达哉，你怎么看这儿的。"

精神虽然十分亢奋，睡意却渐渐袭来。广海觉得现在问这个问题也无大碍。他想知道在达哉眼里，在这个被人强行安排住在这里的他的眼里，这个村子究竟是什么样。

"这儿？"

"睦代村。你怎么看待这个村子的？"

声音变得无可救药的自虐。达哉略作沉吟之后，回答道：

"色彩。是色彩的印象。"

"色彩？"

"蓝蓝的天和灰暗的家，两者差距好大。"

答案出乎广海的意料。他没想到达哉的回答如此抽象。

但是，眼前的视野突然开阔起来。

他想象夏天蔚蓝的天空与自家佛堂阴影的明暗反差。乡下的房子很大，大到每户家庭都可以在自家举办葬礼的地步。飘有线香味道的走廊对面，抬头即可眺望的山体仿佛近在眼前。

不知道为什么，如此开放的绿色光景竟令人觉得那是封锁村落的壁垒。

"是嘛。"

广海喃喃着。但达哉已经没有任何反应，微微发出睡眠中的呼吸声。那声音礼貌得令人难以想象出自他那说话粗鲁的口中。

6

第二天，广海先醒了过来。

一边注意着不要踩到睡觉时四肢乱伸的达哉，一边从沙发上下来。他还没有睡醒，刚一到走廊，就听到有人对他说道：

“早安。”

英惠站在那里。广海闻到自里面那间常去的餐厅传出的面包、火和油的气味。

“啊，早安。”

“我送你到车站吧。”

她身着纯乳白色的围裙，但无论是朝阳也好，还是家务事也好，怎么看也觉得与这位女佣不相称，甚至有些做作。

“不用了。”

广海摇着头，想起了放在光广家的自行车。他有点郁闷。

“请用早点吧。我做太多了，剩下的话会让我为难的。”

她不等广海作答抢先说道。从第一天见到她至今，广海从未见到英惠露出过开心的表情。尽管如此，不知道她为何还要在达哉身旁继续“工作”，甚至不惜追随他来到这个深山村落。

从起居室传来达哉醒来伸了个大懒腰的响动。英惠毫无表情地转向那个方向，道了声“早安”后向他走去。

广海觉得英惠像个机器人，丝毫感觉不到个人意志，仅仅听吩咐做事。与年龄相称的青春靓丽全无体现。

借用盥洗室洗了脸，换上刚买不久的衬衣。衬衣的颜色过于洁白，衣襟与衣袖散发着忧郁感。

不想被人看到和达哉一起去车站，广海便先行一步离开了。达哉没有怪他，不过是顶着一张留有口水痕迹的脸，嘟囔着“我要不要偷懒不去啦”。转眼间，达哉所坐的餐桌周围掉了一圈面包渣。

“幸好你肯让我住在这儿。”

广海说道。

“再来玩儿呀。”

达哉回答道。

广海向车站走去。在这段比平时距离要远的路上，他考虑起雾蕗音乐节的事情来。音乐节在周末开演，但是前夜祭从周五就开始了。

到了车站之后，他打开手机，看到门音又发来了短信。短信内容是“从今天起，咱们还是一起上学吧”。正如短信内容所说，门音和市村不久便出现在车站。她若无其事地和广海打起招呼来。

“广海，早安。”

“早。”

广海一如既往地答道。

他注意到身旁的市村露出了一脸不服的表情。到了学校，只剩二人独处时，他又对广海说道：“待会儿我有话对你说。”广海对他这种摆架子的口气很不耐烦，丢了一句“知道啦”作答。

是否要从前夜祭开始音乐节之行呢……

当晚，广海想要确认这件事，便给由贵美打了电话。视情况不同，是否依旧要骑车向她家疾驰，他做好了夜行的心理准备，满怀期待。和光广不欢而散后，广海在堂哥外出时取回了自行车。

广海的双亲对他昨晚外出借宿的事情半个字也没有多说。至于雾蕗音乐节的事情，父亲似乎已经和母亲谈过，看样子她也同意了。尽管摆出一副“明年还得应试”的面孔，对广海怒目而视，但也没反对他去。

“音乐节之前，我们还是不要见面为好。”

电话那端的由贵美说完这句话的时候，广海沮丧地反问她为什么。他知道自己很难轻易背着母亲开溜，即便如此，想要见到她的心情却更加强烈。

“昨天，织场门音来了。”

对方的声音十分从容。

握住手机的手一下子变得冰冷。广海觉得在这间习以为常的房间中，墙壁及天花板的距离突然变得遥远。

“她问我是不是和你见过面，还说高中同学看到你早退之后，和我在车子里碰头。”

对不起，广海——由贵美淡然地道歉。

广海不知道她的真正想法如何，只觉得大脑深处发出了耳鸣般的轰响。

“你认识门音？”

她们两人的姓氏都是织场，虽然没有血缘关系，却住在同一地区。相隔几条马路便是由贵美的家，广海频繁光顾那里的行动，的确如履薄冰。

“我们是初次见面，可是我知道她是谁。”

“你怎么回答她的？”

“我对她说认错人了。不过她时不时向我的车子瞟过去，看起来并不相信我的话。”

广海差点儿想起今天早晨和自己打招呼的门音的表情。原来如此。这就是她想从今天起和自己恢复关系的理由啊。

“广海，你还挺受欢迎的嘛。”

由贵美从容不迫地讥讽道。广海一下子怒上心头。

“昨天，光广哥也这么和我说的，让我别去见你。”

由贵美沉默了。

“他说别小看了村子的狭隘，还说有人看见咱们在一起。”

“广海，你现在在家吗？”

“在家。”

“那还是别打太久的电话比较好。周六早上七点，我去六岳车站接你——你坐车去那儿，别来我家。”

“好吧。”

广海回答着，心情好似在大雾中迷失了方向一般。在她的家、在车站、在那个湖畔都有人目睹他们在一起。可他却不知道被谁看到了，也不知道从哪里被人看到了。

“由贵美。”

“嗯？”

“在音乐节上能告诉我吗？关于光广哥，关于选举，由贵美你所知道的一切都如实告诉我吧。”

原本广阔的土地却无一处可以藏身。他在脑海中描绘着蔚蓝的天空与家中阴影的明暗反差。近在咫尺的山体令他心中郁结。

他决定对父亲坦白。

第五章　涌谷

1

天空中飘落的雨在 HEADLINE 的演唱会开始前停了。

在夏季结束前举办的雾蕗高原音乐节多数时间都会下雨。从天而降的雨丝与其地名相符，犹如雾般细密。可是，山中气候虽然多变，却没有恶劣到总在变天的地步，有时在重磅乐队的表演之间也会突然转晴。广海庆幸他们是今年参加了音乐节。

“是不是能渐渐看到星星了呀？”

由贵美指着天空。她外面罩了一件红色外套，敞着领口。衣料是防水的，可以兼做雨衣，袖口和胸口附有荧光条，在夜晚的会场闪闪发光。脚下的地面散发出泥土的气味。

“我觉得这雨让空气变得清新了呢。真应景呀。”

“我倒是希望今儿晚上别再下了。”

“应该不会下了吧。我可是晴天娃娃哟。”

和睦代祭相遇时的中东系风格不同，今天她和广海一样，都穿了一身户外休闲装。与其说是注重时尚，还不如说是为了应付山中气候。遮住眼睛的无檐帽表面已经被雨打湿。

他们放弃了支帐篷的计划，准备睡在车里。明天是音乐节的第二日，观看完作为特别来宾出场的 VJ 的表演之后，他们便会驱车赶回睦代村。

为了见到在两个主演舞台——Starlight 和 Over the Rainbow——上演出的人，他们反复穿梭其间。第一天的表演还有最后一个节目。若干苹果形状的灯将连接两个舞台的林中小道照得如梦似幻。

数年前，NAGI 曾在 Starlight 舞台参演了雾葭高原音乐节。不过，那还是在 DOUBLE-ONE 时代，并非是现如今的独奏。

哪一年参加了什么音乐节，看过谁的表演，这是在音乐节上乐迷之间经常交换的话题。其中，从白天起便能经常听到 NAGI 的名字被提及。此时，那个近在咫尺的声音听上去依然有些唐突。

“NAGI 是不是要结婚了？”

广海全身僵硬起来。不愧是在音乐节这种场合，不会有人反问 NAGI 是谁。

“是吗？跟他结婚的是谁？”

“似乎是个模特吧。我在网上看到的，说他们会一起移居海外。”

“这样啊。对了，我觉得音乐人总去国外录音，那样录出来的音效会比较好吗？”

话题转移到麦克的灵敏度和声音远近上的同时，广海拉住了由贵美的手。他低声说着“走吧”，转而走向舞台。他没能看到帽子下面由贵美的表情。

在近乎尴尬的沉默中，他们走到舞台前方。听到背后传来一声轻叹。

广海停住脚步向后看去，由贵美对他说道：

“你好温柔。”

帽子一直遮到眉毛上方，帽檐下露出的眼睛犹如玻璃珠般清澈。广海无法从中看出她半分心思。

“要和 NAGI 结婚的不是我。”

我知道——这句话几欲脱口而出，又被咽了下去。

“广海，谢谢你。”

“你知道了？”

“嗯。”

她与NAGI陷入热恋的报道大约还是前年的话题。上个月，由贵美还为了看他的表演而参加睦代祭。对于广海而言，艺人的恋爱观好似发生在异次元的事，他无法切实体会到，即便如此，他仍觉得距离如此之近。

他放开了被雨打湿的由贵美的手。并非由于由贵美向自己道谢，之所以逃避，仅仅是因为难为情而已。哪怕方才只是和她手挽手，广海也意识到自己好似孩童一般，绝对无法深入到由贵美及其身处的世界当中。

“结不结婚无所谓啦，令人火大的是也许我被他忽视了。那个人的花边新闻里已经没有我的名字了吧。”

由贵美喃喃念出一个由片假名构成的好似西式点心般的名字。广海刚说他没听过，由贵美又继续说着：

“这是和他结婚的那位模特的名字，是个杂志模特。”

所谓的杂志模特，是指为女性杂志担当模特的意思吧。也许还是她的熟人。

广海本就不怎么看电视，即使对于国内艺人的名字也很生疏，无法成为知名度高低的指标。他至多想象得到身为模特的由贵美好不容易才出演了电影，也许由此提高了身价。由贵美从容不迫地说道：

“这已经和我没有关系了。”

她微笑着。广海轻描淡写地回了句“是嘛”。

盘踞在舞台中央的大型投影上显现出当日最后一名表演嘉宾的名字。距离嘉宾出场还有几分钟。打出“Coming soon”的文字后，观众们突然兴奋起来。舞台正面的观众发觉天空放晴后闹腾起来，脱下了披在最外面的雨衣。

HEADLINE推出的UNFINISHED MONKEY BUSINESS是Chad的单飞企划。他曾是出过四张专辑、在全球范围拥有累计八百万张销售量的名为Politiks Kills People乐队的主唱。可是，这项活动是今年才开始的，因此还有很多观众并不知道。主办方可真了不起，并没有在节目单中打出“原Politiks乐队的Chad”的名号。若是公开的话，观众一定不止如今这些，应该会蜂拥而来才对。

人们常常评价他的声音“能够谋杀人类”。单飞后一如既往，Chad仅凭声音便能拥有一切。MONKEY BUSINESS由主唱、鼓手与键盘手三人组成。初次听他们的专辑就会为之震撼，区区三个人竟然能达到这样的演出效果！

舞台灯光渐强，欢呼声沸腾起来。在发出撕裂空气般“哔”的一声的瞬间，大家的热情变得高涨。

Chad的rap以星辰坠落般的气势从舞台之上扩散开来。

“Chad？”

由贵美抬起头。在犹如雨注的热烈欢呼声中，广海边举起双手边转向她说“是的”。由贵美露出了愉快的表情。

“笑了！”她几乎喊起来，“Chad笑了！”

他还是Politiks的主唱时，每次登台都一味摆出凶神恶煞的样子，可现在他却露出了笑脸。“好棒啊！第一次看到他笑。”由贵美喃喃自语，广海也点点头，被她的兴奋逐渐感染。

颇具侵犯性地唱着内容尖锐的歌词，让人觉得他依旧是神，或是背负天命的修行僧或革命家——这样的Chad竟然在舞台上微笑，若在从前，这是很难想象的事。

一种与众不同的狂喜与叫声汇成的热情笼罩着会场。

云朵似乎被这热情融化了，天空中洒满月光。听说这令今晚成了与众不同、绝无仅有的奇迹之夜。

音乐节所用的照明分为两种。一种是用聚光灯锁定演奏者或歌手的追光，另外一种光不仅仅照向舞台，也会照向听众席。一想起音乐节的主角并非艺人而是自己这些听众，广海的心情就变得无比激动。

声音经山中回荡，不久又从背后扑上来。高音舒展入天，重低音令双足发抖。听众们的高涨热情化为蒸汽，耀眼的灯光令星空黯淡，抬头看去，天空笼罩在一片白色的雾霭之中。

演奏进行到四十多分钟时，心情逐渐依依不舍——差不多接近尾声了。音乐节之夜，每每看到精彩的表演一定会倒数。这是广海的习惯。

他们出过一张碟。

哪怕是同一支曲子也好，再演奏一次吧。在广海热切的期盼中，Chad 消失在舞台上。随着经久不息的安可掌声，广海亦随之鼓掌。可 Chad 没有重返舞台。尽管残忍，但映照舞台的投影已经切换成乏味的、表示初始绿色文字的画面。

会场里传来一声清晰的灰心似的叹息。

“是不是给日本人表演，所以瞧不起我们啊。表演时间太短了吧？”

周围又传来替艺人辩护的声音。

“不是那样的”“就算他想唱，也没有可唱的曲子了”。

此时，身旁的由贵美叹道“好棒啊”。不知不觉中，她摘下了头上的帽子。广海见她公然露面，有些不安，目不转睛地看着她。由贵美却大大方方地看着广海，笑了起来。

“连 Chad 都上台表演了，真开心啊。一直以为听他的曲子很费神呢。”

好像体察到广海的心思似的，由贵美饱含热情地说道。听到她这样说，广海觉得自己心里柔软的部分被她抚摸了一般。他点点头，嗯了一声，不由自主地伸出手去。由贵美也出手回握。

有一对情侣擦身而过，女方盯着由贵美的脸看了一会儿，之后靠在身旁的男性身上，悄悄说了些什么。接着，男性装作若无其事的样子瞥了过来。

“帽子。”

广海刚一开口，由贵美却不合时宜地低语道“把头发剪掉好了”。她微笑着又把帽子重新戴好。

“要是现在剪了头发，也许不会被人认出我来吧。那样就可以不用在意他人目光地和广海在一起了。”

“会被认出来长相的呀。”

虽然没想到她真会这么做，可她毕竟是把自己骑的车若无其事地丢进人工湖里的女人。一想起由贵美靠近深不见底的湖水，广海直到现在还会突然冒出一身冷汗来。

压轴节目结束后，观众们几乎都从 Starlight 舞台离开了。只剩下一些人，召集伙伴们欢呼着为方才 Chad 的歌声干杯。

雾菡高原音乐节没有通宵活动。

据说，鉴于高原上家畜有可能为声响所扰，因此当地才会跟音乐节定下演出于晚间十点整结束的合同。这种说法令人觉得既可笑又可疑。但对于广海而言，他原本就住在举办音乐节的村子里，因此认为这种说法相当可信。本来就相当于把奇特的物品带到不懂音乐的农村去了嘛。

广海之所以喜欢音乐节，是因为这并不单纯是场大型户外音乐会，而是因为他喜欢置身于与平日感觉不同的大自然中享受祭典。这是一种超越了到遥远的郊外听音乐那番境界的生活方式。即便视觉感官上没有让自己兴奋起来也不要紧，必要的话，即便什么表演都没看就回家了也无所谓。只要在音乐节现场，必定会从什么地方传来音乐声。正因为如此，在大多数情况下，在尚未公布音乐节上的出演名单时，票就会售罄。雾蕗音乐节也好，睦代祭也好，卖出了大半演出票的音乐节，都是直到正式开始前一周，才把全部的演出嘉宾确定下来。

甚至只有在音乐节当晚，睦代才会做好迎接广海等观客的准备。拆除工作完成后，会场附近不会留下任何痕迹。即便到那里去，在一片树木中也无法判断哪个位置曾经搭建过什么舞台。广海非常庆幸这些痕迹能够消失得无影无踪。因为与日常生活相邻的音乐节，并不是普通的祭典。

“还没有玩尽兴呢。”

由贵美说道。

转瞬之间，观众席已经只剩下为数不多的人。广海和由贵美待在其中，谁也没有开口提议离开会场。方才的演出带给他们的兴奋感无法冷却。工作人员在照明减弱的舞台对面开始整理工作。头上的大型投影一下子消失不见了。

今晚的时光令人由衷珍惜。

摘下背着的防水登山包，广海从中拿出了音乐播放器。里面有刚才表演过的 MONKEY BUSINESS 的专辑，以及一脸严肃的 Chad 所唱的 Politiks 的专辑。

“听吗？”

广海不确定由贵美是否和自己想法一致。但是，如果她能够和自己共同回味，与如此感性的人在一起倒是非常难得。

待会儿只要回到车子里睡上一觉即可。在会场的最里面，有一处俯看得到Starlight舞台的微微隆起的山丘。在演出时人群蜂拥而至的舞台，如今连半个人影也没有了。

爬上山丘，俯视万籁俱寂的舞台，广海和由贵美各自塞上一只耳机，把脚伸开，并排而坐。

无法与现场演奏带来的冲击相提并论，因此由贵美避开Chad的曲子，转动起操控旋钮。她会夸赞广海放入歌单的曲子"很带感"，也会抱怨几句相反的意见，如"这种曲子也放进去了呀"，一选起曲子来，她就会露出很开心的样子。

她选的曲子开始传入其中一边耳朵。那是九十年代前半期传唱的、毫无高潮的慵懒情歌，只听得耳畔响起纤细的歌声。

"这是我们两个人的音乐节呢。"由贵美说道，"很抱歉用了这么难为情的说法。不过，我没想到广海会主动这么做。因为你看上去很喜欢与众不同的事情。"

"我一直觉得音乐节变成了伪君子节。"

听广海如此作答，由贵美立刻笑着说"我明白"。

爱与和平。环境问题。热爱地球。只有在摇滚音乐节才允许平心静气地轻易说出这些字眼。

既可以和素昧平生的观众在演出最精彩的时候一同嗨翻天，也会把路旁的垃圾捡起来，尽量避免不发生冲突。有关美化会场的志愿者也会多起来。

也许是日本的音乐节历史不算悠久，故而其周边问题做得彻底，与海外音乐节相比，礼节优良得令人震惊。广海曾经在什么地方看到过，也曾有国外的编曲人批评这种没有完全尽兴的态度，以及半吊子的消遣方法，可他就是喜爱这样的娱乐方式。如果发生事故、有人受了伤的话，那肯定再也不会举办音乐节了。

因此，音乐节之夜谁都不可以死。

“好像有人说 Chad 变胖了。”

耳边传来的曲调一转进入副歌。听众散去，覆盖舞台的星状气球化作巨大的光源，反射着月亮的光芒。

万籁俱寂。由贵美的双唇因抹了唇彩而发白闪耀。

“我觉得今天那个人笑起来的样子好棒，不过也有人想歪了。气死了。Chad 好可怜。”

“哪儿都有信口开河的家伙嘛。”

“我也很喜欢音乐节，和广海刚才说的‘伪君子’的想法差不多。音乐节不是可以任意畅谈理想吗，反而是正视现实脚踏实地会不受欢迎呢。我喜欢没有顾虑的幻想。”

“嗯。”

“以前，我遇到过广海。”

被雨水洗刷过的天空晴朗得似乎可以清楚看到星星的大小和光芒。广海为这番突如其来的话感到不知所措，他转过脸看过去。由贵美继续对他说道：

“你不记得了？以前我去光广家的时候，你曾去他家做客。我吃着阿姨端出来的点心，心想，‘哎呀，才知道光广还有这么小的堂弟呀’。那人就是你吧。”

“大概是吧。”

“那时的你好可爱呀。真是出人意料呢，那之后过了多少年呀，没想到还能以这种方式再会。”

他想起来由贵美和他相差八岁。广海已经不记得这件事了，的确非常不可思议。由贵美可是离开了村子的人，原本连遇到她的机会都没有的。

听到由贵美亲口喊光广的母亲为“阿姨”的时候，广海觉得自己的心脏抽搐了一下。不知道她是否故意说给他听的。

不想回家的心情渐渐袭上心头，记不清这是今天第几次冒出这种想法了。只要返回睦代村，无情的现实就在那里等着，令他停滞不前，陷入走投无路的境地。忽然，他觉得放在口袋中的手机振了一下，打开手机却没有看到来电。

播放器里的曲子播放完了。由贵美没有重新选择一支曲子，从容地摘下了耳机。畅谈梦想与理想的时间早已逝去。

“你想先从哪里听起呢？”她立刻直言不讳地发问，“有关光广、选举以及村子——你听了不会后悔吗？”

“后悔也要听。”广海也摘掉了耳机，“那么，先来说说光广哥吧。姑姑该不会和由贵美的父亲……”

闪念而过的是光广强调过的那句话，无论她说什么你也不要相信她。由贵美一言不发地转过头，目不转睛地凝视着广海。

“交往过？”

由贵美闻言微微一笑，那笑容只能用优美来描述。她没有理会紧张的广海，以醉人心弦的甜美声音喃喃细语道：“没有哦。”

那声音听上去令人浑身发软。而广海自己脱口说出的“没有吗”，听上去却很愚蠢。

由贵美轻轻地点头，奇怪地笑着说道：

“怎么，你误解成那样了吗？光广的母亲的确是个美人啊，不过，父亲泡在那家店里纯粹是因为那儿很好赊账而已。”

“这样啊。”

广海由衷地长出一口气。紧接着，由贵美再度压低声音。

“女性不可或缺的是外遇对象。女性要想在无依无靠的农村社会中独自生存下去，不得不依靠男人照顾，否则怎么支撑得下去呢。”

妈妈——由贵美喊道。

听到她这声呼唤的瞬间，仿佛见了鬼似的，一股寒气从广海的后背爬至耳畔，令他打起寒战来。

“我妈妈很漂亮，脑子不算太笨，对于外面的世界也比村里的女人们了解得多。可她毕竟还是很懦弱，又不精明，她对男人没有过多要求，一直在不妨碍他正常生活的前提下，做他的情人。这个小村子里她的流言蜚语满天飞，可她偏偏几年、十几年地做了下去。”

由贵美屏住气息，而后轻轻呼吸，看着广海的眼神里分明带着笑意。斜着看过来的眼睛水汪汪的，夹杂着同情般的目光——广海有种不好的预感。

“我妈妈的外遇对象，就是你爸爸。”

仿佛胸部遭受到重创一般，广海渐渐无法喘息。他目不转睛地盯着由贵美，而由贵美似乎要给广海致命一击般宣告道：

“妈妈固执地要和村子当权者家中的人交往，这也是她的骄傲。是不是很无聊？”

舞台上的微暗灯光从眼前彻底消失了。

2

怎么会是这样！

广海几乎要喊出口。

在一片绿色与泥土芬芳的包围中，广海却觉得犹如独自一人被关在隔音的密室中一般。他讶异地注视着坐在身边的由贵美，好似她的脸上开了个洞。眼前这个人是谁？忽然，他陷入与对方形同陌路的情绪中，只觉得视野难以忍受地分崩离析了。

不可能！

由贵美温柔的手轻轻地抚在广海背上。

“广海，抱歉。”

道歉的声音如此遥远。

“可是，这就是事实。我爸爸死后，还在上中学的我决心离开家。那个时候我就知道了。所以我才觉得妈妈必须要从村子离开。”

“你说谎吧？”

难以置信。

脑海中浮现出父亲的模样。他耿直，醉心于音乐、电影及书本，懂得高品位的消遣，不会在烟酒赌博上浪费时间。这才是广海的父亲，涌谷飞雄。广海回想起父亲在起居室的餐桌前摊开报纸，对自己打招呼道“早安”的情景。

广海发觉由贵美告诉他一件非常不合情理、非常野蛮，更进一步说是厚颜无耻的事情。他心知肚明，自己看着由贵美的眼神正变得越来越可怕。

可是，由贵美摇摇头。

“我也希望这是个谎言就好了。可是，很抱歉。这是事实。”

“可是……”

他无话可接。

这比不正当选举更加不真实。与飞雄的人设毫不相称。他准备在脑海中描绘出并不熟悉的由贵美母亲的模样，一股带有抗拒感的厌恶袭上心头。

“你真的什么也没注意到吗？”

“注意到什么……”

“在这个村子里，不止一两个人知道这件事。”

由贵美淡然陈述着，语气没有半点起伏。说话时，她的眼神忧郁。

广海想起了美津子。

在广海家中，由于飞雄和广海站在同一战线，孤零零的美津子总是成为广海他们的敌对方。可是，他曾一直以为这才是所谓的家庭。这是牢固不可动摇的，甚至还被广海嘲笑过的日常生活。

一方面广海绝对无法相信，但另一方面，他回想起一件事来。

他想起举着自己穿回家的那件沾有由贵美口红的衬衣，大发雷霆、几乎要哭出来的美津子的模样。他没想到美津子拥有那样的想象力，觉得有些无聊，可又被她从中表现出来的女人味所吸引。她并没有将这件事告诉飞雄。

如果出于某种理由才保持沉默的话，如果以前她也发现老爸做过同样的事的话……

疑惑犹如缓缓流淌的重质液体般潜入心中。他想起光广的话——无论你听说我们之间发生了什么，你都不必理她。这个“我们”到底包含哪些人呢？无须多想，这里面肯定包括广海父亲在内的涌谷家的所有人。

这样一来就说得通了。原来光广指的是这件事啊。

“老爸他从什么时候开始……”

他的声音干涩嘶哑。由贵美点着头说道：

“好像在我妈妈刚嫁到这个村子的时候。我不知道爸爸发觉了什么，也不清楚他和妈妈有没有直接对质，但是爸爸之所以成了酒腻子，也许就是因为受不了那些闲话吧，关于我妈妈和你爸爸的闲话。”

也许是心理作用，由贵美回答时的声音有气无力的。但是，她的眼神依旧充满同情与怜悯。

“小的时候，我也根本不知情，所以从未安慰过爸爸。我看不起一味沉浸于酒精里的懦夫，站在了淳朴的爸爸一方。我觉得爸爸应该也很痛苦吧。心爱之人的外遇对象是掌权者的儿子，自己还要去那个人的妹妹开的店里喝酒，让人情何以堪。”

“他们从那会儿一直交往着吗？”

“没错。应该直到我妈妈去世还在交往吧。”

广海只觉得心脏被一只无形的手猛地抓住了——由贵美的妈妈自杀了。

这是怎么回事呢？由贵美是怎么想的？他不愿去想这些事，但是，他心知肚明。

由贵美看向表情僵硬的广海，为了缓解紧张气氛似的露出浅笑。

“我想你已经清楚了吧。我妈妈无法离开睦代村的最大理由就是广海的爸爸。无论我怎样劝说，她都不肯跟我走——对于妈妈而言，这期间的选举比拿到一笔钱更具意义。我的妈妈想要亲眼见证涌谷飞雄当选为村长的时刻。于是，她见证了她想要见证的一幕，接着才会说出想要在村子里待到你爸爸任期结束的话。”

她怎么会寻死呢——这句话听上去好似放弃了一般微弱。

“她很享受那段身为村长情妇的时光。在这个狭小的村子里，一旦固执起来就会困难重重。妈妈甚至为自己成为谈资而感到自豪。她打心底里坚信别人都是以艳羡的目光看着自己的。”

“可是……”

闲话满天飞，自己就住在谣言当事人的家中却毫不知情——真有这样的事吗？广海深深感到这种想法犹如寻找避难所一般。睦代村的大人们善于对于己不利的事情视而不见，权当不曾发生过。

远处传来观众们喧闹的歌声。可是，小丘上只有广海二人。在演奏中途，四面八方传来了不知名的虫鸣。

“织场是机织与养蚕之地，除了手工业外，也是块鲜少关心政治的土地。默不作声地接受散发的钱财，甚至连钱财多少都没有兴趣——妈妈嘲笑祖母他们的这种行为，也为此瞧不起他们。无论如何我都想知道我妈妈和广海爸爸的事情，所以她才告诉了我。爸爸死后，妈妈曾向我炫耀过呢。”

广海倒吸一口凉气。由贵美以带有自虐般的腔调叙述着，不过，她看起来很疲倦。

被雨水化开的泥土的气味愈发强烈。舞台周围的高涨热情消失不见，山中的冷空气骤然侵入脸颊。

“上中学的时候，妈妈被祖母骂哭了。我安慰过她。当时，我尚且一无所知。她告诉我，妈妈和这个家里的人截然不同。她说她很中意村中掌权者的家。祖母非常嫉妒她。那时，我才听她提及广海爸爸的事。”

“相同的村子里有这么大的身份差距吗，在如今的这个时代？这太可笑了。”

广海很难立刻相信，他从未感觉出根据所住地区不同而产生的差异。由贵美家里剥落的壁纸，以及起了毛的薄榻榻米忽然浮现在他的脑海中。她的母亲依旧住在这种废屋似的房子中，到底还能残存多少理智呢。应该可以认为由贵美的母亲并非得了臆想或被害妄想症吧。

好似看穿了广海的想法一般，由贵美叹了口气。

“你爸爸也为保护、珍惜土地和村子出着力，只是广海不知道而已。”

“这是什么意思？”

"织场门音……"

听到熟人的名字，广海挺直了身子。由贵美笑着说：

"为了能和你交往，那孩子不是很拼命吗？她家住哪一区的？顺便提一句，你妈妈也是上白根出身哟。尽管不是织场区出身，可那一区也是只能依赖养蚕业的荒凉地，和织场区大同小异。我听说她还去相过亲，说不定门音的爸爸和她一样，拼命想把你弄到手呢。"

"在我们这个年纪，没有人会考虑相亲的。"

广海只觉得一阵恶心。孩提时代的青梅竹马。从他们还没有降生到这个世界上来的时候，门音的妈妈和美津子就已经缔结了无聊的婚约。

自己周围若无其事徘徊着的模糊轮廓逐渐清晰可见。由贵美继续说道：

"也许在当事人自己不知不觉之中被村子笼络过去，类似于雏鸟情结，我妈妈就是这样慢慢被同化了。"

"可是我会离开村子呀，后年上大学的时候。我家的确有人当过村长，可是只要我离开村子，这就和我没有任何关系了。"

"你没打算回来吗？"

由贵美问道。广海没有作答。老实说他从未考虑过那么遥远的事情。

"大概不会回来吧。"

过了好一会儿，广海才如此回答道。连他自己都无法掩饰这种迟疑带来的打击。自己不是憎恨着这片一无所有的乡下土地吗？到外面的世界去，尽情游荡在大型音像店中，参加演唱会——从懂事起，他一直盼望着能够去大城市啊。

可是，问及是否要舍弃村子时，自己竟然无法立即作答。

会场内的音响设备被逐渐运走，工作人员在拉起禁止入内的胶带，将会场周围隔开。按序逐一丢下照明灯的舞台前方，在草坪空地上形成了一道口子。绕到无人会场的背后，胶带外面是向露营地进发的人流。头戴帽子或裹着毛巾的脑袋化为黑影连成一列，从这处不算太高的小丘上可以将此情景看得一清二楚。

“我可以问个问题吗？”

“可以啊。我一定知无不言。”

由贵美注视着广海，眼神格外温柔。广海做起深呼吸来，否则，他无法问出口。

“起初你就是为了向我老爸复仇才回到村子的吗？”

秘密被一点点透露出来，这一次总算能够接触到核心部分了吧。由贵美对她的妈妈怀有爱恨交织的复杂心情，失去至亲后转而憎恨、厌恶村子的理由，这一切都是拜核心人物，现任村长飞雄所赐。

广海并非全然相信由贵美的话。

无论她说了什么，不要理她就行了。不要相信她。光广曾对广海这么说过。他的声音在广海脑袋深处嗡嗡作响，放射出希望与救赎之光。

“以前，我在光广家里见到你的时候，”由贵美呆呆地眺望着一片漆黑的舞台，“那个时候我已经听妈妈提起过你了。一无所知天真无邪的你是涌谷飞雄的心头肉，我也立刻明白你是他绝对不想玷污的神圣领域——就在那时，我下定决心迟早要拆穿一切，把你家搞得一团糟。”

身后传来一阵好似烟花散落的金属声。天气晴朗，气温却不高，九月山中的凉气透过外套的轻薄衣料灌了进去。

广海默默地注视着由贵美。他这才注意到，前阵子由贵美是故意让人看到她和穿着校服的广海一起在水根湖的。

月光照耀着由贵美那张看起来白得吓人的脸。她冷静地说道：

“这是报复村子的第一步。”

广海的脑袋痛得厉害。他拼命地思索着。

“所以，你才接近我吗？”

上中学时，由贵美和光广分手自然是因为他是母亲出轨对象的外甥。当时，她理应无法容忍，说不定由贵美和父亲之所以要求千鹤赊账，也是出于让她为她哥哥所做的事情做出一点点补偿的心理吧。

尽管如此，如今由贵美依旧与身为飞雄儿子的广海交往，这只有一种可能性。

“没错。”由贵美点点头，以出人意料的轻松口气冷冰冰低语道，“我想要你，就像那个人夺走了我的妈妈那样。”

“不是还不知道你妈妈自杀和我老爸有没有关系吗？”

“是的。可无论有没有关系，结果都是一样的。拜涌谷飞雄所赐，我妈妈才留在这个村子的。”

由贵美的声音温和且有条不紊。她摇着头，态度冷静得让人想发火。

广海一下子勃然大怒，扯着嗓子吼道：

“由贵美也太任性、太卑鄙了。”

“我知道。”

由贵美眯起了双眼，却丝毫不为所动。她把手搭在广海肩上，而后说道：

“我说，和我一起在东京生活吧。”

广海双眼圆睁。

一句话就能够让广海心神荡漾。瞬间，广海意识到他讨厌自己如此缺乏冷静，竟然和这个人坠入了情网。

由贵美继续说道：

“我想要你。这不仅仅是为了复仇。我说的是真的——我相信你不会辜负我。即便我不信任村子里的任何人，也想要相信你。”

“你不会真的认为我会背叛自己的父亲和家人吧？那可是一直生活在一起的家人啊。”

“嗯，我真的是这么想的。”

由贵美断言道。广海对她毫不犹豫的说法感到吃惊。那听上去不像谎言或手段。目不转睛地注视着广海的眼神如此认真。仔细观察就会发现她咬着唇，下巴轻轻颤抖着。她慢慢地开口说道：

“有一点我敢肯定——你爸爸背叛过你。”

由贵美轻声告发，而后摘下帽子，散开了被帽子压住的头发。广海这才知道，尽管由贵美的表情一直没有变化，可她心里却很着急。

由贵美的身体靠向广海。他没有拒绝柔软的身体靠在自己胸膛上的分量与温度。

3

他们一路沉默着走到停车场，期间虽没有交谈，两个人的手却紧紧握在一起。广海不明白为什么没有放开她的手。

直至放倒副驾驶座椅、准备补觉之前，躺下来的由贵美才对广海道了声“晚安”。广海点点头，闭上了眼睛。他本以为自己会睡不着，转瞬之间就好似失去意识般昏睡过去了。

广海被黄澄澄的太阳晒醒，刚一起身就觉得后背痛。

隔着前挡风玻璃，他抬头看了看，与睦代村截然不同的风景展现在眼前。红叶的姿态、山的形状，甚至山脊的长度，群山与自己熟知的六岳山相类似，可又有明显区别。

望着眼前这一切，广海才想起来自己身在何处。

他心情沉重地回忆起昨晚发生的事，觉得似乎有什么事需要思索一番，此时驾驶座上由贵美的睡脸映入广海眼帘。没有化妆的脸颊并不丰满，脸色与其说是白色，不如说是透明得近乎病态的青色。看着她的睡脸，广海只觉得不可思议。他曾以为由贵美不会对自己露出这样毫无防备的样子。

打开车门，山中清晨的空气十分干燥，传来冰凉的露水的味道。蜻蜓在停车场里的车子间穿梭，远处传来演奏的声音。

昨晚听到了那些犹如噩梦般的事情，可第二天的清晨还是能强烈感受到音乐节的不同寻常。广海仍然抱着一线希望，哪怕是场梦也不要紧，最后还是轻易地接受了现实。他比昨夜更加清醒。

广海穿着溅满泥浆的运动鞋，把脚伸出车门外，横坐在副驾驶座上，独自眺望枫叶渐红的群山。

“早安。”

不久，背后传来犹如呓语般的声音。她不停地眨着眼睛，总算恢复了往日的神采。广海觉得由贵美似乎也没能立刻缓过神来，忘了自己身在何处。

这个慵懒的清晨不知为何让他几欲落泪，可随后这种强烈的伤感又令他几乎笑出来。广海也问候由贵美道“早安”。

返回会场后，两人好似达成默契般再也没有提起有关广海父亲的事情。躺在Over the Rainbow舞台后面的大片草地上，听着音乐打着盹，打发了下午的时光。在原本充满乐趣的Richard的VJ演唱之前，虽然谁都没有说出口，但他们都决定将这件事放到音乐节结束后再谈。他们拼命撑到最后，尽情享乐直到失去所有气力。

不得不回去了。

晚上七点左右，两个人沉默地上了车。由贵美输入的汽车导航系统显示三个小时之后才能到达目的地。既无标志物亦无记号的目的地，睦代村的地图孤零零地显示在导航界面上。

由贵美是真心邀他一起生活的吗？

广海明白那不过是天真的戏言，苦笑着对此仍怀期待的自己。由贵美的话到底有几分是真的呢，仅仅因为赌气就打算把妈妈可憎的出轨对象的儿子放在身边吗？

“不闻不问不就好了嘛。”

脑海中不负责任的想法不经意间脱口而出。驾驶座上的由贵美瞥了一眼广海。

“什么事？”

“我还是觉得复仇有点不正常啊。我很清楚由贵美看不起村子，也了解你对你妈妈的复杂感情——无法原谅自己被困于此的心情，我也非常清楚。可是，与爱相反的不是恨，而是毫不关心。你只要下定决心不闻不问，就相当于报了仇呀。由贵美只要和村子断了联系就好了。”

由贵美没有回答他。

车子开进一条防落石的长隧道中。从等间隔开凿的犹如窗子般的小洞向外看，犹如蒜臼形状的树丛卧在山下。

“你为什么特意做到那个地步呢？”

由贵美仍然没有回答，脸上挂着暧昧的笑容，一直注视着前挡风玻璃对面蔓延的黑夜。

他们于将近十一点时抵达了睦代村。

车子刚一开入这片熟悉的土地，广海便觉得心情抑郁。他已经知道被人看到自己和由贵美在一起的后果比自己想象中更要严重。由贵美提出把广海送到他家附近，他拒绝了。广海解释着如何避开室平的正面入口，从山中迂回进村的路。他打算从那里走回家。

由于事先毫无准备，车子在根本不认识的路上行进时，渐渐看到了独自位于室平地区的达哉家。他的机车停在屋外。平日总会从他家透出黄色的灯光来。看到这个熟悉场景的瞬间，广海的心头遭到一记重击。

“由贵美。”

他搭话道。

“怎么了？”

“回头我们再聊几句好不好？”

“可以啊。”

由贵美停下车子。

“去哪儿聊？”

广海认为自己无法若无其事地回家面对双亲。他不知道如今，就在此刻，会有谁看到自己和由贵美在一起。

达哉家的窗帘似乎晃动起来，吓了广海一跳。他有点担心车子发动机的声音和车灯的光，赶忙答道“你决定吧”。快啊！广海犹如祈祷般期待着，他垂下眼帘，尽量不看向达哉家。

“雾菔的音乐节也快结束了吧。”

由贵美抬头眺望夜空，喃喃说道。

“今晚还是很想参加音乐节呢。”

“是啊。”

车子拐了个弯，由贵美向夜晚的水根湖开去。

白天看上去好似翡翠般的湖色，到了夜晚全然浸入黑色，即便月光照耀湖面，依旧令人难以立刻察觉那片湖水的存在。

水根湖的周围没有街灯。因此，到了晚上没有人会到湖畔散步。湖面被铺了柏油的宽阔道路包围，但能称之为照明的东西除了月光与星光，充其量也就是反光护栏上的橘黄色反光板了。

人工湖的湖水并非流动水，因此发出的水声与河水相异。一想到静水流深，平时就根本不会考虑半夜三更到湖畔去。

车子停在和上次相同的地方。下了车后，广海小心翼翼地走到湖边。耳畔传来铃虫的鸣声。眼睛习惯黑暗环境后，无论是湖水、脚下的一切，还是身旁的由贵美的脸庞，都比想象中看得更加清楚。

“我会去问老爸的。”广海对由贵美说道。

她沉默不语地看了过来。

“我得向他确认选举一事，还有你妈妈的事情。之后咱们再商量吧。”

“你觉得那个人会老老实实承认吗？”由贵美嘲讽般眯起了眼睛。

广海摇摇头，说道：

“我不知道。但是有必要这么做。不好意思，我还无法相信你说的那番话。”

“看来对于广海而言，他是个好父亲呢。”

“别说了。”

他不得不用坚定的口气说道。由贵美背对着湖面，交抱双臂坐在裸露的岩石上。工程作业时用到的混凝土板、铁材以及削尖的石材散落一地。广海从脚旁抓起一块小石子，向黑黢黢的湖面丢过去，随后听见咚的一声。

“还有，抱歉的是我也无法相信你。你曾说过会无条件信任我，老实说，这话听起来像是我会对你言听计从，任由你当傻子一样耍。这让人觉得不舒服。”

如果把将广海抢到手当作对他父亲的复仇，这样的日子不会长久。无论出于怎样的理由，已经无法回到只要得到由贵美就会感到幸福的甜蜜时光了。他开始怀念且羡慕起半个月前那个无忧无虑的自己。

一旦离开这个村子，由贵美便没有理由和广海继续交往下去。没有必要一起离开村子。

“明明相信我就好了……”

由贵美满不在乎地说道，语气惊人的淡定，嘴角甚至渗出一丝从容不迫的微笑来。她站起身凑了过去，脸几乎要碰到广海的脸。

“因为，广海你……”

由贵美刚要说些什么的时候，从夜路的另一端传来发动机的声音。一听就知道这种令空气颤抖的低沉轰鸣声源于机车，并非汽车。

广海二人住了口，屏息静气。来时路隐约可见灯光渐近。

心跳快要停止了。

是达哉！

“快藏起来！”他马上说道。

但为时已晚，达哉的机车灯光已经晃到了广海与由贵美。那辆机车停靠在沿湖的护栏上，与此同时发动机的声音消失了。广海拉住由贵美的手企图逃走。但是，达哉快他一步跨过护栏。传来一阵踩在砂地上的脚步声。

广海几乎想要闭上眼睛。他看到由贵美满面惊诧，全身僵硬。

达哉渐渐靠近他们。

“广海，这是怎么回事？”

达哉嚼着口香糖，空气中满是甜腻气味，仅仅如此就让广海紧张不已。他看不清楚背着光的达哉的脸。

“达哉。”

“那是织场由贵美吧。”

他噗地吐出口香糖，眺望着广海的眼神冰冷得好似冒出冰面的寒气一般。

4

异常混乱中，高大的达哉依旧邋遢地穿着T恤，衣冠不整。他塌着腰站在那儿，好似个子高得不知该如何是好一般。

寻找辩解的言辞、为何身在此处的疑问以及动摇感同时袭来，迫使广海动弹不得。

“那可是我家的车。”

达哉依旧用惺忪睡眼打量着由贵美开来的车子。站在车子一旁的由贵美听到这句话，身体好似穿了铁丝般挺得笔直。

“你家的车？”

刚才不该把车子开到达哉家附近的——被他看到了，还被他尾随至此。

达哉斜眼瞥着反问他的广海，夸张地歪着头问道：“话说，到底怎么回事啊？”空气中仿佛传来银色烟花绽放的声音。达哉慢慢走近广海。

“我说广海啊，难不成你糊弄我呢？”

浮现出的笑容仿佛贴在达哉脸上。广海刚要否定，达哉的右脚便冲他踢过来。腹部挨了一记重击，他像是被风袭击一般，身体向后甩了出去。

“广海！”

由贵美喊道。广海听到削骨般的尖锐声音，似乎未经双耳传入直抵大脑深处。他刚一倒地，就被尖锐的石子划伤了脸颊，只听到仿若漏气般扑哧一声。

被踢到的地方和鼓膜发麻，他刚要站起来，胳膊上又挨了一脚。宽阔的皮鞋鞋底掠过脸颊时，恐惧顶上他的喉咙。广海反射性地及时护住头部，手肘仿佛被强行压住般又挨了一脚。撕裂般的疼痛感扩散开，广海不禁发出短促的悲鸣声。他被达哉压着胳膊按在地上。

达哉仿佛踢球般踩着广海的侧脸。他一言不发，这反而加剧了广海的恐惧。接着，他又用脚跟狠狠踩住广海的侧腹部。

“住手！”由贵美惊声尖叫道。

达哉松开脚。广海的意识渐渐模糊，好像长时间奔跑后的感觉，他听到太阳穴的青筋合着心脏的节奏剧烈跳动着。

广海感觉到达哉正盯着由贵美。他慌忙起身，可支在地上的胳膊却如同不是自己身体的一部分般沉重。

“那是我哥的车吧？”

达哉质问道，眼睛却盯着由贵美。由贵美没有回答。达哉没有理会搞不清状况的广海，看着由贵美的脸渐渐变得严重扭曲。“喂！”达哉再度喊道。他歪着脑袋，踢飞广海的脚懒洋洋地变了方向，身子慢慢靠近由贵美。

“由贵美！”广海发出一声嘶哑的呼唤。嘴里满是血的味道。他大声叫道：“快跑！”

好似蝴蝶合上翅膀一般插在门音右手的刻刀，以及挨踢前一刻落在视野深处的血色光芒在脑海中错乱交替，狠狠扼住了广海的喉咙。

月亮潜入云层之中。

“由贵美，快跑啊！”

听到广海的喊声后，由贵美这才反应过来似的抬起头。“站住！”恶狠狠的喊声之后，两个人的脚步声重叠着渐渐消失在夜色中。较轻的脚步声停住了。痛苦的呼吸声与粗暴的喘息声交织在一起。接着是脚下石子哗啦啦流动坠落的声音，某样物体被强行按住、发出撞击的声音，是由贵美发出的痛苦的喘息声音。

广海奋力直起身，在一片漆黑之中目不转睛地寻找着，拼命找寻那二人的身影。远处的黑暗中，由贵美外套上的荧光条发出微弱的光芒，一闪一闪地晃动着。她的身体无数次扭动着，看上去像是反抗着某个沉重的物体。

犹如烟雾般弥漫的黑暗令人阴郁。广海的双手下意识驱散那些阻挡视野的细微黑色粒子。他站起身，向由贵美那边追过去。

一阵高声尖叫传来。住手——由贵美喊道。

紧接着，咻的一下风声戛然而止，传来一声好似鸡蛋或是什么脆弱的东西撞在墙壁碎掉的声音。

整个湖伴随着剧烈的水声大幅震荡起来。

在此之前，湖畔充斥着的紧张感土崩瓦解，飞溅的水花伴随着湖水味道翻滚上来。水波延展到湖畔，即便身处黑暗之中，也能感觉到湖水的汹涌。

感觉呼吸连同表情一同停住了。

云朵裂开一道缝隙，月光出现在面前，照出湖面的情形。广海的脑海中不知为何浮现出一句话来。

那可是大原则之下的约定。

音乐节之夜谁都不可以死。

由贵美瘫坐在泛起数层水波、浪涛拍岸的湖畔前。她目瞪口呆地睁大了双眼——广海明白了，好像有什么坠入湖中。

他大喊道：

“达哉！”

不远的湖面仍然残存着一个小小的漩涡。他瞄着湖面，立马迈腿走过去。此时，他的胳膊被由贵美用力抓住。“广海，不要去。”

水波消失了。旋涡也消失了。“放开我！”广海回头看着由贵美。但是，看到月光下的湖面波光粼粼，他有些腿脚瘫软。千万千万千万不要有事——广海只知道好像发生了什么事情，他边祈祷边目不转睛地看着四周。

湖面再度恢复平静，夜晚的湖水似油无色，就连为其吞噬之物的残片也没有映出来。

由贵美浑身湿漉漉的，依旧颤抖不已。广海被她抓着胳膊，仍然在黑暗中搜寻着日马达哉的下落，搜寻着本应身在此处的达哉的下落。

被他踢过的身体还在发热。

到处都没有看到达哉的身影。

刚刚听到的剧烈水声还在脑海中盘旋。

如今却什么声音也听不到了。

湖水仍在波动。可无论等多久，始终没有人浮出水面。

方才还跌坐在地的由贵美身旁，散落着生锈的铁材。它的尖端在月光下散发着暗淡的金属光泽，被比水更加浓稠的液体沾湿了。达哉被水吞没的一瞬间传来的某种撞击音还在广海耳畔回荡着，挥之不去。

迈向湖面的脚不听使唤，湖水的深不可测令他畏缩。

“广海……我……”

由贵美依旧颤抖不止。她一筹莫展地低头看着自己纤细的手指，那双手沾上了茶色的铁锈。

湖面上泛起水泡，寂静的余韵笼罩着湖畔。湖面上已经什么都看不到了。

5

不知道在水根湖前呆立了多久。

曾经发出水声的湖中央恢复了宁静，由此而生的水波依旧拍打着护栏沿线的昏暗水域，以及俯身看得到水草的远方。黑暗中传来微弱的波浪声。

广海率先做出反应。

“达哉。”

他推开紧紧抱住自己的由贵美的身体，刚要向前走，由贵美不得已喊住他了。“等等！”而后又拉住了他的胳膊。

“你想干吗？”

“必须得叫人来帮忙。”

广海已经没有勇气亲自跳进湖里救人。他也明白这很莽撞。

“总之先去我家。必须得找个成年人来。也许达哉还有救。”

“怎么会有得救！”

由贵美脸色煞白，转瞬之间似乎连她的脸都凹陷了下去。

“肯定没得救了。”

“可是……”

“毕竟我打了他啊……”她几乎说不下去了。

跌坐在地的由贵美身旁滚落着沾湿的铁材，令人无法直视。

“我打了他，一定已经没得救了。”

“可是……”

“广海，求你了。人是我杀的。你就这么想吧。”

由贵美的身体依旧瑟瑟发抖。广海紧紧咬住后槽牙没有吭声。被达哉揍过的脸颊很痛，被他踢过的胳膊也感觉很沉重，可是，只要有些许可能性，就要争分夺秒。

“我会好好和他们商量的。我会告诉他们达哉攻击了你，你这是正当防卫。总之现在……”

“你应该清楚吧。即便现在回村子叫人来，一来一回会浪费多少时间？再打捞湖底，这又得多久？不可能救得了他。”

“可是，我眼睁睁地看着他掉下去的！就在刚才啊！”

“求你了，正视现实吧。叫人来也不可能获救的。”

由贵美紧紧抓住广海的胳膊，心慌意乱的同时渐渐恢复了平静。广海下意识地吵起来。

“什么现实啊！就因为由贵美是艺人吗？闹出丑闻会让你头疼对吧？”

“的确会给我带来困扰。我并不否认这点——拜托了，不要责备我了。我的头脑也很乱。”

她还没有说完，额头便被广海的手臂撞到了。广海企图甩掉由贵美，孤身一人返回村子求救。

“达哉是我的朋友。”

诚然，广海畏惧粗鲁野蛮的达哉，心怀畏惧的同时，也远远地看着他、鄙视他。

但即便如此，达哉也是广海的朋友。他们刚刚约定了明年一起去音乐节。一想到这儿，挨了一脚的胸口更加难以喘息。

由贵美的脸因悲恸而扭曲着。

“我知道。”她说，“我知道他是你的朋友。可是，已经……”

由贵美的话戛然而止，之后她仿佛下定决心般抬起头。

“广海没有错。”

她的眼神十分真诚。

“广海没有任何错。你想过要救他，想了一切能救他的办法。阻止你救他的人，是我。让他掉入湖中的人，也是我。杀了他的人——是我啊。”

她滔滔不绝地告白着，好似朗诵舞台上的台词一般。广海对她怒目而视。

“错在我。我知道广海做得对。无论谁问我，我都会这样作证。由我来保护你。所以，我求你了。我们就这样回去吧。”

“你该不会认为我们回去之后，可以当作什么都没有发生，还能睡得着，是吗？确实如此啊，你只要回到东京就行了。可是，我……”

“我不回去。”

由贵美拢着广海的肩头抱住他，把他的头抱在胸前。

“我绝对不会弃你于不顾、自己回去的。相信我。”

“可是……”

“今晚我们没有来过这里。”她不由分说，“湖水太深了。一旦掉下去，被水草缠住脚的话，就再也上不来了。从前，只要在这附近玩，大人都会这么叮嘱——所以，尸体不会浮上来的。”

尸体。

广海的反应犹如挨了一记耳光般大受打击。水声，满是血迹的铁材，达哉短促的声音以及寂静一片的湖。

他吓得面如土色，浑身冰凉。

由贵美再三强调：

“今晚，我们没来过这里。和我们没有关系。”

由贵美放开广海的手臂，捡起掉落一旁的铁材。此时，铁材尖端的潮湿黑色再度映入广海眼帘。他与由贵美相对而视，而后，没容得片刻商量的功夫，由贵美立马挥起手。

铁材在湖面上飞起数十米，在月光照耀下“咕咚”一声沉入湖底。

“这下子，肯定再也找不到它了。”

由贵美喃喃道，口气虽然十分肯定，脸色却变得更加苍白。一直站在湖畔的由贵美仿佛被一股无形的力量推了一把，跪倒在地。广海扶着她的背部，由贵美立刻挤出一声深深的叹息。他既没有黏着她也没有紧紧抱住她，仅仅挤出一个词：

“好可怕。”

他盯着漆黑的湖心，啃着压在嘴上的手指。当他发觉由贵美连身体都在瑟瑟发抖的时候，只得默默地抱住了她的肩。

他无法辩解。

这下子麻烦大了。他心知肚明。要是被人看出多余的伤感那可完蛋了。

此时，广海的的确确想要保护由贵美。

直到他们上车的前一秒钟，广海还在期盼，期盼着湖面上出现某些泛着光、摇摇晃晃浮出水面的东西。

如果，达哉能够得救的话——

那么，自己的所作所为一定会遭到谴责吧。仅仅想到这里就会浑身发抖，可自己还期待个什么劲儿呢。真是搞不懂。他觉得十分混乱，也很踌躇不定。若是就这样离开，他会因此背负起沉重的包袱。这是毫无疑问的。

英惠还在达哉家中。今天出门前，达哉对她说过什么呢？谁也不能保证达哉没有对她提起过广海他们的事儿。广海害怕极了。即便英惠是个做事机械的人，但天亮前达哉还没回家的话，她一定也会觉得蹊跷而闹起来吧。

今晚的事是无法一笔勾销的。

在驾驶席上坐下之前，由贵美不停地用手捂着嘴。置之不理的话，眼看着她就要彻底崩溃了。

“由贵美。”

借着车内的灯光，广海看到她的外套上沾了血。

二人没有交谈。但沿着广海的视线，由贵美也注意到了血迹的存在。她咬着嘴唇，闭上了绝望的双眼。看起来她连擦去血迹的气力、脱去外套的气力都没有了。

时间一分一秒地流逝，漫长到可以令一个落水之人完全失去呼吸。

已经到了不得不回家的时间。手机上也有几通未接来电。那是母亲打来的电话。

直到此时广海才忽然想起可以用手机呼救的方法。他这才愕然发觉，怎会没注意到自己的不安。当时，从他没有拿出手机呼救的那一刻起，不是就已经无意识地决定要站在由贵美这一边了吗？

他好似做了一场噩梦，脚尖像踩着海绵一般轻飘飘。

随着时间流逝，他们觉得这场噩梦并非发生在自己身上的事情。美梦无数次袭来，摇晃着广海的肩膀，让他怀疑达哉其实并没有坠入湖中。

毕竟那也太傻了吧。达哉应该还在什么地方。噩梦结束之后，他应该依旧吊儿郎当地出现在广海面前。无论如何他都希望是这样。

“广海，血。”

启动引擎前，由贵美穿着带血的外套，边说边指着广海的脸。许是刚才被达哉踢出的血吧。她抓住广海抵住嘴角的手指，悄悄凑到近前，把自己的唇贴上了广海的唇。广海舔着由贵美舌尖上的血，尝到了浓郁的铁的味道。

缠绵结束后，广海依旧张着嘴。合而为一的唾液流出嘴角，向下巴滑落。分明刚刚碰触过她的唇，可广海的唇立刻皲裂，粗糙难当。

手脚也好，唇瓣也好，都使不上力气。过了很久，广海才想起来问她：

“这个车子是谁的？”

达哉曾说过那是他家的车。他说这句话的声音还在耳边徘徊。广海以为由贵美无法回答这个问题，可她却老老实实地回答道：

“向日马家借的。这是达哉的哥哥，日马京介的车子。他是我的朋友。在东京偶然认识的——我提过自己要回村子，他就爽快地借给我了。”

“和达哉呢？”

“今天第一次见面。我的确听日马京介提过他有个弟弟住在村子里——可我怎么也想不到他弟弟为什么会那么做。”

由贵美断断续续、毫无气力地说着。引擎点燃的声音像是某种暗号般刚一响起，由贵美便立刻闭口不语了。

广海从未听由贵美提过她和达哉哥哥的关系。

昨晚她在雾露音乐节上真的把一切都和盘托出了吗？这个疑问压在广海胸口，强烈到连提起它都令人感到顾忌。他直勾勾盯着由贵美，可她却没有再解释些什么。

达哉曾经想要知道由贵美的家在哪儿。看他刚才的举动，似乎也不像是知道由贵美和自己的哥哥认识。广海觉得由贵美并没有撒谎。他一想起达哉发现他和由贵美后勃然大怒的样子，就会打心底里发冷。

广海发现停在湖畔另一侧的达哉的机车。

“那辆机车！”广海突然喊道。

由贵美默默用力摇头。

“今晚，我们没有来过这里。”

仅仅牢记这点即可。不过，广海也察觉出若是挪动了机车，或是冒冒失失地做了什么的话，那一定会成为明确指向自己的证据。

他明明满心期盼湖面有人影浮现，可就在车灯在一片漆黑中点亮、车子离开湖畔时，广海又开始期盼没有任何东西浮出水面了。

6

身体里面疼痛万分。

他在村落前下了车，回到家中。美津子赶到玄关，斥责着广海的晚归，当她看到广海的脸时一句话也说不出来了。连美津子也看出那明显就是遭到暴打的痕迹。广海简单地用一句“在音乐节上受了伤”作答。而后他回到房间，刚刚倒在床上便闻见了混着泥土气息的汗味。

指尖肿了起来。胃的深处隐隐作痛。一阵强烈的呕吐感袭来，令广海蜷缩起身体。被达哉揍过的地方渐渐发烫。

“广海没有错。”

由贵美斩钉截铁说过这句话。

“相信我。”

她拼命诉说的声音。

“在这个村子里，我想要的只有你一个——和我一起在东京生活吧。”

甜蜜的呢喃与那些声音交织在一起，涌上心头。

达哉。

广海不由得念道。

吞噬了达哉的水声萦绕在广海脑中无法退却。

他不知道梦境之中究竟有多少真实的成分，甚至连自己是否睡着都不清楚，就这样度过了一晚。天亮之前，他曾无数次醒来，犹如吸取窗帘反射的光线般仰望着天空。

第二天，美津子叫醒了广海。她发觉儿子的手臂肿起来了。对于既没有换衣服，也没有洗澡就上床睡觉的儿子，美津子边生气边摸了摸尚未睡醒的广海的额头。“发烧了。”她说道。

广海被强行叫了起来，换了衣服洗了脸后，发现脸上有擦伤的痕迹。手臂沉重得无法抬高。父亲已经出门了，没能见到他。

——我妈妈的外遇对象，就是你的爸爸。

在湖畔经历的噩梦已经过去，然而由贵美告诉自己的事情仍然烙印在广海的脑中。

他吃了一口盛在早饭餐具中的米饭，脸颊隐隐作痛，每咀嚼一下，都令他觉得味同嚼蜡。广海不由得吐了出来，惹得美津子担心得探头看过来。

“广海，你是不是感冒了？所以我不是劝过你，不要在这种时候去参加什么音乐节嘛。”

“今天我在家休息行吗？”

“行倒是行……不过，你还是去光广那儿好好疗伤比较好吧？”

广海没有作答。他默默摇摇头，回到了自己的房间。

十一点左右，市村来访。

他事先没有打招呼。当美津子把市村过来探病一事告诉广海的时候，他甚至还心不在焉地思索着市村探病的缘由。对于自己昨晚的经历而言，现在听到的这个名字过于平和了。

广海发觉到同青梅竹马一起度过的时间那样遥远，自己再也无法回到那段时光了。经过这段日子，而且，经过昨天的那件事，广海已经明显越过了那条无法回头的线。与市村和门音无忧无虑参加睦代祭的那段时光，恍若他人之事。

“听说你休病假，我也早退跑来了。”

市村进了房间，一脸紧张地看着广海。相对而视后，他马上不解地问道：“你的脸怎么破了？”说着，市村摸了摸自己的脸颊。广海有气无力地答道“摔了一跤”。

“何必早退过来看我啊。”

“之前我不是跟你说过有话要对你说吗？”

市村毫不掩饰地用装模作样的口气说道。广海沉默地抬起头看着他，仅此便已令市村收起笑容。

“我不想让门音听见只字片语，所以瞒着她过来了——浑球，你和日马达哉有来往吧？”

心脏不安地怦怦跳起来。广海直勾勾地盯向市村。

他想起了昨晚发生在湖畔的那件事。

应该没有任何人在场才对。广海说服自己。但是，心脏剧烈地跳动着，他甚至产生了体内血液逆流的错觉。

市村十分兴奋，很满意广海默不作声的样子。

“我可清楚呢。”他故意留出足够时间让广海着急上火，恶狠狠瞪着他说道，“其实我早就注意到了。我知道日马家的白痴败家子儿出入你家，也知道你这浑球去过那家伙的家里。门音似乎什么都不知道。可你不觉得很对不住门音吗？难怪你无法回应她的心意，不能和她交往了。就因为这样，也难怪最近你们相处都怪怪的。可是，你想瞒着和日马达哉来往的事儿吗？这可是对我和门音的背叛行为啊！”

呼吸变得困难起来。每每听到达哉的名字，广海都会觉得背后发冷。市村还什么都不知道。

“你特地找我说这个？”

“只有这个时候才能和你单独聊聊吧。放心吧，门音说她家里有事，已经从学校回家了。”

广海想起“盛气凌人”这个成语来。眼下，市村恰恰就是这个样子。眨眼间，广海不知道接下来该做出什么样的表情来回应了。这样想着想着，他突然觉得一切都变得令人生厌。非怒非哀的情感犹如吞没脚下土地的沼泽般扩散。那片沼泽黏糊糊的，腐蚀着广海的心，让人连抽身离开都嫌麻烦。

“滚。”

他没想到自己竟会冷冰冰地说出这样的字眼。

市村挺直了身体，当即问道：“你要当逃兵吗？你到底承不承认啊。快给门音道歉啦。你可没有资格和她做朋友。你很清楚日马达哉对她做过什么吧？你这浑球还偏偏……”

“你走吧。求你了！”

广海本打算隐忍不发的，可积滞在体内的痛楚与热度夺走了他的判断能力。挤出的刺喉般的声音听上去犹如惨叫。

市村闭口不语，已经无话可说。

以前，广海曾在不知不觉之中渐渐产生了优越感。他看不起市村的迟钝，觉得在这个村子生活就会像市村一样眼光狭隘。可是，如今广海反而羡慕起市村的无忧无虑来。

为什么市村偏偏选了今天跑来责备我呢？广海觉得自己被一种无形的力量玩弄于股掌之上。

“我不会原谅你的。”

市村离开之前，再度皱着眉，当面瞪着广海说道。他拼命用力做出的表情看上去特别幼稚，孩子气十足。这甚至都令广海觉得烦闷苦痛。广海没打算瞪回去，把市村送出家门。

“你们怎么了？我听见吼声了……”

美津子就站在广海身后。广海晃晃悠悠地进了屋，向洗脸池走去，洗了把脸。

“难不成是为了达哉君来咱家串门的事儿？市村对你抱怨什么了？”

美津子吧嗒吧嗒地跟在广海身旁，视线转向市村已经离开的玄关方向。之后，她又深深叹了口气。

“真头疼啊。村子里有不少人对日马家都有怨言，可达哉君本身却是个听人劝的好孩子呀。”

他的嘴角浮现出一丝为难般的嘲笑。

紧紧闭着嘴、向镜子看去，广海看到自己充血发红的双目。一脸惨相。当他看到镜子中映出眼睑发肿、脸颊浮肿的脸时，便知道自己再也无处可逃了。

美津子一定竖起耳朵偷听了。

平日广海十分痛恨她的探寻癖，可如今连对此发火的气力都消失殆尽了——自己和她是一类人。洗完脸，他接过美津子递来的干净毛巾，擦脸时闻到了柔顺剂的味道。他回过头，看到母亲气色欠佳的手上的苍白指甲。

比起父亲，还是母亲更加亲切——广海没想到自己也会有这么想的一天。

她的确同自己一样眼光狭隘，一无所知却爱逞强，为了不被当作傻瓜，假意体谅他人，可旁人却看得一清二楚。真是可笑之极。

她对待达哉的态度和自己是一样的。

村中其他人唯恐避之不及的外来世界的猛兽，唯独受到自己的招待。她以此为乐。广海曾为美津子流露出的好似伪善般的优越感感到难为情。她一边欢迎达哉来家里做客，实际上又总是过于担心这一幕是否会被邻居看到。可是，她的做法也正是广海自身的举动。

广海擦着脸，却无法抬起头来，就连美津子喊了自己一声也无法回应。突然，他发出了好似孩童般的哭泣声。他本想极力抑制，却根本停不下来。他背对着母亲回到房间。美津子似乎吓得说不出话来，这一次她再也没有追问下去。

天一亮，一切都消失在梦中就好了。这种天真的幻想破灭了。随着时间的流逝，瞬间发生的事情反而会更加清晰地显露出轮廓来。暗夜中水坝旁的湖水，在月光照射下变得透明，就连横卧湖底之物也能看得一清二楚。这样的幻影出现在广海的记忆深处。清晨无法治愈他。

泪滴从扭曲的脸颊上滚落。他不知道如何才能做到最好，也不再觉得他们做出的选择是绝对正确的了。广海体会到了绝望的滋味——达哉已经去了。

美津子让广海去诊所看看，可他并不想这么做。他觉得自己无法若无其事地面对光广。

广海边眺望着天花板边思索起由贵美来。

她没有联系自己。不知道她回到那个废墟似的家了吗。她会穿过她妈妈上吊的竹林，孤身一人待在那样的家里吗？

他认为在湖畔下的决断，不该让由贵美独自承担责任。可是，没人能保证她不会逃离这个村子，就连广海也无法限制她。

达哉的机车纹丝未动。英惠也该渐渐觉得不对劲了吧。达哉的品行绝不算好，但似乎很少无故外宿。以前去光广家串门，晚归时，英惠还给没有联系自己的达哉打了电话。她应该会向位于东京的日马本家告知达哉外出了。如果看到停在湖畔的机车，他们会怎么想呢？

隔了一段时间之后，仿佛远离了昨夜发生的那些事情般，广海一心只想着如何自保。广海为这样的自己感到羞愧。然而，恐惧还是占了上风，挨打处的痛感在脑海深处嗡嗡作响。

痛死也不能去诊所。广海忍耐着持续性的钝痛，缩在被窝里不断与不安战斗着。

“听说今天光广参加学会，所以不在诊所。”

美津子进屋查看广海的病情，一边给儿子测体温，一边叹了口气。她说给诊所打过电话了。

“也许广海不愿意，可是我想问问光广君，要是他乐意的话能不能来咱们家一趟。他说今天大老远跑到东京参加学会去了，很晚才回来。真是头疼啊。”

“那我去趟诊所吧。”

美津子轻轻眨眨眼，盯着广海说道：

“可是，那只有那位老医生在啊。要不等到明天再去……”

“趁今天休息，让他看看骨头折没折就行。烧也差不多退了。”

“可是，还是光广君……”

“求你了。”

广海死死盯着美津子的眼睛，这才觉得他已经许久没有这样好好与母亲正面相对了。

如果由贵美所言不虚，那么，母亲长期以来默默忍受了多少事呢？说不定对广海的干涉与执念也是她保护儿子的方式吧。

广海不再那么强硬。他只觉得妈妈很可怜。这并非是傲慢看待母亲的想法。因为，广海和她一样可怜。

“打架了吗？”

广海已经解释过那是自己从山路上滑落受的伤，但是当他脱掉衣服，露出身上的伤时，石川立刻这样问道。

广海紧紧闭着嘴。实际上，在明亮的地方重新打量的话，就会发现那些瘀伤比想象中青紫得更厉害。

“可不可以别跟光广哥说？医生不是有保密义务嘛。”

夹杂着白毛的眉毛下露出的圆圆的眼睛死死盯着广海。眼角还沾着眼屎。那双孔雀眼令人联想到老鼠。广海被他这样目不转睛地盯着看，突然扭过脸去。

石川点点头。

“那好吧。不过，下的手真重啊。小少爷很少这么做呢。”

他呵呵地爽朗笑起来，令人难以分辨他是否故意如此做。不过，他的声音听上去一如平日般若无其事，广海暂时松了一口气。

“还手了吗？”

“还了几下。”

弯着手脚，确认呼吸声，石川诊断没有骨折的迹象。以防万一，他还是问广海要不要拍个 X 光。广海拒绝了，拿了止疼片后离开了诊所。

“医生说发烧是感冒引起的。”

上了车，广海对驾驶座上的母亲说道。她只是点点头说了声“是嘛”，没有继续盘问什么。

7

美津子一直开车回家，把广海放下后问他一个人睡不睡得着。她说为了准备晚饭的食材，准备去邻市一趟。广海回答没问题，打开玄关，听见背后传来母亲开车离开的声音。

家中万籁俱寂。平素午后的冰冷阳光照射进来。祖父母似乎外出了。

古老房屋的起居室明亮得令人毛骨悚然。若家中没有任何人居住的话，地板、楼梯便也会被阳光洒满，再逐渐荒废。

由贵美的家似乎也是如此。

石川医生要广海过几小时后用冰敷一下手腕。即便打开厨房里冰箱的冷冻室也没有什么意义。制冰室里几乎没剩下什么冰块。他在冷冻室里翻找起来，不知道初夏举办烧烤大会时有没有剩下冰块。

他找到一个包裹，这才意识到这是一个家中无人、随意翻查的好时机。

美津子现在前往的邻市超市，三年前左右就不再免费提供塑料袋了。母亲曾说过要是忘了带环保袋会很麻烦。刚才，广海还看到车后座上堆放着购物用的袋子。

如今本应不再使用的印有超市标志的塑料袋就冻在冷冻室中。仅此而已。若在平时，广海才不会注意到它。可是，那个塑料袋被压成A4大小，好似裹着笔记本或名单一般。

对于去年刚刚更换的新冰箱而言，这可是极不相称之物。

那个包裹被放在最下面，它上面压了很多冷冻食品。看起来既像是掩盖它的存在，又像是随意乱放的。

耳尖上低频音哔哩哔哩作响。听上去不知道那是敞开的冰箱发出的声音，还是发自广海身体里的声音。广海在那声音的催促下，向包裹伸出了手。

塑料袋冻得硬邦邦的。袋子里放着三本古老的笔记本，褐色纸张一看上去就令人眼睛发痒，不知道是经年久远的缘故，还是冻成了这个样子，每张纸都黏在一起。不过，一旦揭开的话，手指就会传来清脆的触感。

油性笔在封面上写着如下字样。

登账 室平（旧中根）

登账 织场・僧场・上白根・下白根

登账 霜馆・畠田・中畠田・波高岛・杉江

没有因建造水坝而沉于水底的水根的名字，也没有位于高原的新兴居民所住一带的地名。

那上面列出了姓名、地址以及电话号码。

仿佛被改写了很多年，上面还留有更改邮政编码后四位数的较新的痕迹。电话号码并非市外局号。恐怕那是趁建造水坝之机，把不成文的规矩明文定下来了。

笔记本里写下名字的笔记没有一个是相同的。

既然封面上写的是“登账”，自然会是如此。耳旁早就传来心跳声。体内残存的钝痛如今也被忘得一干二净，与痛感相异的其他缘由夺走了全身的感觉。

名册上记载了账本编制之处每家每户的户主名字。名字一侧详细记述的“十万日元”“三万日元”等字样，不用想也知道那意味着什么。

户主。男性。女性。每家三档金额都清清楚楚地记录在册。这是每家选票的价格表吧，似乎连未成年人也能收到一定款项。

随着年代的推移，不知道达成了什么协议，金额上无数次用红色双线划去，其上写有修正后的数字。水坝建于昭和三十年代，不知道是否按照当时的物价进行的修改。修改的金额一次也没有减少过，全都在涨。

登在账簿上的名字一侧按有指纹。那应该是印泥的红色。总不至于要按血指印吧。一想到这儿，广海只觉得两腿发软。厨房冰冷的地板令他脚底发凉。

这就是营私舞弊的罪证。

他翻看着室平的账簿，寻找自己家的地址。广海并不知道涌谷家写下谁的名字作为户主，也许是比祖父辈份更高的人吧。

红笔写下的金额有一百万日元。

冰箱打开一段时间后蜂鸣器发出哔的响声。广海下意识地挺直了背，这才缓过神来，察觉到冰箱散发的冷气。

若是没有看到那个金额，也许他会打消主意。但是，一百万日元让广海笑不出来了。他急忙查看前任村长左东家、建筑公司御仓家以及须和家的名字。在室平的账簿上，村内轮流担任村长的这四家名字相连。若是没有拿到钱的那家会怎样呢，可以认为是从“掌权者”沦为“平民”了吧。他们拿到的金额明显高于其他住户，一律是一百万日元。

怀疑得到确证的同时，笔记本立刻从广海手上掉落在地。

广海把塑料袋拿到自己的房间，换上了自己还没用过的本子后放回冰箱，他回到房间，无意识地屏住呼吸。

竟然藏在冰箱里。

他碰触到还散发着寒气的笔记本，双脚微微颤抖。原来没放在保险柜，而是放在冰箱里了啊。这还真是新鲜。是外人擅闯时通常不会预想到的藏东西的好地方呀。很明显，家里的人把它当作罪证看待了。

去年夏天，美津子和祖母曾经都吵着想把旧冰箱换掉。那是在父亲当上村长之后的事。她们还把商品目录拽给广海看，问他喜欢哪款。广海回答说哪个都行。

在这个拥有古老传统的家里，掌管厨房和冰箱的都是女人。母亲也好，祖母也罢，她们不仅知道这些账簿的存在，连它存在的意义应该也十分清楚才对。

到手的东西令他畏缩。

每户人家的署名与指印的用意显而易见。这是表示村中每家每户无一例外、休戚与共的账簿。大家相互牵制，罪证一旦公开便会全军覆没。

——卖掉村子。

初识由贵美不久，她喃喃念过的这句话回荡在广海耳边。

——我是为了报复这个村子才回来的。

第六章　日马

1

日马家的败家子没有回家。

还没过二十四个小时，这个消息便传到了广海家。

从雾踏音乐节回家之后，在餐桌上见到飞雄的头一面仍能很自然的聊天，连广海自己也感到吃惊。

“怎么样？”

这应该是问他关于音乐节的想法吧。脑子里虽未能马上想起来，但嘴边却率先溜出一句“还不错”。

“雨在压轴节目前停了，MONKEY BUSINESS 的 Chad……”

聊天内容和口中味同嚼蜡的食物同样机械地继续着。“是嘛。”父亲点着头说道。广海看着父亲。他耳边的头发渐白，面颊虽然消瘦，但肌肉松弛，与他的年龄相称。

他曾认为那是一张温柔和蔼的脸，看起来比他的年纪年轻许多。但是，现在他第一次觉得，父亲已经到了这个岁数吗？这个人原本是这副模样的吗？

用餐后，当广海准备回房间时，父亲才一本正经地问道：

“听说你跟人吵架，还挨了揍？”

广海知道父亲谨慎等待着发问的时机。铺着陈旧地板的走廊正中，广海慢慢回过头来。

“什么？”

他的反问慢了一拍，而后才自然地笑着说才没有呢。

“谁说我挨揍了？”

“石川医生似乎很担心你。”

那个庸医！

一想起石川的圆眼睛，广海便心存怨恨。那家伙又不是村里的人，怎么会担心我呢。他差点儿咂舌。这会儿恐怕连光广都已经知道了吧。

闲话传得也太快了。

父亲可不会凑巧在村子里碰见石川才扯了这些闲篇儿，的确是石川和父亲联络了才对。

“正参加音乐节的时候，道路泥泞难行，从悬崖上滑落了。石川医生应该也是这么说的。”

“是吗？那就好。我还在想广海很少和人吵架啊。”

广海没有自信和父亲长时间对质。他刚转过身，就听见父亲把声音压得更低，并把广海逼到身在起居室的母亲完全看不到的地方。

“最近你和达哉君见过面吗？”

父亲这么一问，广海似乎闻到生苔的潮湿味道掠过鼻尖，双脚麻痹，看向父亲的眼神渐渐变得迟缓。

“没有。”他立马否认，而后又慌忙改口说道，“……前阵子在光广哥的诊所里碰到过他，之后也没怎么经常联系。”

“是吗？”

“怎么了？”

“英惠小姐往村公所打过好几次电话。达哉似乎没有回家。”

肩膀的热度逐渐升高，与此相反体内却慢慢降温。内脏冰凉，喉咙深处仿佛冒出了冷气。

“不过对达哉来说这倒不是什么新鲜事儿嘛，对吧？”

广海在这点上也要诅咒村子狭窄。大家平时并不关心达哉啊，为什么偏偏在这种时候特别在意呢？

可是，飞雄的话打消了广海的焦躁不安。

“水根湖畔停着达哉君的机车。”

广海咽了下唾液，一言不发地盯着父亲。飞雄还以为那是惊诧与担心的眼神，立刻摇摇头说道：

“当然了，就算机车停在那儿也绝不代表他出了什么事，只是发现机车的人来找我商量而已。那边的路狭窄得勉勉强强才能过车，要是机车放在那儿不管的话，错车的时候会很危险。”

“关于达哉的事儿，英惠小姐有没有说什么？”

他很怕缄默不语。飞雄点点头，镜片后的眼神里透出担忧的伤感来。

“根据英惠小姐所说，昨晚达哉突然说要出去一趟，之后便再也没回来过。”

原来达哉没告诉她去哪儿了呀，发现了由贵美和广海的车子也没告诉英惠。广海不知道自己是否可以安下心了，默不作声地咬着嘴唇内侧。父亲接着说道：

“英惠小姐托我问问你，知不知道达哉去了哪儿。”

“不知道。会不会去了村外的朋友家呢？可是，把机车丢在那种地方的确也很让人担心啊。”

广海只觉得自己要被飞雄的视线刺穿一般。短暂的沉默过后，父亲遗憾似的叹口气。

“是嘛。也许不得不考虑事故以及案件的可能性。希望他能平安无事地回来。”

“一定会没事的。如果是达哉的话……”

“我再问一句可以吗？”

“嗯。”

“和你一起去雾蕗音乐节的人，真的是你的朋友吗？”

广海抬起头，和父亲对视的瞬间，后脑勺一阵发麻。抽搐的脸颊无法顺利地做出表情。飞雄发问之后一直目不转睛地盯着广海，静静等候儿子的答案。

“是朋友啊。”

他的声音难掩嘶哑。

“是嘛。”

飞雄点点头，终于不再盯着广海看了。

“哎呀，虽然你说是朋友，可我在想会不会是女孩子呢。”

父亲的嘴角总算不再紧绷。“怎么可能！”广海说完才觉得总算摆脱体内那种湿漉漉的讨厌感觉了。

广海给由贵美家的座机打了电话。他没有打手机，想要确认由贵美是不是还在家里。

“您好。”

听到她的声音，广海立刻放下心来，明明什么问题都没有解决，握住手机的手指却发软了。

“达哉的事儿开始闹起来了。”

他注意着不让口形发生太大变化地小声说道。由贵美没有表现出不安的样子。

“好快啊……”

她孱弱地说道。

水根湖底水草交织，一旦坠湖便再也无法浮出水面。与由贵美一样，广海自小也是被这样教育大的。但是，这也许只是大人夸大其词的说法。就算尸体不会漂上来，若是有人怀有疑念、潜下水的话，立马会真相大白的。湖畔停着达哉的机车。只要一想起来有人会去湖边窥探，他就觉得浑身发抖。

“由贵美。”

他不知道该不该告诉由贵美。但是，广海十分害怕。他怕由贵美当作什么都没有发生，返回东京，剩下他独自在村子里保守这个秘密。他一想到这种情况作为一种过于切实的可能性，便会感觉咽喉被紧紧扼住。

“我找到账簿了。”

“真的？”

电话的另一端开始动摇。但广海不能打太久电话。或许飞雄也开始有所察觉了。

“明天我去你家。”

说罢，他挂了电话。

2

挨了几脚的身体渐渐恢复。肿胀的手腕开始发麻，令人生厌的是思绪却随之变得清晰。他希望头脑能像受到某种惩罚般，可以一直昏沉得犹如笼罩着白雾，什么都不用思考。被达哉揍肿的部位恢复后，广海不得不面对现实了。

他不得不承认。

他们亲手杀了达哉。

广海装作上学的样子走出家门。他打算等到市村、门音及村里其他小孩都去了学校之后，再去位于织场一带的由贵美家。

应该没有任何人看到自己，但他暂且先向车站走去。刚走到村公所官厅一侧的主干道，就听见有人喊道：

“这不是太奇怪了吗！”

踩着车镫子的脚停住了。广海把自行车停在一旁，装作若无其事的样子小心翼翼地回头看去。英惠站在车站派出所前，身穿制服的巡警一脸困惑地看着她。

“要求立刻搜寻不是再正常不过了吗！他已经两天没有回来了，连机车都丢在那种地方，也许掉进湖里了呢！”

英惠披头散发地大喊大叫着，侧脸扭曲成一副豁出去的样子，与一直像机器人或人偶般时的她判若两人。

“你好好调查调查。”她竟歇斯底里地大声喊起来，“快去给我找找达哉少爷！”

泪滴从充血的眼睛中淌下来，捶着巡警胸口的手直冒青筋。广海没能说出半个字，连靠近她的想法都没有。

达哉称那位女佣为“那个女的”的声音浮现在广海耳畔。

他究竟表露过几分自己的实际想法呢？被当作累赘赶到睦代的达哉与追随达哉而来的英惠，两人从多久之前、以什么方式被紧紧联系在一起了呢？他看出英惠脸色渐渐发青。达哉与英惠之间，即便扭曲也的确存在着某种关系。只不过自己瞧不起他们，才不曾注意到这份羁绊吧。

英惠瘫坐在地，巡警扶着她。这个村子对达哉的看法糟得要命。看来原本从别处搬来的败家子就算失踪了也不是什么大不了的事。

“他已经是高中生了呀”“也许很快就回来了”，英惠似乎没有把这些劝告听进去。也许她昨晚无法入眠，眼下的瘀青更加明显了。

呼吸困难。

英惠无力地摇着头。广海觉得她似乎向自己看了过来，慌忙低下头，骑上自行车，逃命似的离开了。

穿过建筑后面的竹林，翻越围墙，好似避人耳目般小心翼翼，可广海总觉得似乎被谁发现了。他十分清楚，睦代可是个善于佯装不知且心照不宣的村子。

由贵美就站在围墙前面等待广海的到来。与湖边分别那天相比，曾经看上去那样苍白、剧烈扭曲的脸，如今毫无表情的样子显得不可思议的沉着，一如初次迎接广海来这里的时候。

“广海。”

刚一握住伸过来的手，她的手指仿佛回忆起什么似的轻轻颤抖起来。由贵美捧着广海的脸，喃喃念着“太好了”。她的眼中浮现出泪光。

“我还以为你不会来了。”

“你没想过要逃回东京吗？”

“我才不会丢下广海逃回去呢。”

从她的指尖感受到的颤抖，此时依旧在广海的心中甜蜜地荡漾。

再没有比因恐惧而相互依靠更为愚蠢且不健康的关系了。可是只要想起她因孤身一人而惴惴不安、静候自己的到来，这两日过得犹如行尸走肉般的广海便从心底里松了口气。

穿过后门，走进起居室。自从参加音乐节回来后，由贵美几乎没有吃过什么东西。“给。”说着，广海递给她房间常备的能量补充食品，她立马不合时宜地笑了。那种一脸憔悴、嘴角起皱的笑法，看上去即便立刻哭出来也不会让人觉得奇怪。

“谢谢你。”

其实，还有母亲交给广海的便当。现如今，广海已经知道由贵美的妈妈和自家的关系，他还没有迟钝到把便当拿给由贵美的地步，甚至连令人联想到轻松日常生活的便当包袱皮，眼下看到它都会觉得郁闷。

“你不会永远待在这里的，对吧？”

“嗯。”

这个连煤气水电是否畅通都不清楚的家，是无法长久居住下去的。他不愿由贵美回到东京。但是，她一直留在这里只会引人侧目。

广海并不相信由贵美邀他同往东京的美梦。目前，达哉被认作行踪不明，如此一来更加无法相信这番话了。如果他们两个人都离开村子的话，一定会遭到怀疑的——而且，双亲、祖父母、古旧的家以及村子里遍地同乡的生活，广海无法舍弃任何一方。即便他知晓了贪污舞弊一事，得出的结论也是如此。

得到双亲的援助，几年之后离开村子上大学。这是广海尽可能想象到的“村外世界”，也是现实。如今达哉沉于水底，他一直相信唾手可得的这份未来目前也变得模棱两可，不确定是否能够实现了。

“我们无处藏身。”

抱着失和的决心，广海开口说道。由贵美再度“嗯”了一声，点了点头。

“尸体什么时候漂上来也没什么可奇怪的。日马开发对咱们村子有恩。要是他们要求调查的话，什么都完蛋了。由贵美还是离开这里比较好。”

邪念不断侵入脑子。这也许是自己擅作主张吧。即便他不愿意由贵美瞒着自己离开村子，可如果是广海让她离开才离开的话，就无所谓了。

由贵美没有作声。

纵使她离开村子，村子以及广海的生活也不会恢复平静了。但是，广海疲于思索。他抬起头说道：

“像电话里说的那样，我找到由贵美说的名单了。今儿我没带过来，不过真的有那份名单。”

“我说得没错吧。”

“老实说，超出我的想象了。”

全体村民记账的文字和金额还鲜明地印在脑海中——发现账簿后，广海一边怀有内疚之心，一边暗中调查分配给由贵美家的金额。他不用考虑户主名字写的是谁。正如由贵美所说，那是片鲜少关心政治、靠纺织工业才得以存活的古老土地。她所居住的地区每户发放的金额为同一标准，在广海看来还是最低标准。由贵美母亲曾对她提及的“可以买辆车”的金额不适于其他地区，但在织场一带却是符合标准的——不过，考虑到曾经诓骗了女儿的由贵美母亲的想法，又觉得那不太可能。

为了一笔钱，大人们就可以像参加祭典一般蜂拥而出，把歪进织场路旁排水沟里的选举车拖出来。只要一想到这里，广海就觉得后背倏地发凉。

一到白天，就能看到由贵美家中四处飘浮的灰尘。广海低下头说道：

“我有个请求。”

“什么请求？”

“之后，要是疏浚水根湖的话，达哉的尸体多半会被发现。可现在无论谁盘问，我也不会把由贵美说出去的。所以，我希望由贵美也不要揭发贪污公款的事儿，不要卖掉村子。”

由贵美的眼神看似平静，黑眼珠却在颤动。

“你最好就此返回东京。”

“广海怎么办？”

由贵美的口气听上去好似挑衅。在她的大声质问下，广海强忍着几乎畏怯的心情继续说道：

“你应该知道吧。我只能在这儿继续生活下去。也许由贵美觉得这是一个随我任性、毫无价值的环境，可我的家就在这里，还能怎样呢。”

“我不会原谅你这么做的……”

由贵美的反应竟然十分激烈，脸色和前一秒钟大相径庭。湖畔那晚的事之后，她日暮途穷般跌坐在地，而此时她的表情看上去要比那晚动摇得更加强烈。由贵美喘着粗气对畏缩的广海说道：

“不行，绝对不行！我才不要广海独自留在这里。求你了，别这么说好吗，我不想一个人离开。”

“你不惜这么做也要向我老爸复仇吗？”

“才不是呢！”

由贵美握住了广海的手。手被甩开，她又再次紧紧抓住，不愿放开。最后，由贵美把他的手贴到胸口。令人眷恋的甜蜜气息自雪白的喉间发散开来。

头上掠过一阵炽热的气息。由贵美的声音开始崩溃。

“我，来到这里——”

由贵美颤抖着说话的样子映入眼帘。也许是被她紧紧握住的缘故，广海连她的唇在颤抖也能察觉得到。他看到模糊的记忆深处，那个时候摇曳着的影子。

打开古旧的纸门时，会发出很大一声“咔嗒”的响动。

不知道玄关什么时候被打开了，也许是从后门进来的吧。从什么时候开始，他们被人看到了呢。

现身的光广一言不发。他表情严肃，不声不响地走进房间。广海与之视线相对，差点儿喊出他的名字来。不知道是广海自己放开了由贵美，还是被光广强行扯开的——广海还没有回过神来，光广已经悄无声息地扇了由贵美一耳光。

由贵美亦不声不响地承受着。她好似被揍飞般踉跄着放开了广海的手，背部撞到古旧的墙壁上倒下了。

“哥！”

光广站在由贵美面前，居高临下地看着她。他抓住由贵美的脸抬起来，好似遭到愚弄或是泄愤般勃然大怒，表情扭曲得可怕。

光广咬着后槽牙瞪着由贵美。

“你……”

他那只打过女人的手仍气得发抖。

光广身穿白大褂，也许是从村中巡回出诊途中过来的。看到人格高尚的光广也有冲动的一面，广海只觉倍受打击。

“哥，对不起，我……”

“广海，你不用道歉。”

由贵美披头散发地瞪着光广。

“你哥是个知道你爸和我妈妈的关系之后，就吓得和我分手的胆小鬼。作为村子的一分子，如今还装成一副厌恶村子本质的德行跑来调查我。我说得没错吧？”由贵美开口问道，“你不就是想知道我调查什么吗——我妈妈的葬礼那会儿也是这样。你怕我了吗？”

光广向由贵美逼近一步。他企图再度动粗，被广海制止了。光广盯着紧紧抓着自己不肯放手的表弟，眼神中既看不出愤怒也看不到悲伤——广海清清楚楚看到堂兄脸上浮现出好似同情或失望的表情。

“没想到竟会走到这一步。”

光广这句话并不是对广海说的。

他继续说道：“你干的还是人事儿吗？”

由贵美跌坐在榻榻米上，抬头看着光广。她一直眯着双目，抬起好似花茎般纤细的脖颈。她——竟然笑了。

光广犹如突然乏力般跪坐在榻榻米上。广海都不知道自己什么时候放开了光广，只觉得走投无路了。

广海心中一片混乱。光广对待由贵美的态度，似乎已经超越了嫉妒的界限。而且，首先应该责备的是广海，应该生广海的气，而不是由贵美呀。无视堂兄的忠告，接近由贵美的正是自己啊。

由贵美噘着嘴，斩钉截铁地说道：

“让你们的关系土崩瓦解，这就是我为妈妈复仇的方法。”

光广好似一时间停住了呼吸般看着由贵美。最后，他慢慢摇摇头，眼神中浮现出死了心般的哀伤。

“不对吧？”

由贵美默默地看着光广。

“你不是为了你妈妈，而是为了你自己才对——你卖掉村子要做什么，我多少也能察觉出来。虽然不知道你对广海说了些什么，不过，你已经火烧眉毛了。你是听了日马家的儿子给你出的什么主意之后，这一切才开始的吧？”

由贵美没能作答。不知道什么时候，她脸上的笑容消失不见了，面带冰霜装腔作势地扭过脸去。

这下轮到广海大吃一惊了。

日马家的儿子。广海已经知道这不是指的达哉。达哉曾提起“我哥”。由贵美那辆借来的车。

光广继续说道：

“工作停滞不前，和男人分手之后，走投无路的你为了自己才这么做的。你甚至还编造了一番童年时代和双亲的美谈，把你母亲和村子一起出卖了——社会派或是文化人什么的，无论以什么样的名义，只要以揭露贪污之举为自己的形象加分即可。说不定能为自己开辟一条主播的路，出书也不在话下吧。他是以你会长久出现在大众视野中来怂恿你的吧？于是，你二话不说就同意了。”

“太可笑了。你可别胡乱揣测。”

由贵美向光广投去了藐视的眼神。但是，光广摇了摇头。

“这可不是我胡思乱想。”

他的双拳在白大褂两侧紧紧握住了。

“达哉曾找我商量过。他早就知道他哥想让你做的那些事。”

达哉。

广海抑制住几欲脱口的喊声。

“广海，”光广看着广海，面露难色地说道，“可以问你一件事吗？从前天晚上开始，达哉就没有回过家了。他把机车停在水根湖畔，人却消失不见了——你挨了几拳才回来。这和你有关系吗？”

光广发问的瞬间，广海只觉得喉咙一下子发紧了。

“那个……”

不是的，和我无关。否定词涌到嘴边。可实际上，广海却说不出口。他明知无路可逃，故而一直等待有人采取行动。尤其是光广，广海等他来质问自己。

质问自己是不是杀了达哉。

光广什么都没有说，只是静静等待广海的回答。沉默好似拷问一般。如此一来，从意料外的方向传来一声。

“和广海没有关系。”由贵美斩钉截铁地回答道。她面向相对而视的广海、光广二人，毅然决然地摇着头。

“和广海没有关系。他只是目睹了一切。只要搜湖就会真相大白了。日马达哉挨了一下。打过他的铁材应该也在湖里。”

广海吃了一惊，注视着由贵美的脸。她死死盯着光广，转而又看向广海，眼睛睁得大大的，视线强烈得好似要将广海吸进瞳孔深处一般。

“只要查查那些铁材，就能知道广海和这件事没有关系。那上面一定还残存着凶手的指纹才对。”

“是你的指纹吗？”光广问道。

由贵美无法作答。大概她并没打算连底牌都亮出来吧。广海仿若旁观者，一味追逐着二人交互的视线。

此时，从玄关方向传来嘎啦一声门响。

第一个对这声不合时宜的响声做出反应的是光广。

“广海。”

他又一次绷着脸看着广海，露出了与方才相同的表情。接下来，光广说了一句令广海心惊胆战的话。

“我和你爸爸一起来的。”

在看到从纸门后面现身的飞雄后，广海变得哑口无言。

他本想喊一声老爸。但是，飞雄的目光透过广海，看向了由贵美。

“好久不见了，由贵美。”

由贵美一时没能反应过来。

现在明明是秋季，可是犹如寒冬般的紧张气氛一气闯进来，充斥整个废屋。

“你怎么来了？”

“我来接你。”

这似乎并不是他们第一次见面，也不是第一次交谈。飞雄笑对由贵美丢来的疑问。

广海还以为自己听错了。也许光广也是这么认为的。他好似看到难以置信之事般起身注视着舅舅的脸。只有飞雄本人不慌不忙，表情从容地站在那里，仿佛要驱散集于己身的视线。

“既然你已经留在村子里，住在这个家里未免也太不方便了。我打算接你来我家住，才来跟你商量看看你愿不愿意。反正我们家还有广海嘛。”接着，他看向广海，嘴角仍旧挂着浅笑，继续说道，“你们关系很好吧？”

广海有生以来第一次觉得父亲如此恐怖。

昨晚，在走廊里被父亲喊住的时候，广海还觉得父亲如此衰老。现而今，他觉得父亲再一次仿若陌生人般遥远。这个人原本就是这副模样吗？

“由贵美，广海还不错吧？”

飞雄的声音犹如歌声一般，也许那只是广海的幻想、混乱与动摇的产物，如此露骨尖刻。

“他还年轻，拥有很多你失去的东西以及未来的无限可能性，既坦率又温柔。我十分明白你羡慕广海并且想拥有他的心情。不过——我不会把他给你的。”

飞雄的目光已然变得冰冷、毫无温情，且全无笑意。

“我不会把广海拱手相让的。”

由贵美的眼神中燃起熊熊怒火，甚至连远处的广海也听到了她咬紧后槽牙的声音。

3

由贵美要来我家——

广海匪夷所思地凝视着由贵美坐进面前的车子中。原以为她肯定会反抗的，可她却在催促之下一声不吭地走出了家门。

“由贵美。”

广海忍不住喊了她一声。由贵美回过头。

你别去——他差点儿说出这句话。广海不敢去想今后由贵美会遭遇到什么。这个村子可是被按了血指印的账簿相互束缚之地。由贵美却说道：

“再这么留在村子里的话，他们迟早会把我抓起来的。”

“但是，如果你回东京的话——”

“我不回去。”

她固执的断言令广海无话可接。光广站在广海前，一声不吭地打开后排车门。

这是辆公车，车身印有睦代村公所的名字。虽然它不是村长平时乘坐的黑色高档车，但当广海看到颇有年头的旧贴纸时，还是渐渐感觉难以忍受。

这是父亲的公务还是全体村民的意思呢？

站在打开的车门前，由贵美纹丝未动，却一直看着飞雄。

“你随随便便就把我带走了。不过无所谓啦。”

“什么无所谓？”

“日马京介会来的。”

飞雄没有表现出动摇的样子。他挂着温和的笑容，用极其自然的动作推了推眼镜。

“我们约好了在这儿见。他说过来看看我。”

“不能改个地方吗？”

“恐怕不能吧。”

“是吗？”

飞雄依旧面带笑容，催促着由贵美快点上车。她也再没多说什么，上了车子。最后，她看了广海一眼。那既不是求助的眼神，也没有带着恨意——目光深处显露出温柔。

广海刚向车子走去，飞雄立刻喊住了他。

“广海，你快给我上学去。等你放学回家再和由贵美聊天也不迟。”

“我也要一起送她。”

连广海自己也不知道为什么自己会这么说。原本还有其他说服父亲的方式才对，可是，一旦面对温柔的父亲，广海就变得张口结舌起来。

若是由贵美因达哉的事情遭到抨击，那么自己也跑不掉。何况，听到父亲提起“家”这个字眼，广海想起了美津子的脸。不清楚她到底知道些什么，对于美津子而言，由贵美可是自己丈夫外遇对象的女儿。父亲打算和母亲怎么解释呢。广海觉得如果母亲打算佯装到底的话，她会再度陷入不幸之中。

广海决定就算被父亲遭到叱责并拒绝，这次也要把自己的真正想法说出来。不料，飞雄却给了紧张的广海一个出乎意料的回答。

“哎，随便啦。我知道了。不过，把她送到咱们家之后，你可要乖乖上学去哟。”

广海感到一阵发冷。不惜打破粉饰和平的壁垒也要剖白的勇气，听上去好似脆弱的颓丧之音。

“怎么了？快点上车呀。”

广海在无形的力量操纵下乘上了车子。

车内谁也没有开口。广海一直打算和父亲聊聊，一旦从副驾驶座上看到飞雄的侧脸，他便说不出话来。

涌谷家前面早已停了好几辆车。广海几乎想要回头看向坐在后面的由贵美了。狭窄的道路上并排停放的其中一辆车是轮流任村长一职的御仓家的拖拉机，不用想也知道其他的车是谁家的了。

这可是工作日的白天。

下了车后，他刚走到被山对面投射过来的干燥阳光下便起了一层薄薄的鸡皮疙瘩。这个时间，村里的当权者竟然放开手头的工作聚集在这里。四敞大开的玄关处并排摆放着同样擦得锃光瓦亮的皮鞋。从家里传来来客们与祖父聊天的声音。空气中有发胶与烟草味道混合的村里大人的味道。

聊天的声音听上去很平和，这令广海觉得难以置信。

这并不是谈论深刻问题的气氛，就好似以葬礼为名举办法事的聚会一般。茶点的甜腻味道飘散着，还有某个人用电热水壶沏茶的声音——和由贵美母亲葬礼时的气氛十分相似。

美津子正跪坐在玄关棕垫前等候。

“你来了。”

她打着招呼。雪白的脸上浮现出犹如用线条勾勒出的浅笑。她泰然自若地注视着由贵美，说着“由贵美，欢迎来做客”的时候，广海几乎要怀疑自己是不是听错了。

“我已经为你准备好房间了，请你进屋吧。你饿不饿呀？”

母亲微笑的双眼眯得更细了。广海觉得她那轻柔得好似猫咪般的声音听上去就像旁人发出的一样。

由贵美没有作答。

“老公，由贵美的行李呢？”

“哎呀，瞧我这糊涂的。待会儿我去拿吧。”

“你呀，好好打起精神来嘛。换洗衣物可是必需品呀。”

美津子转而看向由贵美，说着“对吧”。

“我们家只有男孩子，你也不愿意穿阿姨我的衣服吧？”

“广海。”飞雄向广海宣告道，“不用担心啦。你也该去学校了。”

“可是……”

“我送他。”

回头一看，光广站在车子前。父亲的身影已经从方才聚会的起居室消失了。自知已经无处可逃的广海看了由贵美一眼，她已经默默地脱去了鞋子。摆好那双音乐节之夜穿过的满是泥泞的白色运动鞋后，由贵美看着广海轻轻摇摇头。

“你走吧。”她低语道，丢下广海进了屋。

此时，美津子正看着儿子的脸。不过她马上就扭过脸，重新露出笑容挨着由贵美站在她身旁。广海低着头，不想看到母亲的那副样子。

正值此时，他又听到美津子突然对由贵美继续说道：

“真抱歉啊，我们家的这些人啊……”

这句仿佛唆使般的暗中私语之后，发生了令人大跌眼镜的一幕。

广海抬起头就看到美津子的身体靠在走廊的墙壁上，她跌坐在地、双眼圆睁，抬头看着由贵美。由贵美站在她身旁，在空中静止的苍白的手还保持着掴了美津子耳光的姿势。她的眼神清澈得令人看不出任何情感，面无表情地一味盯着眼前倒地的美津子。由贵美理应初次踏足广海家的走廊。她整理了一下衣服后，转过脸来。

由贵美看向美津子，第一次对她开口说道：“请为我带路。”

4

窗外青山连绵。离开整个室平村落、横穿村公所前面时，广海终于开口对光广说道：

“这是村里的公车吧。哥，你开这车也行吗？”

“村长首肯的话，当然可以呀。”

“真是乱来啊。”

广海苦笑道。之后，自然而然绷起了脸，毅然决然问道：“你不问我点儿什么吗？”

“问呀。你和达哉发生了什么事？他怎么了？”

比起父母小心翼翼的说话，这种毫不客气的言辞更显诚实。

“他挨了由贵美的打，之后掉到水根湖里了吧。还是你们俩一起动的手？”

“不是的！”

只要回忆起那晚发生在一瞬间的事，广海就会心脏怦怦跳得厉害，背上瞬间布满冷汗。

光广这才看了一眼坐在副驾驶座上的广海。

“达哉在哪儿？”

“关于由贵美……小姐的事情，达哉找你商量过吗？”

“是啊。”

“商量过什么内容？”

“就是刚才我说过的那些啊。由贵美受到日马家的小哥怂恿。达哉从他哥哥那儿听说之后，本打算阻止他来着。”

“我不明白。日马开发是咱们村的恩人吧？为什么达哉的哥哥要让由贵美做些不利于村子的事儿呢？”

与被当作不肖子孙的达哉不同，年长许多的长兄应该迟早会参与日马开发的经营。这令人难以释怀。不过，光广摇了摇头说道：

“对村子开发感兴趣的截止到他父亲那代而已。日马开发现如今正为改朝换代的问题闹得不可开交。”

光广的表情变得痛苦起来。

“日马京介打算把他父亲解雇，这才盯上了睦代村。他们公司原本就觉得保住这么个小破村子也没什么大用处，正值此时得知了选举中存在贪污舞弊的事。日马京介打算连同告发咱们村一起，把来睦代进行开发项目的他老爸从公司彻底赶出去。”

光广没有理会保持沉默的广海，继续淡然述说着。

“对于睦代村而言，这可是生死存亡的问题，没想到他竟然连选举以及村里的内部问题都要干涉，你爸爸也好，我们这些人也好，都觉得日马要跟我们撇清关系了。全靠现在的日马社长，我们才能支撑到现在。”

“达哉知道这些事吗？我看不出来他和他家里人还有东京的日马家有什么联系。”

“日马京介是第一个找上达哉帮忙揭发舞弊行径的——达哉执意要见由贵美，我觉得很可疑才盘问他来着。”

广海只觉背部蹿过一阵冰冷的电流。

原来达哉什么都知道了。广海的父亲等人做过的事也好，令人生畏的村内架构也罢，可达哉从未问过广海，也没有对他提过只字片语。

“如此一来，他反问我‘光广哥是成年人了，对于村里的事情知道多少？我被人教唆了’。被他的父亲赶到这个村子之后，达哉的哥哥似乎也经常和他联系，还提出等到达哉父亲下了台，就让达哉回到东京的条件。”

听到光广模仿着达哉懒洋洋的口吻，广海的胸口犹如撕裂般疼痛。他抬不起头来。

“我问他广海知不知道这件事的时候，达哉告诉我说应该不知道。而后，达哉虽满口应承下来，却没有按照他哥哥的吩咐行事。后来，由贵美和日马京介认识了。多半是日马主动找上了出生在睦代的小明星吧。”

光广深深叹了口气。

“由贵美对日马京介灌输了她还住在村子时，从她母亲以及周围人口中得知的贪污舞弊之事。那位仁兄又对由贵美透露了日马开发的资金流向。工作停滞不前的由贵美企图借着出卖村子东山再起。他们俩利害一致。而且，达哉一直没有采取行动，京介这次又命达哉给由贵美帮忙，被达哉断然拒绝了。”

——你不喜欢那个女的吧。

达哉开玩笑似的说着想见由贵美。广海吃惊地瞪着笑嘻嘻的达哉。然而，到底谁才是真正无知之人呢。

社会派或是文化人什么的，无论以什么样的名义，只要能让你长久出现在大众视野中，就把村子卖了吧——由贵美曾经矢口否认，但广海觉得光广的话听上去更为真实。在这种真实感前，为母亲复仇的鬼话黯然失色，显得荒诞无稽。

“而且，我也听达哉说过，由贵美的工作不顺利，为了工作还做过一些事。听了达哉的话之后，我立刻去调查了一番。由贵美她……”光广欲言又止，短暂的沉默之后，终于坦白道，“她生病了。怀了男朋友的孩子，后来强行堕胎，导致了感染，不得已住了院。后来又发现她以后再也不能怀孕了。这些都发生在她母亲亡故之前。”

广海倒吸一口凉气，屏住了呼吸。

光广直视着广海的眼睛说道：

“由贵美作为女艺人，现下即便人气衰退，也有她自己不得不保住工作的理由。她果然是火烧眉毛了啊。”

车速减慢，车站渐入眼帘。光广没有把车开到交叉路口，而是开到只有几个停车位的小停车场。

“以后她会怎样呢？”

从湖里找到达哉的尸体只是时间的问题。这样一来，村里的大人们打算怎样对待由贵美呢？原则上会由广海家代为看管吧。

“不知道。”光广回答道。他满面痛苦，再度注视着广海。

“我再问你一遍。达哉死了吗？”

光广没有问“达哉被杀死了吗”。这仿佛委婉的责难，令广海深感痛苦、难以喘息。在停下的车内，他的手掌剧烈哆嗦着，犹如在摆手一般。

广海声音嘶哑地喊了声“哥”。他很怕听到答案。

“达哉为什么不给他哥帮忙呢，明明可以回东京了啊？”

达哉明明可以像由贵美那样利用广海啊。

光广简短地回答道：

“日马开发从村子撤资的话，睦代祭自然就会停办——你不是一直当着达哉的面，说你喜欢音乐节的吗？”

被达哉踢过的地方很痛。

不久，莫名涌现的痛楚蹿至全身。鼻腔与太阳穴麻木疼痛，广海死死咬住嘴唇，低着头、攥着拳，拼命忍耐着几欲喊出声的冲动。

这就是那晚达哉如此激动地踢打广海的理由啊。自己一定会堕入地狱的。

“达哉掉进水根湖里了。”

他明明忍住了，声音还是颤抖着，视野尽头覆盖着一层白色雾霭。光广沉默不语，提心吊胆地凝视着广海。但是，广海没有继续说下去。

他对自己灌输道，他没有杀害达哉。

没有杀他。没有杀害达哉。广海没有杀害达哉，没想杀害他啊。

达哉打算守护睦代村。广海却袒护企图卖掉村子的由贵美。何况，对于达哉而言，睦代村等同于广海本身。广海明知道达哉没有其他朋友，还因此常常陶醉在优越感中。

“快点去找他。”

广海屏息低语，涌上一股强烈的呕吐感。他像是擦拭嘴角般掩口。

光广向他伸出手去。

“希望你再告诉我一件事。你和由贵美……”

光广没有说完便打开了车门。广海闻到外面的空气时，忍不住俯身吐了。他已经不知道该相信谁好了。唯一应当相信的就是自己失去了达哉，再也无法挽回了。

脑子里一片混乱，浮现出灰色粒子构成的影像。为什么由贵美没有提起他打过达哉呢，她不是交代过沾有她指纹的铁材沉入湖底的事儿吗？这是为了不让广海蒙冤吧。她曾经无数次说过不会弃自己于不顾，但那应该是由贵美为了利用广海才想要留在村子而已吧。

光广伸出手拍打着广海的背部。

温暖的重量成为今日的痛楚，令广海想要甩开光广的手。他犹如哭号般呕吐着。

“哥，我要回家。”

泪水上涌，氤氲了双眼。

“拜托你了，”他说道，“我全都坦白。快点搜湖吧。保护由贵美。”

广海深知她应该不会原谅自己了。可是，即便如此仍然和拿由贵美做牺牲品不同。正如他不知道该相信谁才好那样，广海现如今也不知道该保护谁才好了。

光广缓缓吸了口气，隔了一会儿才简短地回答道："知道了。"

5

目送光广驾驶的公车彻底走远，广海才一路走到了织场地区。今晨骑过去的自行车仍然静静地停在由贵美家外面空无一人的竹林中。

向水根湖进发的途中，随着时间的流逝，广海的头脑已经冷静下来。他重新开始思索父亲他们为何没有限制自己行动的疑问。是认为广海不会就此逃走，还是说他们打算以由贵美为人质呢——反正他们认为自己是个除了乖乖回到父母身旁之外无处可去的熊孩子而已。这虽然是事实，却令广海十分难堪。

骑上山路中途，广海觉得呼吸困难。他气喘吁吁地想象着立刻会有警察或消防人员赶来的场景，可惜水根湖畔一片寂静。湖面波澜不惊，沉寂的翡翠色倒映出山色以及依旧停放在狭窄路面上的达哉的机车。

湖畔闪现一个白色的身影，犹如鬼魂般缥缈。广海看清那个人影之后，不禁发出一声惊叹。

原来是英惠。

她仍然身穿今晨那件衬衣，歪歪扭扭、皱皱巴巴。她是走过来的吗，从日马家到这儿可不算近呢。也许她走在山路上，到处搜寻着达哉吧。

英惠似乎没有注意到广海，呆滞的目光注视着湖面，双唇轻轻颤抖。广海看清了她的举动后，心底痛楚万分。

达哉——她呼喊着。

广海觉得已经无处可逃。

即便村内有人封锁了达哉的事，将事态控制在最小范围内，英惠一定也不会原谅广海。心生畏惧的同时，广海也感到一丝安心。只有英惠，她一定会和广海一起永远记得达哉的音容笑貌，不会给他定罪。

目前，广海还没有勇气面对她，把事实真相告诉她。以后，无论怎样挨她的骂也不要紧。广海刚走下湖畔，英惠就听到脚步声回过头来。

“广海。”

“我听说达哉没回家。”

“你知道他去哪儿了吗？”

她的眼神十分疲惫。看来那晚达哉并没有告诉她自己去哪儿了。

“村里人人都说达哉借宿在外并不稀罕。但是，他从未擅自外宿。”

“嗯。”

除了点头之外，广海没能做出其他反应。

他已经告诉光广了，很快就有村民过来搜湖了吧。广海他们的罪行应该也会在那时大白于天下。

英惠注视着广海，而后又开始在湖畔四处跌跌撞撞地搜寻起来。广海蹲在满是碎石子与大块岩石的地面上，眺望着英惠的身影与湖水。

日渐西斜，残阳渐渐溶入混浊的湖面。此时，广海站起身。

为什么没有人来搜寻达哉呢？

“英惠小姐。”

广海叫住回到自己附近的英惠。她神情恍惚地扭头看了过来。

“我去把我爸叫来，让他搜湖。”

没等英惠作答，广海飞身骑上自行车，疯狂地向山下骑去。位于室平的涌谷家仍然停着许多车。光广驾驶的公车也停在那里。从敞开的玄关处突然传来一声怒吼：“我不同意！”

那是光广的吼声。

“只要日马京介一来，达哉不在家一事就会曝光。英惠应该也已经联系过他们了。只要机车还在湖边，很快就会知道达哉坠湖一事吧。所以，还是咱们主动联系警察和日马家比较好。”

用磨砂玻璃隔开的起居室的灯光投射在看得到灰尘的白色走廊上。广海脱了鞋。暂时没有听到有人回答光广。最后，他听到一阵嘀嘀咕咕的声音，但听不出来说了些什么。

打开连接起居室的拉门，身处其中的大人全都停止了动作，齐刷刷看向广海。

十几名大人拥坐在桧木桌旁——其中既有广海熟识的人，也有看着眼熟的人，还有些人是他这才知道和父亲有往来的。

飞雄稳居正座，惊讶地看着广海。祖父坐在飞雄身旁。正对面是原村长左东。前任村长御仓也位列其中，连须和家、光广的祖父也来了。不过，广海没有看到由贵美的身影。

“广海。”

“你们不打算找达哉了吗？我应该对光广哥说过了，达哉掉到湖里了。”

广海的喉头一阵发热。难道不应该把自己和由贵美一起送到警局去吗？已经做好心理准备了。他咬紧牙关。

“他掉到湖里，死……”

“广海。”

飞雄的声音盖过了广海的话。他站起身，目光诚挚，然而眼神深处阴郁冰冷。他走到广海身旁，说道：

“我已经听光广说过达哉有可能掉到湖里了。大家都在担心呢。”

“不是‘有可能’！因为，是我——”

“我们当然会去搜湖，你不用担心。”

飞雄假装认真地开着玩笑，老老实实地点点头。刹那间，广海汗毛直竖。包括祖父在内的其他大人俯下暧昧的视线，相互交换着意味深长的眼神，却没有人付诸行动。

广海无法理解。这些人并没有积极采取行动，谁也没有把话挑明，始终佯装不知，准备袖手旁观。以前肯定也是如此。

“你们想包庇由贵美吗？”

广海看出了这些人的意图。如果把由贵美交给警察，她一定会交代这个村子的贪污舞弊之事。正因为彼此掌握着对方的弱点，让她待在家里才是交易的条件。达哉之死石沉大海，由贵美也会放弃卖掉村子。她在村民的拉拢下打算保持沉默了。

“日马家明明是咱们村的恩人吧？达哉原本只是对方托付给咱们的人啊。可你们却让打算把村子卖了的由贵美若无其事地返回东京吗？”

广海很怕在这些面不改色的成年人面前表达想法。他的声音微微颤抖着，此时，一声轻微的，从鼻子里发出的喘气般的声音传到广海耳朵里——他这才注意到自己遭到了嘲笑。广海看过去，看到一名和祖父年纪相仿，或是年纪更大些的老者。他似乎就是从广海幼时起便坐在室平入口处，每天目送广海上学的老人。

“那丫头姓织场吧。她可是咱们村儿的人。怎么能不照顾那丫头子嘛。日马只是个外人。”

刺耳的声音如此宣告着。广海闻言失声。

当着毫不犹豫如此断言的老人的面，其他人看着广海。眼神中浮现出不可思议的光芒。仿佛是广海说过什么奇怪的话一般。

外人。

这个词慢了半拍才送抵广海的内心深处。

由贵美正是因为对村子的连带感深恶痛绝才离开的。她憎恨着织场家和睦代村，打算卖掉这个村子。然而，无论她自己如何期望，村子都不会对她见死不救。织场是在选举中拿到钱财数目最低额度的地区，但地处同一村的羁绊竟然如此强烈。

这些人难道并没有感谢过日马开发吗？不是只有日马的家被看成自己人、允许建在室平一带而非桥对面吗？达哉曾打算保护这个村子的呀。

曾几何时，由贵美说过无论是被村子赶走，还是遇害身亡，她都不会放弃报复村子。如果由贵美听到这番话，她会作何感想呢？村子发挥其功能保护了她，没有排挤她。由贵美会怎样理解这样啼笑皆非的事情呢？

睦代无法容忍由贵美脱离这样的连带感。而且，日马家也不存在连带感。选举名册的账本里可没有日马家的名字。

虽然是恩人。

即便是恩人……

这个村子已经堕落了。

“要是达哉的哥哥来村子里，要怎么对他解释呢。就连英惠小姐——”

广海说着。他感到晕眩般的徒劳感与无力感。飞雄闻言缓缓摇摇头。

“我们会主动联系达哉的父亲，详细告诉他无法与达哉取得联系的事情。广海不用操这份心啦。”

日马开发与选举舞弊毫无瓜葛，因此会断绝和村子的关系吧。何必等到他们改朝换代，无论由贵美殴打达哉的事情会不会被发现，现任社长恐怕都不会继续开发这片令儿子丧命的土地了吧。

何况，广海恐怕再也不愿意参加什么睦代祭了。

光广坐在离广海不远的末席处，担心地看着他。广海无法承受这样的视线，扭过脸去不愿面对起居室里的大人们。

“快点回你的房间吧。什么也不用担心——喂，美津子。”

父亲扯开喉咙喊着母亲。一直暗中窥探的母亲从广海身后现身之时，他渐渐无法控制住自己情绪。

“放手！”他甩开父亲的手。

在场的大人们似乎早就预料到广海会胡闹，把他摁倒了。广海倒在榻榻米上无法动弹，渐渐无法喘息。

他听到原村长左东对祖父说道：“涌谷家真是可靠啊。等到再轮到你们家当村长的时候，广海君有四十岁了吧，还是五十岁呢？真是期待呀。虽然不知道老爷子您还能不能活到那会儿。您很后悔没能当上村长，不过却培养了一个不错的接班人呀。”

“这么说的话倒是你这老货应该比我先蹬腿儿吧。你一定会不得好死的呀。”

广海胸中燃起熊熊怒火，他双手握拳，再度挥了过去。一声惨叫过后，广海的嘴被什么人的手堵住了。

都给我住手——他喊道。

如果父亲保护睦代村只是为了将来能让我就任村长一职，那么再没有比这更严重的背叛行为了。难道他根本没打算让我离开村子吗？他们认定了我会回来的，就这样看扁我了吗？

不知何时，飞雄的身影从广海的视野里消失了。

广海被强行拖去房间之时，身后传来有人压低声音说出的话：“用我们家的告示牌敷衍了事吗？”隔着摁住自己的双臂，广海回过头，看到御仓组的社长和飞雄说话的身影，不禁毛骨悚然。

敷衍了事。文过饰非。

隐瞒不报，让村子掩盖事故的色彩更加浓郁了。

广海的房间没有锁。不过，隔着监禁自己的房间，他也能察觉得出被人监视的那种令人生厌的迹象。

听到“我会照顾你”这句话，广海不禁愕然。广海和由贵美一样，等同于被软禁了。

他想起了英惠。她还在湖边吧，相信了自己那句“我去把我爸叫来”的话。

将近六点左右，停在屋外的车子陆续传来发动引擎的声音。“走啦”“嗯”“再见啦”等等派头十足的寒暄相互交错着，车前灯与红色尾灯的颜色投射在窗子上。

屋外恢复平静之后，光广造访了广海的房间。广海正躺在床上盯着天花板，光广进门便问“你还好吧”。广海没有理会他。

“由贵美在下面的客房。刚才我去看过她了。”

广海回想起由贵美盯着光广的冰冷眼神。无言起身之后，广海嘟囔着一句话：“我可不想变得和那些人一个德行。”

“你不觉得只要在这个村子住下去，迟早都会变成那样吗？”

即便他知道这牢骚听起来很幼稚，但却怕得难以启齿。祖父也好、父亲也好，自己曾经熟识的家人如今已不复存在了。

光广又如何呢？他住在村子中，是不是自知会成为那些人中的一分子呢？

光广叹了口气。

“等你上了年纪，变成那副德行的大人了，恐怕到时候你也不会犹豫的。”

“什么意思？”

“现在在你看来他们也许是你瞧不起的那种人。但是，经过几十年的光阴，如果你变得和他们一样，那时你自然会放弃现在的想法，会觉得轻视自己的小毛孩还不成熟，会觉得那很可笑，如今感到的犹豫不决也会轻而易举地消失。这就是所谓的价值观啦。”

“哥，你也是这样吗？”

“我——”

光广短促地吸了口气，欲言又止。过了一会儿，他摇摇头回答道：

“村里需要医生，何况自从我父母上了年纪，我了解他们在这一带相当寂寞。从那时起我就决定回到村子，留在这里。”

“我可不想听你这番大道理。”

最后，光广采取了中立态度。

他害怕受到村中大人们的影响，更怕受到广海的轻视。他脸上无力的笑容已经不属于深受广海喜爱并值得依赖的堂兄了。

“广海要是不愿意，轮到下一次涌谷家的时候，我可以替你当村长。不过，我毕竟还是须和家的人，那个时候又打乱顺序的话，恐怕会发生不小的争执。”

光广以略带自嘲的口吻说道。他表情一变。

“老爸他们没打算把希望寄托在你身上，只是觉得几十年后你也有走上这条路的可能性而已。”

他们不是不知道这条路会让广海备受煎熬。

光广留下没有理会自己的广海，准备离开房间时，再度回头喊道：

“广海。”

他似乎举棋不定，沉默了一阵之后，依然看着广海说道“还是算了”，而后关上了房门。

美津子送来晚饭时，一直绷着脸、抿着嘴，露出一副很不高兴的表情。广海碰也没有碰一下。不到一小时后，美津子过来撤走饭菜时，忍不住俯视着仰在床上的广海问道：“门音不好吗？”

思维剧烈地翻腾。在愤怒的驱使下，广海怒视着美津子，看得她马上低下了头。

“我把饭菜放在厨房了，待会儿要是肚子饿了热热再吃吧。”

明明身处同一个屋檐下，广海在自己的房间中却丝毫也感觉不到由贵美的存在。

第二天，门音来广海家迎他上学。她独自过来，没有和市村一起。

门音家比广海家更靠近车站。见面后，广海依然保持缄默。美津子催促儿子道：

“好啦，快点去吧。又没什么大病还休息两天。今儿可要去学校呀。对了，没空吃早点吧？除了便当之外，我还放了面包在里面，到学校之前把它吃了吧。”

广海看到由贵美穿来的那双满是泥点的白色运动鞋已经不在玄关处摆着了。祖父从起居室露了个面，一脸若无其事地和广海打着招呼，“路上小心呀”——那是似曾相识的容貌。以前，广海和父母吵架后，祖父为了缓和气氛总是如此特地露出满是皱纹的笑脸。

他想要逃离这里，离家出走。广海向走在身旁的门音问道：

“你怎么来了？”

“我怎么来了？当然是受人所托啊。”

“我妈让你来的？”

“嗯。”

广海心生厌烦，扭过头去。吹入校服中的风已卷有秋天的凉意。门音跨上平时不曾坐上的自行车，轻快地踢着地面。

“你知道吗，在你休息的这段日子，织场由贵美好像离开村子了。她的车子也不见了。”

“什么？”

“广海，你会不会觉得寂寞呀？”

门音的嘴唇邪恶地噘了起来，用挑衅般的口吻说道。村里人一向喜欢拐弯抹角，门音也继承了这一特色吧，还是说这本就是女人的特点呢。广海不知道她属于哪一种。

“没什么。”

他说道。同时，一种不祥的预感爬上心头。把由贵美带到广海家时，她的车子应该还停在织场家旁边才对。

广海和门音刚一到车站，就被坐在长椅上的市村看到了。市村端正了姿势。广海明知气氛尴尬，还是主动和市村打了声招呼。

“早。”

过了好一会儿，市村才抬起头来轻声回应道：“早。”

广海不知道在自己回到房间之后，飞雄他们又聊了些什么。

但是，放学回到睦代之后，广海立刻向昏暗的水根湖飞驰而去，在湖边仰天大喊。

达哉的机车不见了。

滑过湖面吹来的风裹着他的脸，耳底传来轻微的响声。他站在不留痕迹的湖前。

达哉的机车和由贵美的车都被挪走了。

他们会怎么拉拢英惠呢，也许对她说阻塞道路有危险吧。飞雄他们始终都会把达哉那件事当作失踪案件处理了。

可是，这明显就是整村结伙犯罪啊。

广海觉得筋疲力尽。由贵美还被软禁在家。一想起她的身影，脑海中浮现出的报警的想法便无奈地动摇了，就连在派出所闹事的英惠也被置之不理。这可是睦代村，是医生会给村长打电话告知他儿子伤情的村子呀。

广海刚一靠着沿路而起的护栏，校服就被沙子蹭脏了。他感到一阵晕眩。

6

抵达睦代的当晚，日马京介便到广海家做了客。

推开古旧的拉门，听到传来“有人吗”的声音时，广海立刻预感到来人就是日马京介。飞雄提起过，他会联系达哉的父亲，但正如由贵美所说，依然还是日马京介来了。看上去他似乎和飞雄见过面。

出来应门的美津子的声音与隔了一会儿才出门迎客的飞雄的声音传入耳中。广海悄悄来到走廊上，小心翼翼地偷窥着楼下的情形。

说话声在铺着木板的走廊中回响着。

“给您添麻烦了。我代表家父前来叨扰。这么晚了真是不好意思呀。”

“哪里哪里，您别见外。我们也很担心啊。”

他们的声音勉勉强强传到广海耳中。不知道由贵美所在的客房能否听到。日马京介说起话来声音低沉，措辞恭敬，与达哉简直是天壤之别。

“达哉的家里……”

“刚刚去过了。正如您对家父所说，英惠已经彻底失去了理智，说什么水坝湖边上停着达哉的机车。”

“以防万一，昨天和今天村里的消防队已经搜过湖了。”

听到父亲轻巧地扯着谎，广海不禁哑口无言。

“因此才挪开了达哉的车。花了两天时间把湖搜了个遍，可是没有找到达哉的身影。我觉得他绝不会掉到湖里的，不过为了慎重起见，事有万一嘛。”

“真是万分抱歉。达哉以前总是任性妄为。我也以为他会突然现身呢。害得涌谷先生您担心了，真是对不起。”

试着打他手机了吗？嗯，已经打过了，可惜没有打通。电源……

广海边听他们你一句我一句的客套话边闭上了眼。他走下台阶，出了玄关。

“你是达哉的哥哥？”

身穿衬衣的日马京介只身一人。

他没有达哉高。声音并不像达哉，但是轮廓和达哉很像。不过，和达哉满脸危险与讨好的容貌不同，日马京介十分精明。而且，他不像弟弟那样肌肤皲裂，雪白的脸上没有半颗粉刺。与达哉相比，说好听的那叫成熟稳重，不好听的就是给人疲惫不堪的印象。

三人一同向广海看过来。即便在突然现身的广海面前，飞雄也没有半分动摇。他对日马京介介绍道：“这是我儿子。他和达哉君年纪相仿，所以成了好朋友。”

“是吗？害你担心了，十分抱歉啊。”日马京介毫不在意地瞥了广海，稍事休息后问道，“织场由贵美小姐有没有回到村子里呢？”

他刚说完这句话，广海就觉得心脏跳得十分厉害。

“织场由贵美吗？”

飞雄反问道，他的口气听上去像是在谈论昔日熟识的邻居家的孩子。

“这个嘛。我听说她偶尔会回来一趟，不过不清楚啊。”

“是嘛。”

“您和她认识？”

“在东京见过。听说她会回来长住，所以刚才去她家拜访了一趟。不过她不在家。”

日马京介抚摸着下巴，微微朝下看。看到他这一动作的瞬间，广海的头皮一阵发麻。日马京介的眼神中同时呈现出两种不同的神色，那是在询问弟弟不在家时也不曾显露出的异样光芒与阴暗。

“一旦有了达哉君的消息，我会立刻联系您的。”飞雄说道。

日马京介低头行礼道：“那就拜托您了。”他似乎要在睦代村逗留到明后天。

“英惠会继续留在村子里，如果有什么消息的话，也请联系她。”

日马京介留下一枚公用的名片后，毫不客气地转身走了。

第七章　水底

1

无论如何广海都想和由贵美见上一面。

但是在令人窒息的渐进式监视之中，想要做到这点并不容易。由贵美所在的客房如今变得犹如被封在无形的结界中那样遥远。只有时光缓慢流逝。

广海明白自己正在虚度光阴，于是下定决心向父亲低头。

"老爸。"

当他去书房见飞雄时，飞雄看到儿子表现得很是吃惊——广海分不清这是不是父亲的演技。他向父亲走去，说道：

"能不能让我见见由贵美？我劝她放弃报复村子，回东京去。"

"怎么突然说这个？"

飞雄那已有少许皱纹的嘴角挂上了一丝苦笑。广海没有理会。

现在，父亲他们应该正逼迫由贵美做出决断。与村子斗争到底，还是和村民们同仇敌忾。

她还没有恢复自由之身，就证明说服迟迟没有进展。

"我想和她单独谈谈，弄清楚她如何打算的。"

飞雄摘下眼镜，夸张地深深叹息。之后，他露出大彻大悟的神情，调侃似的说道："门音不好吗？"

广海差点儿喊出声来，飞雄马上把手按在广海肩头。

"开玩笑的。你妈老这么念叨，广海也很头疼吧。"

"到底让不让我见她？"

“好吧。让你见见她好了。”

飞雄点点头，脸上依旧是一副宠溺并理解广海的父亲听从儿子请求的表情。但是，广海无法直视父亲这样的表情。他仅仅嘟囔了一句：“谢谢。”

客房的拉门上抵着一根枯黄的竹子防止纸门打开。广海看到竹子的颜色后，做了个深呼吸。他一声不吭地拿开那根竹锁，拉开了纸门。太阳早已落山了，但客房中没有点灯。

走廊的灯光照进来，由贵美看到广海的身影后，这才不再绷着脸，放松了警惕。

“广海……”

他默不作声地点点头，关上了拉门。

广海拉了一下垂在房间正中央的灯绳，开了灯才看得出客房内的样子。不知道谁帮忙拿来的，那只红色的行李箱横放在一旁。客房的横木上挂着镜框，其内放入了黑白照片以及奖状等物品。这与由贵美极其不称。她穿着广海曾经见过的那件对襟羊毛衫，脸色比想象中好了许多。

“你还好吗？现在，外面——”

“我爸妈都在。我求他们让我见你，他们同意了。”

他自然而然压低了嗓门。虽然他请求父亲要与由贵美相见，但是并没有保证过让人听到他们的谈话。

放在房间一角、动也没动过的食物器皿映入眼帘。广海问她有没有好好吃东西的时候，由贵美却轻轻地点了点头。

“拿来的食物都好好吃掉了——前阵子很抱歉，对广海的妈妈做了很过分的事。”

“无所谓啦。谁让她自己——说话不经大脑的。”

广海肯定是这么想美津子的。不过，由贵美没再说些什么。

房间中除了行李箱外，没有由贵美其他的随身物品了。一眼看去很是煞风景。

“你带手机了吗？”

“手机和电脑都被拿走了。”

“日马京介来过了。”

广海下定决心把这件事告诉了她。由贵美闻言点点头，“是嘛”。

“虽然没联系上我，还是如约而来了呀。”

“由贵美和他正在交往吗？”

广海开门见山地发问。由贵美稍稍愣了一下，而后眼神锐利地正视广海反问道：“这是光广说的吗？还真是喜欢随意调查我呢。不过，上次我也说过了，那只是他寻衅罢了，纯属揣测。”

“他说揭发村子贪污的点子不是由贵美一个人想出来的。是你和日马京介合谋，为了彼此的利益，为了给由贵美在演艺圈树立美好形象才这么做的。”

“胡说八道。这也是光广跟你说的？”

由贵美皱着眉头，注视着广海。

“你信吗？他知道什么呀。他根本不知道我有多拼命地工作。”

“可这是事实吧。”

“没错，工作上是停滞不前了。不过，我那份拼命工作的心情，别说是光广，谁也不配说三道四！”好似能面般雪白的脸颊涨得通红，她气喘吁吁地说道，“我本打算一直努力做下去的。利用一切可利用之物，不缺乏自信和才能。可是，一旦做了艺人和模特，我这种人就没有任何优势可言——我也有顺风顺水的时候，在电影奖上受到提名的时候特别开心，出演的广告成为热议时，我深信以此为契机，今后也可以在这条路上走下去。”

当着被自己激动的言辞打败的广海的面，由贵美一脸自嘲。她的鼻尖发出哼笑声。

“即便如此我也全力以赴地工作了呀。无论是哪种工作，都有可能让自己的事业走向巅峰。我一直这样坚信着。可是，无论多么轰动，那也只是一时的话题而已，接下来出现的其他话题可以轻而易举地抢了我的风头。一想起我现在的实力已经到达极限了，就只能咬紧牙关，明明觉得无论如何也不能再红极一时了，还被人不负责任地期待下一次会更好。你明白我的心情吗？”

由贵美慢慢靠近广海，几欲落泪地双眼瞪着他。瞪得溜圆的瞳孔忽然松弛下来。

“我想过，自己只能引退了。这才明白无论自己多么垂死挣扎也只能如此了。光广也跟你说过这些嘛？我怀了NAGI孩子的时候，我打算和他结婚的。”

广海听不进去了，他让由贵美“别说了”，可是由贵美用力摇着头，要他非听不可。

“我觉得那是最好的引退方法。胜负任人评说。结果呢，世人全都在嘲笑我，说那才是我该待的地方，无法在事业上取得怎样的成功，至少要得到作为女人的幸福。奉子成婚之后最多也就是做做原女艺人的姿态，在媒体前面露个面什么的。这才是让我该心满意足的容身之所，真是个知进退易满足的人，这才是我的幸福。可是……”

由贵美的目光中夹杂着复杂的情感。

“我虽然准备引退，可那时却有人找我让我当大制作电影的主演。那时我和我的事务所都起了贪念。刚刚赶得及强行做了人工流产，可是我却受到了惩罚，今后再也不能怀孕了。”

她似乎就要哭出来了。但是，充血的眼睛含着泪直视着广海，她继续说道：

“因术后处理以及身体不适，电影告吹，婚事也取消了。媒体虽没有大肆炒作我的事，可是在圈子里已经成了人尽皆知的事实。谁也不肯理我。偏偏在这个时候妈妈又死了。”

由贵美滔滔不绝地说着。此时才停了下来。

“我觉得我失去了一切。”

广海注视着由贵美的侧脸，看着她就此沉默。他本打算唤一声“由贵美”，但是嘴唇干巴巴的，连声音也是嘶哑的。

“我已经一无所有了。家里唯一喜欢的、给我血肉之躯的母亲也不在了。今后，也不能再和什么人组建家庭了——直到此时我才发觉自己是多么的寂寞，才理解有多么渴望一起生活的另一半。即便如此已经回天无力了。到了这个地步，全是我自作自受啊。就是在那个时候，日马京介通过熟识的代理店找上我的。”

由贵美一个人的声音在这间满是新榻榻米味道的房间中回响着。

“他确实跟我提过用卖掉村子的方式东山再起的话。实际上，我处在被人趁火打劫却也无可奈何的立场上，看上去很困窘吧。可是，无论我怎么努力，都再也找不出半分工作的勇气了。”

“即便如此，你还是和他来往了吧？那么，由贵美就不是一个人了呀。实际上，有日马京介帮你利用我，你和他在一起不就好了嘛。”

疑问堵在喉间。这一次，广海觉得由贵美没有扯谎。可是，他注意到了，看到昨晚到访的那个人喊出由贵美名字时的眼神以及表情，他虽然注意到了这些，可尚未处理好自己的心情。

像是眺望远方似的，由贵美眯起了双目，嘲讽般说道：

“好残酷的话啊。你爸爸他们也这么问过我，既然和日马家的长男在一起了，干吗不和他结婚，再让日马开发继续投资睦代呢？”

广海陷入沉默。由贵美噘着唇笑起来。

“别担心啦。这不是广海爸爸的话，是比他还要年长的那些长辈们说的话啦。我特别想离开这个村子，可对于那些人而言我永远是这村子的一分子啊。他们坚信若是我从村子里嫁过去的话，日马就不会对村子置之不理了。”

不过，无论如何也不可能啦——由贵美说道。

“日马京介可是继承人，还没傻到迎娶一个生不了孩子的女人当老婆。何况我已经决定再也不相信任何一个男人了。我已经遭遇了太多背叛。”

“那还坚持说你的目的就是为了给你妈妈报仇吗？”

广海也不愿再上当受骗了。

再也不相信任何一个男人——连自己也包含其中、无法被她排除在外吗？真可气啊，她没有察觉出自己无意识说了什么吗？

由贵美点点头。

“从某种意义上来说，的确如此。而且，日马京介许给我一笔钱。广海也许会觉得无聊，但是也有这种俗气的目的。不过，这并不是最大的目的。”

“你的目的是什么？”

“你。”

她当即说道。令广海措手不及，无言以对。由贵美一脸认真地说道。

“我说过无数次啊。除了你之外，我什么都不要。”

“因为我是让你妈妈吃尽苦头的涌谷家的儿子吗？”

“也有这个原因。谁让我注意到了呢。”

“注意到什么？”

“我妈妈恐怕就是因为你妈妈才自杀的。”

广海屏住了呼吸。

由贵美的表情非常平静。

“从我小时候起，她经常找各种茬——你妈妈还用着那个淡蓝色的BIRKIN吗？”

广海不知道BIRKIN意味着什么，表情却僵住了。由贵美对他补充说道：

“那是爱马仕的皮包。你知道吗？那种包可是很贵的。你妈妈经常提着那个上百万的包来我家。从我记事起，一想起那个包都会觉得不舒服。连粉底都打不好，就涂着鲜艳的口红、拎着昂贵的手袋，打扮轻佻来我家，一来就和我妈妈聊上好几个小时才走。她大肆赞扬祖母做的织品，再讽刺般地高价买下那些玩意儿。就连我也是如此，被她死死盯着脸看，要么就是目不转睛地看着我的东西，听了不少她委婉的挖苦。这是对着还是孩子的我该说的话吗？我妈妈之所以没办法和织场地区的邻居们和睦相处，就是因为你妈妈拉拢了住在那一带的女人们的缘故！”

她陷入短暂的沉默之中。后来，她的声音听上去很紧张。

“我很担心。如果我不在了会怎样。终于轮到涌谷飞雄担任村长一职了，你妈妈摇身一变成了村长夫人。我很担心她会对我妈妈做些什么，但是毕竟她们都已经上了岁数，应该不会再做出幼稚的举动了吧。我竟然还这么乐天地考虑过。可惜，我妈妈死了。”

“你有什么证据是我妈妈的过错吗？”

“没有。”

由贵美毫不犹豫地回答。但是，她的声音没有丝毫动摇。

“可是，我妈妈被当作病故处理了。过来帮忙准备葬礼的人拼命想要隐瞒我妈妈自杀的事实。我看到他们那个样子马上就明白了。我妈妈就是被你妈妈找碴儿找得想不开了才死的。说什么没有遗书，天晓得到底是什么情况——不是有个词叫作‘村八分’吗？”

由贵美的脸上浮现出无力的笑容。

“这是对村里破坏陈规的家庭进行排斥、制裁行为的俗称。村中共同生活的十件事情之中，除了葬礼和灭火这两件事之外，是不允许其参与其他八件事的。我看到妈妈被排除在外，渐渐觉得那个词还真是讨人厌，可现在正相反。明明不想和旁人扯上关系，就因为我生在这里，最后还是不能从剩下的这两件事中逃离开。无论什么情况都无法一刀两断，倒是你们觉得麻烦透了吧。我连葬礼也不想让你们帮忙。”

——真抱歉啊，我们家的这些人啊……

他并非没有看到面对由贵美说这话时美津子的眼神，那眼神中的扭曲尽收眼底。由贵美因此才掴了美津子一耳光。

如今，广海已经一清二楚。

正如由贵美所说，她的目的就是广海。她企图从这个家里，从飞雄与美津子这两个人手里把自己抢走。

太阳穴被高温不断冲击着，从刚才起广海就听到低音持续响着。他拼命思索着。

由贵美如愿以偿，广海迷上了她。以甜蜜的诱惑与广海一生都未必能够得到的外界价值观为武器，由贵美坚信自己可以轻而易举地得到广海。从一开始她就看透了广海的期待。

比起愤怒，近似绝望的情感占据了广海的内心。

原本他应该也考虑过的。所谓的复仇也不过是一时的冲动，由贵美迟早会抛弃掉因复仇而得手的广海。无论相隔多远，飞雄和美津子始终是广海的双亲。由贵美迟早会从广海身上看到她所仇恨着的那两个人的影子。

“由贵美打算怎么做？”

广海问道。由贵美毫不犹豫地作答：“跟我走吧。”

她被逼无奈地宣称：“和我逃离这里，两个人一起生活，东京也好其他什么地方都好。”

“不可能的。”

广海真心觉得这是难以置信的。他没想到能让由贵美执拗至此之事竟然就是自己。初次相遇时感觉到由贵美竟然对自己另眼相看，广海还没有自大到仍需依赖这份甜蜜回忆生存下去的地步。

当他见到比由贵美还年长的日马京介的举止之后更是如此。由贵美不是刚刚说过再也不相信任何一个男人了吗？广海觉得，自己无法回应由贵美讲述的那种因失去一切，渴求和某人白首的殷切希望。

可是，此时由贵美却说道：

“我们是姐弟呀。”

出乎意料的话语犹如一把尖锐的刀子般，在广海思索它的意义时立刻贯穿了心脏。

“你没注意到吗？”由贵美接着说道。圆睁的瞳孔深处好似漫上水汽般润湿，滚烫颤抖。

“我上中学的时候听我妈妈说过。我的父亲是涌谷飞雄。他和我妈妈可是老相识了——你是我的弟弟呀。”

“等、等等。”

混乱的头脑之中，心脏跳动的声音渐渐加速。

他想起了光广的那句话。

——你和由贵美。

光广原本想确认这件事的。他本打算告诉广海的。他应该也对由贵美说过这句话吧。一股强烈的寒气从脚底直蹿上来。

——你干的还是人事儿吗?

光广一直都清楚吧。

“你开玩笑吧?”

“我没开玩笑。就在我一无所有、身无长物之时，在葬礼上听到有人喊你的名字才想起来。就算我的亲人都不在了，我还有血亲。没有出席葬礼的涌谷飞雄是我到死都不愿意再想起的父亲，可我想起了我还有个尚一无所知的弟弟。”

直至音乐节之夜，广海方才邂逅到由贵美——她本不该理会广海的。

“我想见你。想和你见上一面，看看你长得什么样子，确认你是不是真的一无所知。”

“可是，我们……”

由贵美诱惑了他。

不顾一切推倒她的那个夜晚，广海全身浸在由贵美的体香中，好似被安定的幸福感包围了。不止那一日，只要一想起由贵美温暖的双唇与身体，广海的脸颊便会犹如发烧般红潮涌现，背部却被寒气包裹。

他很想否定，说那是谎言。他求助般看着由贵美，说：“你知道我是你弟弟还……”

“嗯。”

由贵美点点头。她的双眼浮现出宁静阴沉的神色。

“你知道我耳朵的形状吗?”

由贵美静悄悄地把鬓角的头发拢了上去。在湖畔初次聊天的那一日，广海总觉得她那雪白的耳朵仿若精灵。耳郭上方尖尖的，耳垂很薄。

“你发现了吗？和你的耳朵很像——眼睛也是。被太阳一照，瞳孔的色素变得很浅，看上去成了棕色。看到你脸庞的瞬间，我轻而易举地了解到你生活在这村子的郁闷之情，也知道你期待着什么。因为我知道你像我一样。一开始我应该就对你说过呀。”

由贵美靠近广海，握住了他突然捂住耳朵的手。直到抓住手腕的手指传来柔软的触感，广海才发觉自己颤抖不已。

“后来看了长相，我才决定要跟你上床的。”

2

他连碰一下由贵美伸过来的手都做不到。

由贵美的目光看向广海的瞬间，他全身畏缩，僵硬的肩膀哆嗦得可笑。由贵美的手指停在半空中。

“你好好考虑考虑。”

由贵美的结束语听上去十分镇静。她已经不再急躁了。看来她似乎已然明了广海会做出什么样的选择——那是坚信自己能够如愿以偿的声音。

“和我一起逃离这里，还是和已经露出真面目的双亲一起留在睦代村呢。你选择哪条路？”

“你什么也没说过……从没说过我是你弟弟。”

广海嘶哑地说道。他的脑子仍然处于一片混乱之中。从睦代音乐节之夜直至今晚的所有事在他脑海中犹如闪电般明灭。他明明还睁着眼，可是眼前却乍现出双重幻影。

“无耻！”

“无耻又如何，这已经是既定事实了。”

由贵美竟然笑了。雪白的脸庞上毫无血色的薄唇心满意足地高高翘起。广海像是见了鬼似的死死盯着她。

“反正你已经抱过我了。”

广海低着头，打开了拉门。

他无法正视由贵美，身体颤抖不已。

“太不像话了！”由贵美的喊声追了过来。那是歇斯底里的喊声。“你明明无数次要过我。”

广海关上拉门，当他的脚踩到冰冷走廊的瞬间，膝盖一软。

他抬起头，那根竹棒映入眼帘。广海生怕由贵美从身后的客房中追过来。可当他考虑要不要再次给房间上锁之后，强烈的怒气涌了上来，他渐渐无法原谅自己的小气。广海用尽力气把那根枯黄的竹棍拿在手里，在膝上一磕，那竹棍冷冷地从正中间折断了。

他再清楚不过——

就算没有上锁，由贵美也不会逃走的。

3

躺下后，他一直觉得自己仿佛置身水底。

空气覆盖双耳的触感。

氧气从口鼻泄出。

他甚至考虑就此卷入水底沉下去，身体被水包围的感觉十分清晰，令他难以相信实际上自己身处明晃晃的日光灯下。

他再也不想靠近由贵美所在的房间。分别之际由贵美说过的那句话反复回荡在耳畔，无论广海做什么都回响不绝。

是后悔，还是自责或者厌恶呢？他无法为自己的情感定义，也不清楚应该恨由贵美还是自己的父母。但是，他痛恨这好似被谋划了的悲惨命运。

苦思冥想却得不到结果，一旦陷入僵局，经常会出现变得非常冷静的瞬间。每每此时，空白一片的脑海会冒出一句自问：这是否有罪？受到百般折磨的心情是否被称为罪恶感——只要一想到这个问题，体内便好似出现了一个黑洞，令他无法继续找到答案。

由贵美目光炙热地陈情时，她口中的广海就是她独一无二的分身。由贵美期盼着能够做回自己。

无论广海得出什么结论，恐怕由贵美都舍不得这个弟弟。

家中住着一名外客，可这并不影响涌谷家的日常生活。

看似宁静的清晨到来后，父亲出门工作，广海离家上学，等他们回家后晚饭已经备好。母亲喊着“泡澡喽”“吃饭啦”等颇具生活感的话，连广海都快要感受不到由贵美客居家中的事实了。

其实，他什么也不想考虑。

和由贵美之间聊过的话、发生的事，这些记忆连同那一晚广海听到的话产生的冲击一起，渐渐扭曲。

平平淡淡才是真。

孤身一人时，罪恶感同呕吐感一起在胸口激荡，当他想起由贵美，心里便会如此期盼。

他的确感觉到织场由贵美贪恋着自己。但是，那本是易变且微不足道的贪念而已。总有一天，她会心生厌倦，把自己抛至脑后。

门音受广海双亲所托，每天清晨在睦代车站等候广海。

她不高兴地看着日渐沉默的广海，等候电车时挨着他坐在长椅上，揉搓着露出超短裙的膝头，“喂”了一声起了话头。

“广海，你的脸色不好。”

门音用手摸了摸广海的脸颊。突然而至的柔软触感令广海不由得挺直了身体。他瞪着门音，尽管没有打掉她的手，但广海知道自己的脸上明明白白摆出了拒绝的表情。不过，门音的手伸到一旁，就那样抚摸着广海的脸颊。此时，市村还没有到车站。

广海的胳膊上起了一层鸡皮疙瘩。

“你要是有什么烦恼的话，跟我说吧。”

在村中长大的同龄孩子之中，一直就属门音格外胆大。大概她对自己的姿容颇为自信吧。如今，她对待广海依旧像对待小孩子那样抚慰着。

门音的行为对于如今的广海简直就像砂墙一般粗涩。

平平淡淡才是真。可恨的是，广海不断奢求着与年龄相符的“平淡”状态，目前掌控在由贵美手中。

心头渐渐被厌恶感占据。

门音抚摸着广海微笑着说道：

“无论广海说什么，我也不会吃惊的。实际上我也察觉出蛛丝马迹了。广海，难不成织场——”

“你想说你知道由贵美的事？”

广海抢先反问道。门音沉默了一会儿后，点点头小声说道：“是啊。她不是回东京了吗？”

听到门音发出同情似的叹息声时，广海突然抓住了她贴在自己脸上的手。

清晨的月台中，除了广海二人之外，再没有其他人在。门音似乎受到了惊吓，想要抽回被广海强行拉到胸口的手。广海更加用力地把抗拒的门音拉到身旁。门音“啊”地发出一声短促的叫喊，端正的姿势走了形。比夏季时长了许多的头发晃动着。他刚一按住企图反抗的门音，反剪背后的手臂已经笨拙地表露出她的紧张。呼吸近在咫尺。

门音的眼神惴惴不安。

广海只是想让门音明白。通过挫伤她那幼稚的胆大妄为，告诉门音她还是个无知的孩子。

他默不作声地窥视着几欲逃走的门音——此时，他几乎反射性地放开了手。

因为他不慎看到了。

门音试图抗拒广海，用尽全身力气向后仰。可广海却看到那充满畏怯的看向自己的目光中，的确还有某种期待的神情渐渐充盈。

他捂着嘴，放开了门音，从长椅上站起身，低下了头。

“广海。”

他想把耳朵堵住。

拂过脸颊的手指的触感，并非属于方才抚摸过自己的门音。脸上血色尽失。广海明白了一件事。

自己以后的日子，这一生，都无法再奢望过上平淡的日子了。

门音的眼底蛰伏着诱惑的光芒。广海曾经在由贵美的眼中见到过同样的神情。这是由贵美教会自己的。

“怎么了？你没事儿吧？广海，你今天还是回去休息比较好。”

“我没事。”他边回答身体边向前倾。门音从他身后伸过手来，这一次她似乎有些迟疑，静静地、轻轻地抚着广海。

到由贵美的房间和她相见的三日之后，父亲说他有话要对广海说。

出乎意料的是他没有把广海叫到自己的书房，也没到广海的房间，而是周日趁祖父母和妈妈都在，叫大家到了起居室。明亮的阳光照在矮脚饭桌上，照得它反射出明黄色的光来。

父亲摊开报纸，今天在他的脸上依然挂着犹如佛像那样恬静的笑容。

这三天，也许广海常常打算责备飞雄。

为什么父亲和母亲可以这样心平气和呢？

“你和由贵美不是处得不错吗？”飞雄的问话含有某种暗示。连美津子也曾注意到广海在夜里从家偷偷溜出去，应该很容易想象出他们之间发生过什么。双亲没有把事情闹大，虽然这只是形式上的不闻不问，但广海的心中也很害怕。父亲和母亲不知道由贵美是“姐姐”吗，他们不会这么糊涂吧。

或者，在这个村子里任何事都行得通，纵使自己和由贵美犯下过错也不要紧吗？

倒入茶水的茶杯升起隐隐热气。下厨的工作交给祖母，美津子离席后，不久从走廊中向广海等人喊道：“我把人带来了。”此时，广海向美津子看去，不禁张口结舌。

由贵美出现了。她绷着脸、咬着唇，看似无聊般若无其事地面对他们站着。看到她的瞬间，广海只觉得胃里翻江倒海。

父亲合上报纸，点点头“嗯”了一声，坦然地对由贵美说道：“由贵美，你坐下吧。”

幽禁她已经快一周了。

“有没有什么不方便的呀？有什么尽管跟我们说，千万别客气呀。”

飞雄亲切地说道。但由贵美没有理会他，依言坐在广海斜前方。

广海咕咚一声用力咽了口唾液。祖母摆出佯作不知的表情，在由贵美面前放了一把客用汤匙。父亲开口说道：

“今天我有个提议——对了，美津子也坐这儿吧。”

母亲背过手一边解开围裙，一边在飞雄身旁坐下。她的脸上也挂着和飞雄一样的柔和笑容。

飞雄的视线依次打量着家人的脸，最后停在广海身上。

“广海，你和由贵美在一起吧。怎么样？”

广海听到这句话的瞬间，完全不能理解它的含义。

从他半张的唇间泄出一口气，几乎无意识地从喉咙里挤出“哎”的一声。飞雄的脸颊微皱，双眼眯得更细。

“昨天，叔叔也和你说过了吧——如果你们两个人觉得没问题的话，就正式把由贵美娶进家门。”

广海哑口无言。父亲当着他的面，对祖父使了个眼色，之后发愁似的皱皱眉头。

“当然了，也不是说马上这么做。你们俩还这么年轻，目前只是做个约定而已，不用想得很死板啦。只不过，如果由贵美希望立刻到咱们家来的话，我也双手赞成。”

在一起……

娶进家门……

肯到咱家来……

没有任何决定性的词汇，但是，背后仿佛有个软体动物来回蠕动似的，令广海汗流浃背。

他在说什么啊，让儿子和“姐姐”结婚吗？仅仅为了拉拢由贵美、让她保持沉默吗？这种反常令广海汗毛直竖。

就在此时——

“不要！”

身旁响起了仿若填塞空气的裂隙般的哀鸣。美津子一脸苍白，双手紧紧捏着刚刚摘下的围裙，对飞雄摇着头。

“不行的，不能这么做！亲爱的，这可不行。”

每每摇头她那散乱的束发都会向脸庞一侧大幅散落，脸颊与脖子上起的鸡皮疙瘩也清晰可见，嘴唇就像水中的鲤鱼或金鱼似的一张一合。

“开什么玩笑！为什么会变成这样？我可半个字也没听说过。我不愿意。我绝对不要这个丫头片子来咱们家！”

她看着飞雄，顺便向由贵美看去。看上去眼白格外多。广海突然觉得那是张鬼脸，只在电影或故事中出现过的女鬼的形象。

一见到美津子的这副样子，广海立刻明白了。就是这个人，他想道。

正如由贵美所说，逼得她妈妈自杀的的确就是这个人。

“而且，不行啊。更行不通了，这丫头片子不是织场吗？”

现在，丑陋扭曲的美津子现出谄媚之色，像是马上就要哭出来一般，疲惫的笑容挂在脸上，摇着飞雄的肩膀说道：“怎么会有这种蠢事！”之后，她又摇了摇头。

“和织场妈妈，还有门音的约定怎么交代呢？她那样盼望着，可偏偏被同住织场的其他女孩子嫁到咱家。你也想想我的立场啊。这会让织场妈妈蒙羞的。你不觉得她很可怜吗？”

“那只是你为了讨好织场太太擅自做的口头约定吧。他爷爷，不要紧的吧？”

飞雄不耐烦地摇摇头，推开扶在自己肩头的美津子的手。这些日子以来，广海第一次看到父亲的眼神中呈现出微笑之外的神色。

“不要紧。只要你觉得合适就行。”

祖父看也没有看美津子，点了点头说道。

看到这副情形，广海才认识到一件事，在这个家中，是顽固的祖父边呵斥着儿子边维持这个家，但终归是会尊重涌谷家的当家人的。祖父引退后，现任当家虽是自己的儿子，但他仍然要支持飞雄的决定。

“当事人的心意最重要。”飞雄边说边推了推滑落的眼镜，看着广海，“广海，我问你。”

广海沐浴在飞雄的视线中，下巴依旧保持原状，仿佛舌头萎缩了似的，发不出声音，脑中弥漫着仿若下雪天般冰冷的静寂。

由贵美打破了时间的禁锢。

“这是……什么意思？”

父亲、广海以及在场的所有人看着由贵美。仿若时光停止般，她那陶器般雪白的脸正对着飞雄。

“你没开玩笑吧……以此拉拢我……可是，你觉得这样也无所谓吗？”

她的声音听起来支离破碎。由贵美的右边嘴角抽动着。美津子大吃一惊，看着由贵美和广海。“你给我闭嘴！”但是她的喊声并不能阻止由贵美发言。

“广海可是你最宝贝的独生子吧？你的心眼到底有多坏啊。我和广海可是姐弟——”

“你可能误解了什么。借机说清楚吧。你的父亲不是我。”

这下子由贵美的表情僵住了。与此同时，广海的心脏剧烈跳动起来。

“很遗憾，并不是我——要是我有个像你这么可爱的女儿，我会非常开心的。那只是你的误解。”

“事到如今你鬼扯什么呢！”

迄今为止，无论发生什么事都稳如泰山、沉静如水的由贵美第一次有了行动。她从榻榻米站起身，板着的脸上依旧挂着吃人般的笑容。

“我可是听我妈妈说过。我的父亲，是村中掌权者家的涌谷飞雄。织场家的任何人都和我没有血缘关系。她就是这么告诉我的。”

“我虽然不知道为什么你妈妈会撒这种谎，不过我不是你爸爸。如果有必要的话，做个正式的医学鉴定也没关系哟。”

飞雄直眨眼睛，之后才直视由贵美。

“你是 AB 型血吧，和你妈妈一样？”

由贵美突然睁大了双眼，紧紧咬住了变白的唇。

“我是 O 型血。光这一点已经充分说明问题了吧。”

“广海！”

由贵美尖叫道。她转向广海，一脸绝望的表情，抓住广海的两肩摇晃着问道：

“真的吗？他说的是真的吗？”

仿佛支撑着下巴的骨头倏地一下消失了似的，广海像是被人操纵着，点了点头。

父亲没有说谎。飞雄和广海应该都是 O 型血。他没有正式验过血，但是从孩童时代起就是这么听说的。他也不知道个中缘由。

由贵美的手失去了力气，眼睛里失去了神采，整个人毫无生气，仿佛被拔了插销似的，只有眼角和嘴唇勉强痉挛般轻微哆嗦着。

“胡说。”由贵美否定道。

她的眼睛既没有看向飞雄，也没有看向广海，没有看向任何地方。

“瞎说，扯谎，胡说八道！”

她仿佛出了毛病，不断重复着同样的话。连广海喊她名字的声音也被淹没了。

“胡说、胡说、胡说、胡说、胡说、胡说、胡说、胡说、胡说！你胡说！”

她伸手缠住飞雄，紧张与泫然欲泣两种神色同时浮现在目光中。

“你撒谎！我到底是为了什么才……”

从圆睁的双眼中淌出了泪水。饱满的泪液在瞳孔中膨胀，慢慢溢出。

“为了什么……”

由贵美放开卡住飞雄脖子的手，扑通一下坐在地上。其间，甚至连一旁的美津子也没阻止。广海也是难以辨别真伪般，目瞪口呆地看着由贵美和飞雄。

由贵美发出一声颤抖的叹息。

“广海。”

由贵美像个小孩子似的抽噎着喊着广海的名字。但是，她的眼睛依然看向空中，依然没有看向广海。

“广海。”

广海听不下去了，他紧咬牙关，握住被甩开的她的手。由贵美的手没有半点反应，握上去只觉得绵软无力。

“这不是挺好的嘛。”

耳边传来父亲的声音。

“这下子你们在一起的话，就没有任何不妥了。”

瞪着虚无发呆的由贵美被广海的父母带回里屋。她没做丝毫抵抗。祖母在走廊上目送好似灵魂出窍的由贵美回去，仿佛看到个小可怜似的。

不久，妈妈奉命把饭菜送到由贵美的房间。

妈妈蓬着头打开了电饭锅，捏起了饭团。骨头与皱纹在她的手背凸起。她嘟嘟囔囔地说了句："真是可怜啊。"

广海一言不发地注视着母亲的侧脸。

"说起来她也是个无依无靠的孩子呢。虽然采取那种态度，但她一心以为你爸爸是她的爸爸，一直靠这个信念支持下来了。这么一想不知怎的，我觉得她还挺坚强的。"

可转瞬间美津子抬起头，清清楚楚地对广海宣告道。

"不过，唯独她不行。"

那句自言自语仿佛在劝说自己。

肩膀渐渐发热。

他沉默着从母亲的手中接过盛放饭团和汤碗的托盘时，才注意到她的个头只到自己的脖子处。她抬头看着自己的瞬间，广海"嗯"了一声，吸了口气却喘不出来。

她诅咒起捉弄人的种种巧合。在日光灯下看母亲的眼睛，颜色极其浅，渐渐变成令人惊讶的棕色。由贵美告诉广海的那些相似之处，都来自于她所厌恶的广海母亲的遗传。

由贵美的房间内一片寂静。

隔着拉门，他本打算喊一声由贵美。他还没能喊出声来，低下头就看到抵门的竹棍换成了一根新的青色的硬竹，但它没有起到应有的作用，被放在地板上。

——这下子你们在一起的话，就没有任何不妥了。

父亲的声音在耳畔回荡。

广海一声不吭地把托盘放在地板上。他离开前回身向后看去，汤碗上热气蒸腾，古旧的走廊上飘浮着隐约发白的灰尘。

4

第二天清晨，广海走出房间。

他屏息静气、小心翼翼地向里屋走去。身上穿着的风衣一发出响声，他就立刻停住脚步、窥探四周的情形。

祖父的鼾声在一片寂静中回荡着。

透过走廊的窗子，他看到外面天色尚暗。

他缓缓打开拉门，闻到由贵美的体香。广海悄悄地摇着躺在被褥中的由贵美，她没有丝毫受惊的样子，立刻睁开了闭着的双眼。

也许她根本没有睡着。在一片黑暗之中，只有她的眸子闪闪发光。眼睛似乎只是尽义务似的看着广海，失去的生机尚未恢复。

“我们逃走吧。”广海说道，“快点做准备。”

由贵美不吭一声，表情也没有丝毫变化。她甚至没有做出任何同意的表示，慢慢从被褥中起身，在睡衣外穿上外套。

当他们出了玄关之后，由贵美才开口问道：

“为什么你肯和我一起逃走呢？”

“走吧。”

广海握住由贵美冰冷的手，快步走起来。从两个人嘴里呼出的气体全部变白了。

和由贵美逃走，还是留在村子里呢？

广海至今仍然没有找到这个被迫要做出决断的答案。

心中做出的决断只有一个。

必须让由贵美逃出这个村子。

他不知道这个决断是否正确。考虑到发生在达哉身上的那件事，这样做是不会被宽恕的。

但是，广海不幸看到了，出生以来第一次看到某个人的世界即将崩坏的瞬间。他还听到了这个村子毁掉由贵美的瞬间发出的声响。

“趁我还没有改变主意，快点离开。”

奇怪的是他竟然可以冷静地看着由贵美的眼睛。对于如今的由贵美而言，广海毫无价值。他不再是“弟弟”，由贵美再也不会需要他了——广海心中意外地隐隐作痛起来，令他不知如何是好。他已经疲于思索自己究竟需求的是什么了。

狭长的月牙渐渐单薄了身形，消失在山对面。东方的天空慢慢转亮，泛出蜂糖般的浅黄色。

他打算翻山。

设有车站的山脚处恐怕不久就会有追兵。父亲他们不会想到自己在长长的、坡度很大的山路上跋涉吧。

广海熟识的六岳山充其量仅仅是水根湖附近的区域而已，他从未去过比那更远的地方。爬上崎岖陡峭的山坡向前走，就是工程公司为了采石，一到白天就会爆破岩石的地方。他此前从未考虑过靠近那里。

由贵美沉默地跟在爬上坡道的广海身后。他们没有松开牵着的手。

再走一会儿就能看到水根湖了。

再走一会儿就休息吧，歇歇脚。

广海和由贵美边想边走，不停地快步走着。他们刚走到山脚，就已气喘吁吁。但是他们希望可以在天大亮前走得更远一点。广海觉得若是停下脚步聊天的话，一切都会结束，他就再也无法从牵着的手感受到温度了。广海生怕如此，不断向前走。

快到水坝湖时，由贵美才说道：

“我们就是在那个湖相遇的。”她没有看广海，好似被什么东西附体了一般，继续说着，“你看，我也好，我妈妈也好，我们多傻啊。我也希望我妈妈至少能够正经一点。"

由贵美的声音没有半分起伏。广海无法作答，只得牵着她的手。

"她希望自己的孩子也是涌谷家的人吧。对着孩子还讲排场，真没想到她会愚蠢至此——我也不对劲。我明明知道我妈妈就是这种人啊。"

喂——透过长长的睫毛，由贵美缓缓地抬头看着广海。尚存生机的唇部爬上了白色的龟裂纹路。

"我讨厌这村子。"

清晨的山中弥漫着雾气。由贵美淡淡地陈述着，即便广海不是听众也没有关系。

"我想让他们知道。封闭陈腐的村子对外开放之后，村里人的执念终归只能在他们所处的狭小世界中行得通，这是很狭隘的。我想让他们承认这一点。"

"由贵美。"

空虚的声音依旧气喘吁吁。

她说道："但是——"

他们没有时间停下脚步，听她细说从头。不能浪费天彻底亮起来之前的宝贵时间。

"但是，那到底有什么不对呢。"

由贵美的脸颊泛着苍白。她的双眼仿佛看到令人晕眩之物般眯成一道缝。

"这里的体制古老，可若是还能平稳的运行，最初还有必要对外开放吗？有必要引入外来价值观吗？我为什么对此感到厌恶呢？为什么无法忍受呢？是谁让我轻视了这个小村子的呢？我在外面的世界到底见识到什么了呢？"

由贵美咬紧牙关。广海握住的她的手第一次充满力量。

“结果呢，最受这片土地的血缘限制、执拗于此的人不就是我吗……我准备让村子开放，可我偏偏是最不可能从睦代村得到自由的人。”

由贵美说罢，远远传来车子的引擎声。

水根湖在晨雾中现身。广海端正姿势，向后看去。

再走几步就能到达水坝湖上游。汇入河流的水声传来，白浪映入眼帘——广海觉得那就是他们的终点。只要能到达那里，他们就能脱身。

湖面在太阳下波光粼粼。

护栏一侧立有封路用的黄黑双色禁止通行的告示牌。看到“御仓组”名字的标识时，广海反射性地看了一眼曾经停放达哉机车的地方。他们并不是说说而已，而是的确打算封湖。

在车身印有“左东建设”标识的轻型卡车开入依山而建的狭窄道路上时，广海牵着由贵美的手开始跑起来。

只隔一道护栏就到达湖畔了。那里只有个一人高的水草丛生的小岛，四周蔓延着深色的湖水。

“涌谷家的儿子！”有人喊道。眼看就要超过广海他们的时候，从副驾驶席的窗子伸出一个陌生男子的脸。

“涌谷君。”

他们甚至连广海的名字都不知道，只知道他是涌谷家的长子。

“由贵美，快跑。”

上游流淌的汩汩水声越来越响。注入湖中的水在堤坝下浑浊发白，把水花儿送入绿色的水中。只要能下到那里，车子就没办法开到裸露着岩石的地方了。

由贵美突然紧紧握住了飞奔的广海的手。那个时候，发生了一件出乎意料的事。她向后用力拖着广海。

由贵美甩开了广海的手。

“由贵……”

“广海。”

车子的引擎声高声怒吼着。仍然能够听到身后追兵喊着“涌谷君”的声音。由贵美把手贴在广海脸颊的瞬间，周围的所有声音都听不到了。广海的眼中只看得到由贵美。

由贵美哀伤地眯起双眼笑了。这是广海见过的最孱弱幼稚的容颜。他站住脚后，依然打算逃走，还没等拉起由贵美的手，她早已抢先站在广海面前。

“我喜欢你。”

一刹那间——

仿佛眼前闪出极具冲击力的一幕般，由贵美的脸靠近广海。压在广海唇上的柔软的唇瓣仿若绽放的花朵，直至分开才凋谢。两人的气息在广海的口中交融。

短暂的亲吻后，由贵美脸上的表情消失了。

广海伸手抓住由贵美的手腕，企图挽留她。

他扑了个空。

由贵美纵身而去，奔向湖边。纤弱的背影以难以置信的敏捷与轻快，一下子飞越护栏。由贵美的长发在广海胸部以下的位置飘舞着。转瞬间，广海听到刺耳的水声。溅起的水花高高地飞上天空，溅到广海的脸上。

广海大声呼喊着由贵美的名字，跑了过去。

没有半分犹豫。

跨越护栏的脚悬在空中。落水发出的声音强烈地冲击着耳膜。

湖水冰冷的触觉令他全身发出骨折般的刺痛。

转瞬间氧气从耳鼻中溜走。水像冰一样冷。在挣扎着伸出的手的不远处，看到了逐渐下沉的由贵美的身影。

视野暗得吓人。深不可测的水底的黑暗吞噬了由贵美的身体。

她说出的那句话好温柔，简单到忍俊不禁的、不合时宜的那句话——

“我喜欢你。”

他向水底沉去，胸中被强烈的后悔感灼烧着。由贵美、由贵美、由贵美——广海喊着她的名字，向着水底更深处游去，想要找到她。

虚张声势，抗拒固执，隐藏期待，用华丽的辞藻掩盖，广海坚信这才是成年人的做法。可是——

眼角生疼。即使他这么后悔，也无法得到宽恕。这是怎么了，为什么直到现在才注意到呢？

但是，他们两人相恋之事不是得到认可了吗？

那只不过是由贵美和广海都厌恶的一种平凡的感情而已，被人认可也无妨吧。

广海喜欢由贵美。

口中透不过气，还有白色的水泡冒出来。耳朵深处很疼，身体也变得沉重起来。昏暗的视野突然被一片雪白侵蚀，晃得他睁不开眼。广海闻到泥土和青草的气息，鼻腔深处好似针扎般疼痛。

——由贵美。

他喊着由贵美的名字，伸出了手。她的身体渐渐下坠。

划水的手臂力气尽失。意识蒙眬之时，广海还在祈祷他们务必获救。

务必，务必，务必。

我喜欢你——只有喃喃细语着的唇的触感铭记于心，令他全身温暖。

他似乎听到由贵美呼唤着自己。

——广海。

失去意识前，他心怀祈愿，用尽最后的力气向下伸出手，碰到由贵美的头发，抱住了她那颗小小的头。他把沉甸甸的重量抱在胸前，握住她的手。

他好希望有重新来过的机会。

如果还有下一次，广海一定选择保护由贵美。就算很可笑，他也不想再度错过。他再也不愿放开她的手了。

他打量着怀里的由贵美。

仅有那么一瞬，广海觉得由贵美睁开了安详闭着的双眼。她注视着自己，露出恬静的微笑。

第八章　广海

1

覆盖在眼睑上的热量渐渐溶化在瞳孔上。

洁净的光透过窗子渗入广海半睁的眼中。

古老的时钟发出咔嗒咔嗒的声音。

他本打算起身，可肩背处蹿过剧烈的疼痛，令他无法用力。

他呼唤着那个名字——由贵美。可声音刺痛了喉咙深处。广海马上向身边看去。

他的手没有牵着任何人的手，也没有抱着任何人的头。

黑白照片和奖状挂在横木上。这是广海家的客房。

他吸了口气，支起上身后盯着自己的双手看。他正穿着自己刚洗过的睡衣，睡在客用的被褥中。

广海察觉出有人从走廊过来。拉门开了，看到广海起身的美津子吃了一惊，倒吸一口凉气。

“你醒了呀。”

她的脸上已经没有化过妆的感觉——广海很久没见过母亲那张熟识的麻木的脸了。

美津子把手里的脸盆和毛巾随意放在榻榻米上，而后立刻跪坐在广海身旁，用手摸了摸儿子的额头之后，紧紧抱住他放声大哭。

“太好了——担心死我了。真是、真是谢天谢地。”

“由贵美呢？”

母亲抽泣着，抬起满是泪痕的脸颊，右手手指擦着湿润的眼眶，看着广海说道：

“掉进水根湖里了。”

“我记得的。她不是和我在一起吗？”

“她没得救。左东先生费好大劲才把广海救上来，却找不到由贵美。”

“怎么可能！”

那时，广海的手的确抱着由贵美。他仍然记得她头部的重量，以及刚刚还缠绕着自己手腕的长发的触感。广海理应赶上了，她理应得救的。

母亲摇着头说道：

“可是，只有广海得救了。不知道由贵美是不是一直掉到湖底了。你爸爸他们现在还和消防队的人找她呢。”

“你胡说。我救了她，的确救了她啊。”

“可是——”

母亲的脸上浮现出为难的表情。看上去既非诓骗亦非演技，这令广海更加窒息，备感痛苦。

“广海也失去了意识，怎么会知道那姑娘最后怎样了呢？我明白你的心情。”

逃走途中看到的御仓组禁止通行的告示牌，凝视着广海的由贵美的眼睛，还有她的微笑。广海全部记得。

父亲他们还打算佯装不知吗？

“由贵美到底在哪儿呀！”

她怎会不见了呢？不可能。他摆动着露在睡衣外的手腕。“广海。”美津子向下蜷着身体，按住广海的手腕。广海抗拒着妈妈的手，不断挣扎。

她应该在什么地方，一定还活着。否则也太过分了。广海推开美津子，想站起身时膝盖一软，跌坐在榻榻米上。美津子高喊着“来人啊”，散着头发压在广海身上。广海发觉外面立刻有人赶过来，光广出现在面前，心痛地看着广海。他扭曲着脸孔，喊着“广海”，帮美津子压住了广海的手腕。

“她死了！”

美津子喊道。

广海边折腾边闭上了双眼，泪水立马漾了出来。

我救了她啊——广海大声叫喊着抽泣起来。

广海休息的房间正是由贵美曾经住过的客房。

这是多么残酷的行径。房间中尚且留有混合着新榻榻米味道的由贵美的体香。

广海固执地拒绝吃美津子拿来的食物。

如果她无法获救的话，自己也应该一起沉入水底。为什么广海还苟活于人世，由贵美却沉入水底了呢？

他不清楚到底过了多久。

饿死也不错。他非常疲惫，陷入沉睡之时，总是做噩梦。无论哪个梦，由贵美都会现身其中。

“广海，不吃饭怎么行啊。”

飞雄替美津子拿来饭菜那天，广海从被褥中默默起身，看着父亲。

飞雄把盛着饭菜的托盘放在房间一角。与美津子一样，连日来的疲惫使得他的脸看上去也一下子苍老了许多。他头上的白发在透进窗子的阳光照耀下变得透明。广海没有理会，飞雄对儿子无力地叹了口气。

“现在，我们也在全力搜寻由贵美。当然，还有达哉君。”

“为什么只有我得救了？”

他们根本没打算救人。对于他们来说，可以摆脱由贵美这个麻烦应该是再好不过的了。飞雄缓缓摇摇头。

“话可不是那么的说啊。广海运气好嘛。”

“报警了吗？”

“没有。”他第一次承认，“你别这么看着我啊。”他低下头坐在广海身旁。“不过，我们真的在全力搜寻，一定会找到由贵美的。”

飞雄的嘴角起了浅浅的皱纹。凹陷的眼睛透出悲伤的神色。前几天柔和恬静的眼神已经消失不见。

“我把实情都告诉你吧。”他开口说道，“我爱过由贵美的母亲。”

飞雄凝视着广海，好似忍受痛苦般垂下目光。

“我大学毕业、刚回到村子的时候认识了她。她也刚刚来到咱们村。起初我们只是聊聊喜欢的电影和音乐之类的，仅此而已。可是，这也足以在这个小村子里招来揣测和谣言。”

他的双眼哀伤地眯细、翘曲。

“讽刺的是流言越盛，我们越是执拗地相互吸引。没过多久，我们就发生了进一步的关系——当然，这是无法原谅的。那个人是有夫之妇，我也打算放手了。和你妈妈结了婚，和她分手。可是——”

飞雄的目光注视着远方。

“我们不停地分手，之后又会重新在一起。村子实在太小了。我一直觉得对不起你和你妈妈。但是，只有她没有沾染到村子里的恶习，只有她肯理解我。我们彻夜谈论音乐和电影的时光实在是太快活了——正如广海被由贵美吸引的那种心情一般。”

在沉默的广海面前，飞雄自嘲般地微笑着。在阳光的照耀下，他看起来像名老者。

“我知道这会令所有人陷入不幸。但是，爸爸我真的很喜欢她。”父亲抬起脸，盯着广海，“毫无疑问，我是打心底里愿意成全你和由贵美在一起的。我终究无法拯救她的母亲，可是，就算是私心，我也希望广海和那姑娘能够幸福。”

广海的话都到嗓子眼儿了。他站起身，有种想要揪住父亲衣服前襟的冲动。抑制着这种冲动，广海依旧一声不吭。

“我们没能在一起，就把这点希望寄托在孩子们身上。我们是不是很傻？即便你觉得这是上了年纪的人的无聊感伤也无所谓。但是，我希望你们能够幸福。请你原谅我。”

“爸。”

自己发出的声音竟然如此冷淡，这令广海也感到惊讶。内心深处像是被洇湿的棉絮覆盖，每每喘息或发声，都会伴随着寒气从喉咙深处涌出。

“怎么了？”飞雄双眼含泪，抬起脸。

广海问道：“由贵美到底是谁的孩子？”

飞雄脸上的表情消失了。广海目不转睛地看着他。飞雄垂下瞬间落泪的双眼，丢了一句“傻孩子”。

“我不是明明白白地告诉过你，她是织场家的孩子嘛——广海，快睡会儿吧。早点儿恢复精神上学去。”

“爸。”

广海始终冷静地说道。飞雄努力保持平静，看着儿子毫无表情喊住自己。他的眼神中，他痉挛的脸颊上，渐渐被畏惧与胆怯占据。广海盯着薄耳垂的父亲的脸，说道：

“我去上学。”

“吃了东西好好睡一觉，然后上学去。”

“是嘛。”

晚安——飞雄说道，留下变冷的饭菜出了房间。关上拉门的同时，走廊中传来放心似的叹息声。

2

他刚走出家门，眼前便出现朝阳照耀山脊、漂亮得惊人的景色。蓝天近在咫尺，令人不安。

屋内传来美津子担心的声音：“不要紧吗？”广海回过头，或许刺眼的阳光产生了残像的缘故，一直延伸到佛堂的走廊看上去一片黑暗，甚至连站在那儿的母亲的表情也无法看清楚。

“没事。”

广海答道。

心平气和的声音顺口说了出来，如流水般自然。

“别担心。”

“那就好。你一直休息着，别勉强自己。要是觉得身体不适立刻早退回家呀。”

“知道了。”

村子恢复了常态。

在室平经常碰面的老者坐在村落入口的石垣上，笑容满面地看着广海。确认过他的身影后，广海立刻掉头向山里走去。

也许再也没有太平日子了。无论什么时候，在这个村子里什么都不会发生。从很久以前开始就是如此。

“我走了。”

广海对着昏暗的家里说道。

离开家后不久，他把肩头的瘪瘪的书包摘下来，伸手进去摸了摸，按着血指印的三本老旧的大学笔记本好好地放在里面。在父亲的书房中找到的日马京介的名片背面写有他的手机号。昨夜广海也与英惠通过电话，约在县厅所在地的车站汇合。

突然，从山坡上吹来的风抚上广海的脖颈。

阳光充足，可干燥的风却是冰冷犀利的。广海很清楚，这座山只有冬夏两季。夏季结束后，睦代的气候会越过短暂的秋季，一口气入冬。从现在起，漫长的冬季将会造访这个村子。

他出了室平，顺着车道的坡路向下看去，可以看到自家的屋顶。从这里望过去，被阳光与雾气覆盖的村子，每户人家都好似酣眠水底一般。

这一次——广海在心中再度念道。

——我走了。

图书在版编目（CIP）数据

水底祭典 /（日）辻村深月著；樱庭译 . -- 北京：新星出版社，2018.3

ISBN 978-7-5133-2883-8

Ⅰ . ①水… Ⅱ . ①辻… ②樱… Ⅲ . ①长篇小说－日本－现代 Ⅳ . ① I313.45

中国版本图书馆 CIP 数据核字（2018）第 010906 号

午夜文库
谢刚 主持

水底祭典

（日）辻村深月 著；樱庭 译

责任编辑：王　怡
责任印制：李珊珊
封面绘图：于湫瀚
装帧设计：broussaille私制

出版发行：新星出版社
出 版 人：马汝军
社　　址：北京市西城区车公庄大街丙3号楼　　100044
网　　址：www.newstarpress.com
电　　话：010-88310888
传　　真：010-65270449
法律顾问：北京市岳成律师事务所

读者服务：010-88310811　　service@newstarpress.com
邮购地址：北京市西城区车公庄大街丙 3 号楼　　100044

印　　刷：三河市文通印刷包装有限公司
开　　本：910mm × 1230mm　　1/32
印　　张：9.75
字　　数：144千字
版　　次：2018年3月第一版　　2018年3月第一次印刷
书　　号：ISBN 978-7-5133-2883-8
定　　价：45.00元